ryan y avery

- **Título original:** *Ryan and Avery*
- **Dirección editorial:** María Florencia Cambariere
- **Edición:** Melisa Corbetto
- **Coordinadora de arte:** Valeria Brudny
- **Coordinadora gráfica:** Leticia Lepera
- **Diseño de interior:** Florencia Amenedo
- **Diseño e ilustración de tapa:** © 2023 by Sarah Maxwell

un sello de VR Editoras

© 2023 David Levithan
© 2024 VR Editoras, S. A. de C. V.

www.vreditoras.com

Publicado originalmente por Alfred A. Knopf, un sello de Random House Children's Books, división de Penguin Random House LLC.
Derechos de traducción adquiridos mediante acuerdo con MB Agencia Literaria SL. y The Clegg Agency, Inc., USA.

Dakota 274, colonia Nápoles,
C. P. 03810, alcaldía Benito Juárez, Ciudad de México.
Tel.: 55 5220-6620 • 800-543-4995
e-mail: editoras@vreditoras.com.mx

Todos los derechos reservados. Prohibidos, dentro de los límites establecidos por la ley, la reproducción total o parcial de esta obra, el almacenamiento o transmisión por medios electrónicos o mecánicos, las fotocopias o cualquier otra forma de cesión de la misma, sin previa autorización escrita de la editorial.

Primera edición: julio de 2024

ISBN: 978-607-637-056-8

Impreso en México en Litográfica Ingramex, S. A. de C. V.
Centeno No. 195, colonia Valle del Sur, C. P. 09819,
alcaldía Iztapalapa, Ciudad de México.

ryan y avery

Traducción: Daniela Rocío Taboada

david levithan

Para Noah, el lector que sugirió que escribiera esto y para Andrew, a quien le encantan las historias de amor queer.

DÍA DE NIEVE

(La quinta cita)

El día de la quinta cita de Avery y Ryan, nieva.

No es nada fuera de lo común: nieva mucho en las ciudades donde viven. Pero esta es la primera nevada y siempre causa cierta sorpresa. El invierno ya es algo innegable, aunque aún hay hojas que se niegan a abandonar los árboles. Los días se han acortado poco a poco, de a un minuto o dos de luz solar por tarde, pero eso no es tan notorio como el cambio repentino que trae la nieve.

Si Avery y Ryan vivieran en la misma ciudad, la nieve no hubiera tenido un gran impacto en su cita. El camino hacia su encuentro hubiera sido un poco más lento, un poco más cuidadoso, pero todo hubiera salido como lo planearon. Resulta que Ryan está conduciendo hacia Avery. Podrían haberse encontrado a mitad de camino, pero para ellos no existe un punto medio, de hecho, no hay nada realmente en un radio de ochenta kilómetros a la redonda. Un par de cines. Un par de restaurantes. Un centro comercial que vio épocas mejores. Un Walmart donde sin duda te toparías con al menos tres personas que no querrías ver mientras tienes una cita. Lugares donde pasar el rato, pero eso no implicaba que quisieran visitarlos, al menos no para una ocasión especial. A esta altura, para Avery y Ryan, cada cita es una ocasión especial.

Se conocieron en un baile (un baile de graduación gay); el chico de cabello azul (Ryan) y el chico de cabello rosa (Avery) se vieron y llenaron sus mentes de música, color, timidez y la necesidad inexplicable, pero poderosa, de superar la timidez. El vínculo ha avanzado a una velocidad para la que Ryan y Avery no tienen punto de referencia. ¿Están yendo rápido? ¿Lento? ¿Al límite de velocidad? Ryan ha conocido a los padres de Avery; Avery aún no ha conocido a los padres de Ryan, pero al menos sabe que no tiene nada que ver con él y todo que ver con que los padres de Ryan no están listos para que su hijo de cabello azul lleve a su novio de cabello rosa (o un novio con el cabello de cualquier otro color) a casa.

Los padres de Avery siempre han sido comprensivos, incluso antes de que él supiera que era un chico y que el mundo debería reconocerlo como un chico. Cuando compartió su verdad con ellos, no le restaron importancia y no intentaron persuadirlo de lo contrario. Y cuando Ryan llegó a la vida de Avery, y Avery permitió que también llegara a la vida de sus padres, fueron más que acogedores. A Avery no le sorprende particularmente, a pesar de que todavía siente que está compartiendo con ellos un capítulo que aún se está escribiendo y está un poco nervioso por cómo lo interpretarán. Mientras tanto, Ryan no está familiarizado con este nivel de aceptación. No sabe cómo actuar cerca de los padres de nadie, porque los suyos son muy negadores.

Ryan no mira el pronóstico del clima cuando toma las llaves y sale de su casa. En la escuela mencionaron que había probabilidad de nevadas, pero Ryan ha aprendido a no escuchar los rumores cuando está presente; la mayoría son más desagradables y menos importantes que el pronóstico del clima. Cuando los primeros copos de nieve tocan su parabrisas, es algo tan gradual que parece como si unas pequeñas arañas traslúcidas cayeran del cielo dejando filamentos a su paso. Recién cuando está a diez minutos de la casa de Avery necesita encender los limpiaparabrisas y reducir la velocidad. La nieve ha empezado a arremolinarse en el cielo, y Ryan no puede evitar sonreír al ver algo sólido materializándose en el aire, como si hubiera sido invocado por un hechizo amable.

Siente que ya conoce de memoria el camino... pero a veces el corazón toma direcciones erróneas. Podría llamar a Avery para pedirle indicaciones, pero elige confiar en la guía de su teléfono, dado que quiere que Avery piense que sabe el camino de memoria. (En la quinta cita, uno siempre busca maneras de pavimentar el camino a la sexta, la séptima y la octava cita).

Avery espera junto a la ventana, así que también sabe que está nevando. No nieva tanto como para que su satisfacción necesite ser reemplazada por la preocupación. No, mientras observa la nevada, no imagina a Ryan en un accidente o a Ryan obligado a volver a casa. En cambio, siente la fascinación elemental que genera ver al mundo alterado de modo tan casual, la sensación cautivadora de ver caer algo tan carente de patrón.

Cuando la furgoneta de Ryan aparece en medio de la nieve, el corazón de Avery se vuelve lo opuesto a la nevada: ese momento extraño y ventoso en el que miras y ves que la nieve está flotando hacia arriba.

Nieve suspendida. Cuando Avery ve a Ryan aparcar al frente de la casa, su corazón se vuelve nieve suspendida.

Intenta proteger su corazón, pero los guardias están distraídos. Está intentando encerrar su entusiasmo, pero siempre deja la puerta sin llave. Sabe que es peligroso gustar tanto de alguien.

También hay mucho nerviosismo. Avery controla su propio cuarto, pero no tiene control sobre la casa entera. A su madre le gusta colgar retratos familiares y, como resultado, hay muchas fotografías de Avery de niño, Avery antes de que se supiera todo, Avery antes de que se entendiera todo. Su madre ha sido muy clara al respecto: dolería más borrar el pasado. Dijo que era mejor hacer las paces con él. No había motivo para esconderlo o para desconocer al niño que Avery había sido. Avery creía que era mucho más complicado que eso, pero a la vez, sus padres habían sido tan buenos con todo lo demás que no le parecía justo decirles que quitaran todas las fotos de antes. En algunas imágenes, Avery luce muy feliz. Algunos de esos días lo era. Otros, no tanto. Solo Avery tiene acceso a los sentimientos que vivían ocultos. Incluso cuando era apenas un niño.

Es imposible que les pida a sus padres que quiten las fotografías ahora solo porque Ryan visitará. Sabe que no vale la pena intentar curar su pasado, intentar presentarlo ante Ryan como si hubiera sido distinto. Uno de los aspectos más excitantes e intimidantes de Ryan es que Avery quiere contarle la verdad. Esto es algo que ambos han encontrado en el otro. Nada de farsas. Hablarán sin disfraces.

Esto también pone ansioso a Ryan, pero es una ansiedad que está dispuesto a sortear, del mismo modo en que está dispuesto a salir a la nieve y caminar con viento en contra para llegar dentro de la casa. Ve a Avery en la ventana al detenerse, ve su cabello rosa y la lámpara junto a él, el modo en que sobresale como un faro en un día tan gris. Ryan una vez escuchó la frase "deja una luz encendida para mí" y le pareció uno de los pedidos más románticos que había oído. Le agradaba la idea de que cuando te enamoras de alguien, la otra persona se vuelve el guardián de tu faro, sin importar si eso implica quedarse despierto toda la noche, mirando la oscuridad hasta que asuma la forma de tu amado volviendo contigo.

Ryan apaga el motor y casi de inmediato el parabrisas queda cubierto de nieve. Apaga las luces delanteras y, por un instante, aparece el silencio sincero del mundo natural. Aunque su guardián del faro espera, permanece sentado unos segundos escuchando la música de la nieve, el tintineo leve de los copos tocando el vidrio. Abre la puerta y hunde su pie en la acumulación de nieve que cubre la entrada. El frío cubre de inmediato sus orejas, sus dedos. Sube corriendo los escalones y deja a su paso huellas frescas. Cuando llega a la puerta, ya está abierta. Cuando llega a la puerta, encuentra a Avery con un suéter azul, a Avery sonriendo como si la llegada de Ryan fuera el mejor regalo que un chico podría desear. Se detienen y se miran. Un poco más de nieve cae sobre el hombro de Ryan y salpica su cabello. No lo nota. No hasta que entra y Avery se la quita, usándolo como excusa para el tacto inmediato, una bienvenida que empieza en la coronilla de Ryan y baja por el lateral de su rostro y su cuello.

—Me alegra tanto que estés aquí —dice Avery.

—A mí me alegra mucho estar aquí —responde Ryan.

Avery, que había estado adentro las últimas horas, no tiene idea de cuán cálida es su casa o que Ryan siente como si estuvieran horneando galletas a pocos metros de ellos. Es el tipo de calidez en la que uno quiere acurrucarse.

Hay pasos en otro cuarto y la madre de Avery dice:

—¿Ya llegó?

Ryan seca sus zapatos en la alfombra, se quita el abrigo y se lo entrega a Avery, quien lo cuelga del picaporte hasta que esté seco para guardar en el armario. La madre de Avery sale de su oficina en casa, le da la bienvenida a Ryan y le pregunta cómo estuvo el viaje. Ryan no está acostumbrado a este tipo de conversación con padres, quizás su padre le hubiera dicho "¿No hubo problemas en el camino?", pero no hubiera querido saber nada más al respecto. Para la madre de Avery, parece que la conversación es el primer paso para más charla, más temas.

Le pide a Ryan que deje sus tenis junto a la puerta, pero lo hace sentir como un favor en vez de como una orden. Ryan obedece, luego se preocupa por no dejar expuesto el agujero que tiene en el talón del calcetín izquierdo. Si la madre de Avery lo nota, no dice nada.

(La madre de Ryan sin duda hubiera dicho algo y no hubiera sido nada muy agradable).

—Bueno, no los molestaré —promete la madre de Avery, pero permanece con ellos un poco más—. Así que necesitan algo, saben dónde encontrarme. Hay panecillos en la cocina. Creo que tenemos de arándanos, tal vez alguno de zanahoria... o de salvado. No sé qué opinas del salvado, Ryan. O de las pasas, creo que esos tienen pa...

—Ya entendimos, mamá —Avery la interrumpe. A Ryan le divierte verlo tan molesto por la charla extensa sobre panecillos.

La madre de Avery ríe y alza las manos para rendirse.

—Como dije, estaré en mi oficina si necesitan algo.

Le lanza una última mirada a Avery (*te quiero incluso cuando eres grosero conmigo frente a tu amigo*) y se marcha.

Cuando la madre de Avery sale de la habitación, Ryan se aparta de la puerta y ocupa el lugar de Avery en la ventana. Ahora, la nieve se arremolina en ráfagas y las nubes se disuelven en medio de una pelea. Las ramas de los árboles empiezan a balancearse, como si reconocieran que la nieve cae más rápido.

Qué suerte que llegué, piensa Ryan.

Avery aparece detrás de él y, por un instante, no sabe dónde poner las manos. Tener a Ryan ahí después de haber pasado tanto tiempo imaginándolo cerca... Despacio, mueve su brazo debajo del de Ryan y mueve la mano sobre el pecho de Ryan. Luego, presiona su propio pecho contra la espalda de Ryan y mira por encima del hombro para que los dos contemplen juntos el paisaje nevado.

Ninguno dice en voz alta lo hermoso que es, pero los dos piensan que es hermoso.

Avery siente que Ryan se pone tenso un segundo, y luego entiende por qué. La señora Parker, la vecina de en frente, está saliendo de su casa, como lo ha hecho cada veinte minutos durante las últimas dos horas, para esparcir sal en su entrada. Es el mismo movimiento que usa para darles semillas a los pájaros en el verano.

La mujer no levanta la vista, pero Ryan se pone tenso al pensar en que lo haga. Que los vea. Que les quite ese momento que es de ellos y que ella lo convierta en algo distinto en su cabeza.

Avery sabe que a ella no le importaría, que incluso le parecería dulce ver al chico de cabello azul y al chico de cabello rosa tan juntos como un diario y su candado. Pero es imposible que Ryan lo sepa.

Ryan voltea. Avery afloja los brazos para permitir que se forme otro abrazo. Ahora están cara a cara, apartados del pasillo, escondidos del exterior por la puerta.

—Te extrañé —dice Ryan.

Avery se acerca y lo besa. Una vez, pero permanece allí.

—Yo también te extrañé.

Ryan y Avery hablan todos los días e intercambian mensajes cada hora que están despiertos y que tienen permitido estar con sus teléfonos. Chatean por largas horas cada noche, un comentario recurrente que suele convertirse en digresiones. Pero nada de eso puede curar la falta que han sentido; es más, hace que se extrañen con mayor intensidad. Como le dijo Avery a Ryan una noche, mucho después de que supuestamente se hubieran ido a dormir: "Lo que estamos haciendo ahora tiene sabor a sandía. Pero cuando estamos juntos, es sandía". Aquello tuvo sentido para Ryan en ese momento y ahora lo entendía aún más. Besar a Avery es sandía. Tener sus brazos a su alrededor es sandía. Ser capaz de mirarlo a la cara mientras habla es sandía.

—¿Qué quieres hacer? —pregunta Avery.

Y Ryan piensa. *Esto. Sandía.*

Aquí, en la quinta cita, otro atisbo precioso de la verdad sobre el amor: hay un punto en el que no importa en realidad qué hacen, en el que la pregunta sobre qué hacer se vuelve secundaria por un largo tiempo. La respuesta se reduce a las palabras más simples e importantes:

Tú.

Aquí.

Nosotros.

Esto.

Todas encajan con facilidad en otra palabra simple, "Ahora", y en una palabra un poco más sofisticada, "Amor".

Pero Ryan tiene dieciséis. No se da cuenta de que estas palabras simples son respuestas dignas, al igual que Avery, de la misma edad, no sabe que está bien no tener un plan que hacer a continuación.

Al no saber cuál debería ser la respuesta, Ryan responde:

—Es tu casa. Te sigo.

A Avery le encantaría permanecer allí, besando a Ryan unos minutos más. Pero siempre está el riesgo de que su madre recuerde otro sabor de panecillo en la cocina y que vuelva a compartirlo con ellos.

—¿Vamos a mi cuarto? —propone. Luego, sonrojado, se siente obligado a añadir—: No porque tenga una cama, sino porque, em, es mi cuarto.

Ryan sonríe.

—Me parece bien.

Esta es la geografía de una casa, a las cinco de la tarde en una quinta cita:

En un cuarto, una madre tipea. Cada tanto, se detiene a pensar en lo que está escribiendo, pero su cabeza rara vez se aparta de ello. En la cocina, el refrigerador y el reloj tienen una conversación apenas audible. El garaje espera como una ballena dormida; cuando un padre llegue a casa a horario, abrirá su boca con un estruendo que todo el resto de los ocupantes de la casa escuchará. A su vez, la sala de estar ofrece una luz ante la noche creciente. El vestíbulo está húmedo de huellas; un par de tenis espera junto a la puerta. En el pasillo, dos chicos caminan en fila, ambos en calcetines, ambos mirándose mucho más de lo que miran sus pasos o lo que decora las paredes. Adelante, una habitación espera que enciendan el interruptor para cobrar vida. Más allá, hay otro cuarto, descansado. En el baño, el grifo gotea, como si intentara imitar la precipitación afuera. Han dejado levantado el asiento del retrete. Tres cepillos de dientes están firmes; dado que no conversan, debemos asumir que están escuchando todo lo que está pasando en la casa.

Todo esto está rodeado de nieve. El techo ahora está cubierto. La furgoneta en la entrada está tan blanca como la entrada. Si lo vieran desde arriba, habría que hacer un esfuerzo para encontrar la casa.

Pero no están mirando desde arriba.

Ryan observa el cuarto de Avery con una mirada curiosa y cariño-sa. Los posters en las paredes pertenecen a artistas, no bandas. Las estanterías están organizadas por color: azul, rojo, azul, verde, rojo, verde, amarillo, verde, y así sucesivamente. La cama está en una esquina, la única ventana del cuarto está en la cabecera.

Ryan se acerca y mira afuera. En pocos minutos, estará demasiado oscuro para ver la nieve, pero todavía es posible distinguirla. Avery lo acompaña y juntos observan los copos caer como signos de puntuación que caen de una oración.

Avery toma asiento en el suelo, posa la espalda contra la cama. Ryan hace lo mismo, toma asiento junto a él de modo que sus piernas se toquen y sus brazos se superpongan. Avery piensa que es raro cómo funciona esto. Cuando alguien te mira, te sientes demasiado como un cuerpo, con todas tus fallas molestas en exposición. Pero cuando alguien está a tu lado, cuando alguien es un cuerpo para ti como tú lo eres para el otro, se vuelve más cómodo, más valioso. Sentir la piel de Ryan y saber que al mismo tiempo Ryan siente su piel. Saber que son diferentes, pero que tal vez la sensación es la misma, como respirar es igual, como los latidos son iguales. Avery lo disfruta. Lo siente.

—¿Cómo estuvo tu día? —pregunta Ryan y, los próximos minutos, hablan sobre la escuela, amigos, la primera aparición de la nieve en el cielo. Esto también es parte de lo que necesitan: ser como todos los demás, tener tiempo para recostarse así y narrar lo ocurrido desde la última vez que hablaron. No hay nada revelador. La parte más excitante del día ha sido esperar ese momento, entusiasmarse por compartir eso mismo.

—¿Eso es un anuario? —pregunta Ryan, mirando la parte inferior de la estantería de Avery. Se acerca para tomarlo.

—¡No! —dice Avery—. ¡No lo hagas!

Ryan toma el libro con una maniobra exagerada. Avery lo taclea de modo más exagerado aún. Después de ceder con resistencia juguetona, Ryan se estira en el suelo. Avery lo derriba igual.

Aquí es cuando la situación puede dejar de ser inocente. Aquí es cuando la calidez puede convertirse en calor. Pero ni Ryan ni Avery quieren eso, ahora no, todavía no, no recién iniciada la cita. Así que, en cambio, continúan jugando: Avery se acerca para besarlo y luego se separa antes de tocar sus labios. Riendo. Después se inclina para un beso de verdad y Ryan se incorpora para dárselo.

Avery lo sujeta con menos fuerza. Se besan un poco más de modo casual. Ryan extiende la mano, como si fuera a despeinar a Avery o tocar la curva de su hombro. Pero es otra farsa: Ryan extiende el brazo lo suficiente para tomar el anuario y sacarlo del estante.

Avery gruñe, pero no se resiste. Ni siquiera cuando Ryan se incorpora y empieza a hojearlo. Es el anuario del último año, y dado que Avery estaba en segundo año, no aparecía tanto en sus páginas.

Mientras Ryan hojea, Avery lo observa y nota detalles que no ha visto antes: las partes en las que el cabello azul de Ryan empieza a desteñirse, la constelación de marcas de nacimiento en su brazo. Ryan hace un par de preguntas sobre algunas personas de las fotos, y Avery responde cuando puede: su escuela es demasiado grande para que conozca a todos y, además, no es su estilo conocer a todos. Tiene su grupo pequeño de amigos y a los chicos con los que participa en la obra escolar, y con ellos es con quien pasa la mayor parte de su tiempo.

Ryan por fin llega a la página donde reside la foto de segundo año de Avery, parte del mosaico desagradable del tamaño de una estampilla que le fotógrafe de la clase introdujo en sus marcos. La foto es demasiado pequeña para que Avery la odie, aunque la persona en ella se siente como una piel que ya ha cambiado.

—Lindo corte —dice Ryan, sin maldad en la broma.

—¡Estaba experimentando!

—¿Con qué?

—¡Con cortes de cabello malos!

Es una fotografía en blanco y negro (solo los del último año iban a color), así que no se ve el anaranjado patético que Avery había lucido el día de las fotos; era algo parecido a la mermelada cuando su intención había sido parecer una calabaza de Halloween. Poco después, había llegado el rosa.

—Yo usaba el mío largo hasta los hombros —confiesa Ryan—. Tenía doce o trece años y creía que me hacía parecer *rudo*. De haber podido tener barba en ese entonces, también la hubiera usado. Ahora lo pienso y sé que era un camuflaje, y ni siquiera uno bueno. Mi madre me vio un día corriéndolo sobre mi hombro, al mejor estilo supermodelo, y me preguntó atónita, "¿por qué estás haciendo eso?". Y pensé, *ah, cierto*. La próxima vez que fuimos a la barbería, ella no tuvo que decir nada. Pedí que me lo cortaran y el barbero les pidió a todos los otros chicos presentes que aplaudieran.

–¿Lo extrañas? –pregunta Avery. Ryan resopla.

–Para nada. Podría haber exprimido la grasa de ese cabello y llenar botellas. Se había vuelto asqueroso.

Avery rasca su cabeza por reflejo. Ryan lo nota y sonríe.

–Lo siento –continúa–. Creo que es mi manera de decir que todos tuvimos alguna vez un mal corte de cabello. O falta de un mal corte.

El garaje abre su boca en ese instante y llena la casa de su ruido. Avery mira el reloj: es un poco temprano para que su padre haya regresado.

–Deben haber cerrado su oficina por la nevada –le dice a Ryan al reconocer el ruido–. Afuera debe estar empeorando.

No mencionan lo que eso implica. Si el clima empeoró lo suficiente para que el papá de Avery llegara temprano, probablemente significa que Ryan debería hacer una salida de emergencia. Pero Ryan decide que no tiene intenciones de partir.

(A Avery ni siquiera se le ocurre que Ryan tal vez debería irse temprano).

–¡Chicos! –exclama la madre de Avery–. ¡En media hora está la cena!

Avery no planeaba que cenaran con sus padres. Creía que saldrían a comer, aunque sea a Burger King. Se pone de pie para mirar por la ventana y ve que sí, será una noche de cena en casa. Es difícil ver dónde termina la acera y empieza la calle. La furgoneta de Ryan empieza a parecerse a un iglú.

A Avery todavía no se le ocurre que Ryan tal vez debería irse temprano. O que ya ha perdido la oportunidad de irse temprano.

—Media hora. —Ryan se acerca y susurra en el oído de Avery—. ¿Qué podemos hacer con media hora?

¿La respuesta?

Coloca las manos en la cadera de Avery.

¿La respuesta?

Besos. Variaciones de besos. Repeticiones de besos. Descubrirse mutuamente a través de los besos.

¿La respuesta?

La ropa se queda puesta, porque hay padres caminando por el pasillo, porque esto no es eso, todavía no. Pero que permanezcan vestidos no implica que no haya cuerpos que tocar a través de la tela o piel donde sentir la presión y la sensación del tacto.

¿La respuesta?

No importa lo que hacen.

Hay comida en la alacena, en el refrigerador e incluso velas y cerillos esperando en la mesada de la cocina, en caso de que se corte la electricidad. También está la narración constante del canal del clima en la televisión de la sala de estar, la tormenta parece como una sola nube merodeando sobre un cuarto del país.

Ryan y Avery funcionan como un espejo el uno del otro, se aseguran de que sus prendas luzcan bien antes de ir a la cocina. Si los padres de Avery notan algo fuera de lugar, no dicen nada. Además, la madre de Avery está ocupada con la cena y el padre de Avery está ocupado con el clima. Dado que ya oscureció, la televisión es su ventana.

—Ahí están —dice la madre de Avery cuando Ryan y Avery entran, como si no hubiera sabido dónde estaban—. Creo que necesitamos hablar. Primero, me di cuenta de que no te pregunté si tenías alguna alergia o alguna restricción alimentaria, Ryan.

—No tengo problema con nada —responde él. Hay unas cien comidas que odia, pero ella no preguntó eso. Ryan es bastante nuevo aquí, así que comerá cualquier cosa que ella haga.

—Genial. Cenaremos pollo, patatas y brócoli, me pareció que no sería algo controversial. El tema más importante es la nieve. Dicen que los caminos son un desastre y que la tormenta no parará hasta medianoche como temprano. Así que parece que tendrás que dormir aquí. No te dejaré conducir a casa con este clima. Me gustaría hablar con tu madre, si te parece bien. Para explicarle la situación. Supongo que no habrá escuela mañana.

Avery intenta sin éxito reprimir su felicidad, por miedo a que el universo sepa cuán contento está por este cambio de planes y envíe una ola de calor repentina. Luego, se da cuenta de que es una tontería y permite que su madre disfrute de ver su sonrisa amplia y su entusiasmo.

El ánimo de Ryan no es tan bueno como el de Avery. Está seguro de que la mamá de Avery tiene razón y que no hay modo seguro posible para que vuelva a casa. Incluso sabe que sus padres estarán de acuerdo. Pero aún existirá el problema de por qué fue allí en primer lugar, por qué no había vuelto en cuanto vio el primer indicio de problemas. Le aumentarán la paga semanal en el infierno.

—Yo puedo llamarla —le dice a la madre de Avery—. Le explicaré la situación.

—Confía en mí —responde ella—. Soy madre. Ella querrá hablar conmigo.

Sin duda, después de que Ryan llama y le cuenta a su mamá lo que pasa y que lo que se suponía que sería una cita (no usa la palabra "cita") se ha vuelto en una pijamada (no se acerca ni un poco a la palabra "pijamada"), ella pide de inmediato hablar con la madre de Avery. Como si la tormenta fuera un alunizaje que está grabando en un escenario seguro.

Ryan no tiene idea de si Avery le ha contado a su mamá sobre sus padres, pero la mamá de Avery eleva el tono alegre en su voz al menos tres veces cuando dice "¡Hola!" al inicio de la conversación. Luego le sigue un "Sí" serio y un "Créeme, te entiendo" empático. Después de eso… Ryan no tiene idea, porque la madre de Avery sale de la cocina y se queda fuera otros cinco minutos.

—Sin duda están arreglando nuestro matrimonio —comenta Avery mientras tanto.

—De no estar aterrado, me resultaría gracioso —responde Ryan.

El padre de Avery entra en la cocina, toma una uva del refrigerador y la coloca en su boca.

—Huele bien —dice.

—Se lo diremos a mamá —jura Avery.

El padre de Avery mira alrededor.

—Ah. ¿Dónde está?

—Hablando con la mamá de Ryan. Se quedará a dormir.

—Buena idea —dice el padre. Luego, le habla a Ryan—. No te molesta dormir en el patio, ¿cierto? Tenemos una bolsa de dormir genial en alguna parte del sótano. Creo que tiene *aislante*.

—Papá. No es gracioso.

—No quería ser gracioso. Mi intención era ser *rígido*.

La madre de Avery vuelve a la cocina. Avery cree que luce un poco menos relajada que antes. Ryan cree que luce como si acabara de hablar con su madre.

—Bueno, está resuelto. Al parecer, Ryan, tu padre quería conducir hasta aquí para buscarte, pero convencí a tu madre de que era mala idea. Creo que no entendían cuán lejos vivimos. Pero no importa: aceptaron. Les prometí cuidarte, así que por favor, nada de malabares con cuchillos y nada de atarse con cuerdas. —(No era la intención de la mujer decirlo como una referencia sexual. Ryan y Avery por supuesto que lo escucharon como una referencia sexual)—. Y —continúa— también prometí que te quedarás en el cuarto de huéspedes. El cual en esta casa es el sofá. La buena noticia es que es desplegable.

Avery sabe que no debe desafiar la decisión, pero ya está pensando estrategias para sortearla. La idea de dormir junto a Ryan es sin duda atractiva.

Ryan se pregunta si debería llamar a sus padres de nuevo para disculparse. ¿Qué podría mejorar la situación?

Nada, le informa su instinto. *Solo alégrate de no estar allí. Alégrate de estar aquí.*

Avery toca su espalda y se sobresalta. No puede valorar tanto el afecto de Avery con los padres de Avery presentes. Se siente... mal. No mal, solo como algo en lo que necesita trabajar.

Al percibirlo, Avery aparta la mano. Mientras tanto, su mamá dice una grosería y corre hacia el horno; suspira de alivio cuando ve que lo abre y no sale humo.

–La cena estará servida pronto –dice.

Durante la cena, Ryan observa el modo en que la familia hace comentarios que no usan para acusar, sino para divertirse. Hay cosas que dicen que se entienden a la perfección solas, (*¿dónde está el aguacate?*), pero que no tienen mucho sentido para alguien externo sin el contexto de la conversación.

Durante la cena, Avery observa cuán tímido se vuelve Ryan, cuán reactivo. Avery es muy consciente de que su familia es ridícula y se asegura de poner a Ryan al día cada vez que dicen cosas sin sentido. ("Hubo una época desafortunada cuando tenía ocho años en la que quería aguacate en todo. Dado que los aguacates no son baratos, y no son fáciles de conseguir, era tortuoso para mis padres. Me daban un filete y yo decía ¿dónde está el aguacate? O espagueti. O no sé, un perrito caliente").

Durante la cena, la madre de Avery también nota la timidez de Ryan, aunque no tiene tanto margen de comparación.

Durante la cena, el padre de Avery intenta asimilar que Avery ha llevado un novio a casa para que los conozca. Se siente como un gran paso, pero dado que Avery no actúa como si lo fuera, su padre intenta mantener oculto su orgullo.

Afuera, continúa nevando.

Cuando la cena termina, Ryan se pone de pie para levantar la mesa. Todos le dicen que no es necesario, que es el invitado. Pero se niega, incapaz de explicarles que siente que debe contribuir de alguna manera. Avery y sus padres ceden e incorporan a Ryan en su rutina de limpieza, lavado y secado. Hay un par de deslices (una cuchara se va por el fregadero, una búsqueda prolongada del papel plástico para envolver), pero la mayor parte del tiempo, Ryan trabaja bien. Y de este modo, deja de sentirse como un invitado. De este modo, empieza a sentir que pertenece a esa cocina, con esa gente. Conversan en vez de ver televisión mientras lavan los platos. Él responde preguntas cuando se las hacen, pero no se siente cómodo haciendo ninguna.

Esto cambia cuando está de nuevo con Avery, a solas. Los padres de Avery se van (aunque ni siquiera son las ocho de la noche, dicen que irán a descansar). Probablemente verán una película. Dormirán temprano. El padre de Avery bromea con que los despertará al amanecer para que lo ayuden a quitar la nieve de la entrada con una pala. Ryan está listo para decir que no le molestaría (le parece lógico devolverles la hospitalidad), pero Avery, percibiendo su espíritu colaborativo, dice en voz alta:

—No, creo que no lo haremos.

Ryan nunca le hablaría así a su padre.

El padre de Avery ríe.

—Está bien, está bien —dice la madre de Avery y echa al padre del cuarto. Luego, mira a Avery y añade—: Dejé toallas en el baño para Ryan y sábanas para el sofá en la sala de estar, es decir, en el *cuarto de huéspedes*. —Luego, se pone más pensativa y mira a los dos chicos—. Puedo confiar en ustedes, ¿cierto? Mantengan las cosas ATP. Quizás para mayores de trece. Se están conociendo y…

—¡Ya sabemos! —Avery está avergonzado—. ¡Para mayores de 13!

(En cuanto a Ryan, quiere que el suelo lo trague).

—Bueno —dice la madre de Avery—. Tenemos un acuerdo. —Mira directo a Ryan, quien de algún modo, logra mirarla a los ojos—. La cuestión es que le prometí a tu madre que dormirías en el cuarto de huéspedes. Así que debes dormir en el cuarto de huéspedes. —Luego, mira a Avery—. Sin embargo, no hice ninguna promesa respecto a dónde dormirías *tú*. Porque confío en que los dos irán… despacio.

—¡Mamá! ¡Ya entendimos!

La madre de Avery sonríe.

—Bien. Y si salen, les ruego que usen botas.

Al principio no salen. En cambio, van a la sala de estar, como se esperaba de ellos. Toman asiento en el sofá y ven el canal del clima sin sonido, cara a cara con las imágenes satelitales de la tormenta. Avery toma el control remoto y está a punto de preguntarle a Ryan qué quiere ver… pero Ryan ya está viendo algo: una fotografía de Avery y su familia en Disneylandia, el verano antes de tercer grado. Avery viste orejas de Mickey Mouse y su expresión es graciosa de verdad. No tiene idea de quién tomó la foto, quién permitió que su familia molecular se pusiera en posición: Avery en el medio, sonriendo, entre las sonrisas de sus padres.

—Es tan cursi —dice ahora—. Les supliqué que la quitaran, pero les gusta molestarme.

—A mí me gusta —dice Ryan en voz baja—. Parece que se divirtieron.

Aprendemos cosas el uno del otro escuchando, y en este momento, Avery recuerda que la visita a Disneylandia de Ryan no fue tan divertida. Aprende que lo que tal vez es vergonzoso para Avery no es vergonzoso para Ryan. Aprende que, si bien no tiene que ser cuidadoso con Ryan, necesita evitar ser descuidado.

—Fue divertido —admite Avery—. Siempre tenía que corregir a la gente. Querían que fuera Minnie y yo decía "¿acaso ven un moño en mi cabeza? Soy *Mickey*".

Ryan busca su mano. La sostiene.

—Pero eres mucho *más tierno* que Mickey.

Avery ríe.

—¡Gracias!

La fotografía ya no tiene su atención. Ahora la tienen sus manos, sus dedos. El epicentro de su calma, el punto de máxima conexión.

Cada uno a su modo experimenta una sorpresa leve dentro de la comodidad de su placer. Cuando debes luchar por tu identidad y ganártela, siempre hay una parte de ti que cree que debe haber un intercambio, que por alejarte de la norma has sido sentenciado y corres el riesgo de alejarte también de la felicidad. Sientes que tendrás que esforzarte más para que alguien te quiera. Sientes que tendrás que soportar arriesgarte a tener más soledad para poder ser quien necesitas ser.

Sin embargo.

Con más frecuencia de la pensada, con esa sorpresa leve, la pelea terminará y el riesgo caerá como un capullo roto, y encontrarás que no estás solo, que no solo otro te ve, sino que te percibe. Esto era parte de lo que intentabas alcanzar, y ahora lo lograste.

Avery cierra los ojos y se acerca a Ryan. Ryan cierra los ojos y se acerca a Avery. Por pocos minutos, permiten que esas sean sus vidas. Desde la habitación de los padres, escuchan el sonido indistinto de un programa de televisión. Afuera, hay huellas en la nieve. Avery siente la respiración de Ryan. Ryan tiene los ojos cerrados, pero en su mente, se imagina a los dos en el sofá, con la cabeza de Avery apoyada sobre el hombro.

Luego: un apretón en la mano de Ryan. Avery se incorpora. Ryan abre los ojos, lo mira y lo ve sonreír.

—Afuera —dice Avery—. Necesitamos salir.

Es imposible que las viejas botas de Avery le entren a Ryan, así que toma prestadas las del padre de Avery. (Avery jura que no hay problema). Se abrigan uno al otro lo mejor posible: Avery envuelve a Ryan con la bufanda con tanto fervor que tiene el cuello temporalmente momificado; Ryan insiste en subir la cremallera de Avery, en ponerle el gorro en la cabeza. Solo para poder dejar las manos sobre las mejillas de Avery. Solo para que pueda llevar a un beso.

Todos los senderos (incluso la entrada) han desaparecido con las horas. Cuando Avery y Ryan salen, encuentran silencio cristalino, oscuridad blanca. La nieve aún cae, pero casi como algo secundario, a un ritmo más suave.

Avery toma el guante de Ryan con su propio guante y lo guía al patio. Ryan piensa por un instante en la vecina del frente, en cualquier vecino… pero luego decide apartar esos pensamientos. Se concentra en cómo sus botas se hunden en la superficie a cada paso. Se concentra en los filamentos congelados que aterrizan sobre su mejilla. Se concentra en los guantes, y en Avery, y en la profundidad de la calma que los rodea. Es un mundo sin carros, un mundo sin alarmas programadas para el día siguiente.

Avery lo suelta. No puede evitarlo: la nieve es demasiado perfecta para ser ignorada. Ryan no comprende lo que Avery está haciendo hasta que es demasiado tarde. Cuando Avery ha formado la bola de nieve, Ryan apenas está intentando conseguir su propia munición. Avery apunta. Dispara.

En el blanco.

Ryan se venga, pero Avery lo esquiva y luego dispara de nuevo y le da. Ryan arma una bola de nieve y se acerca para saltarle encima. Avery intenta escapar, pero solo lo logra a medias. Más lanzamientos. Más huellas en el patio.

Al final, Ryan ya no resiste más y taclea a Avery y lo lanza al suelo. Sus abrigos son tan gruesos que parece una pelea de almohadas, solo que los chicos funcionan como las almohadas. Es un aterrizaje suave, un empujón suave. Avery intenta escapar de las garras de Ryan, y luego deja de intentar. Permanece recostado en la nieve y Ryan se acomoda a su lado y luego están besándose de nuevo, con copos de nieve en las pestañas y mejillas rosadas por el frío.

Ryan rueda sobre su espalda y ambos miran el cielo, ven caer los copos de nieve. Es como ver las estrellas, solo que ellas aparecen cuando las llaman. La cabeza de Ryan está junto a la de Avery, su cadera está junto a la de Avery. Avery junta la piernas y forma una sola. Y Ryan, sabiendo lo que Avery hace, lo imita. Su guante izquierdo encuentra el guante derecho de Avery y se toman de la mano. Luego, a la cuenta de tres, extienden los brazos libres y los alzan para formar alas. Un único ángel de nieve, más grande del que podrían haber hecho solos.

—No hubiera pensado que esto sería lo que estaría haciendo ahora mismo —dice Ryan. En una noche normal, probablemente hubiera estado volviendo a casa a esa hora.

—Lo sé —susurra Avery.

Ryan siente el frío húmedo filtrándose en sus jeans. Nota que su nariz está molesta y lista para perder líquido. El hueco entre la parte trasera de su gorro y su abrigo permite que un frío cruel se acomode en su nuca, a pesar de la bufanda. Pero igual, no tiene deseos de moverse.

Avery parpadea para apartar la nieve que se junta alrededor de sus ojos. Escucha con atención y no oye nada más que el lenguaje de la nieve (tenue), el lenguaje de los árboles (más tenue) y el crujir diminuto de la chaqueta de Ryan contra la de él.

—Somos las únicas personas en el mundo —dice.

—Lo somos —concuerda Ryan.

Mueven las piernas. Cierran sus alas. Se miran. Y al hacerlo, modifican levemente la superficie del suelo, la forma del mundo. No se dan cuenta, no en esos términos. Pero de todos modos lo sienten.

Mechones de cabello rosado asoman por debajo del gorro de Avery. Mechones húmedos de cabello azul se aferran al costado del rostro de Ryan, forman una curva alrededor de su ojo derecho. Ryan quiere besar de nuevo a Avery, pero ahora su nariz pierde demasiado líquido. Avery está feliz de escuchar el silencio, de mirar a ese chico frente a él.

Resisten allí.

La nieve penetra sus jeans. La nieve cubre sus abrigos y sus gorros. Ryan limpia su nariz con su guante y luego limpia el guante en la nieve.

—Si no estoy equivocado —dice Avery—, creo que así es como se muere de hipotermia.

Suena exactamente como su madre. No lo nota. Pero Ryan sí, en el buen sentido.

—Hora de volver al mundo real —dice.

—No. —Avery lo corrige—. Este también es el mundo real.

¿*Lo es?*, se pregunta Ryan, sin librarse por completo de la duda.

—Lo es —responde en voz alta.

Avery se incorpora y luego extiende un guante para ayudar a Ryan a hacer lo mismo. Ryan no necesita la ayuda, pero igual la acepta.

También la usa como distracción para apartar la atención de Avery de la bola de nieve que ha formado en su otra mano.

Entrar después de la nieve: en ningún otro momento la casa se siente tanto como un hogar. Avery y Ryan no notan cuán mojados y sucios están hasta que cierran la puerta y se quitan los abrigos y las botas con esfuerzo. Sus camisetas están bien (un poco sudadas), pero sus jeans y sus calcetines están empapados.

—Vamos a quitarte esos pantalones —ronronea Avery, y los dos ríen, porque ninguno de los dos aspira a convertir ese momento particular en uno pornográfico.

No es que Avery no tenga curiosidad. No es que no haya observado en detalle cada instante de piel expuesta que Ryan haya mostrado.

No es que a Ryan no le tiente. Está tan lejos de sus padres, tan lejos de la restricción. Pero también tiene puesta una ropa interior vergonzosa de mala calidad. Y hay tanto silencio que siente que si baja su cremallera, el sonido rebotará en toda la casa y hará que los padres de Avery lleguen corriendo.

—Vuelvo enseguida —dice Avery. Corre hasta el cuarto de lavado junto al garaje y le alivia ver que han usado la secadora, pero que aún no la han vaciado. Toma un par de pantalones deportivos de su padre y un par de jeans propios. Rápido, se pone la ropa seca, luego vacía la secadora y mete el pantalón y los calcetines mojados. Luego, descalzo, vuelve con Ryan, le ofrece los pantalones deportivos y le señala el camino al baño, donde espera su toalla seca. Ahora, es el turno de Ryan de decir "vuelvo enseguida" antes de ir a cambiarse sin hacer ruido.

No se separan por más de cinco minutos, pero los dos sienten la separación, sienten al otro en otra parte de la casa, esperando. En el baño, después de remangar los pantalones deportivos para no arrastrarlos por el suelo, Ryan mira su reloj y se asombra al ver que son las diez y media. Pero no sabe si le asombra porque es muy temprano o porque ya es muy tarde. Parece lo mismo en la noche nevada.

Cuando Ryan vuelve a la sala de estar, encuentra que Avery ha transformado el sofá en cama y que está colocando las sábanas. Por un segundo, permanece en la puerta y observa a Avery lanzar su cuerpo sobre la cama para acomodar la cuarta esquina de la sábana elástica. Sin una palabra, Ryan deja su ropa mojada en el suelo y se acerca para ayudar.

—Dámela —dice.

Avery extiende la sábana superior y le lanza la mitad a Ryan. La verdad es que él nunca, jamás, arma su cama si puede evitarlo, pero dado que es donde Ryan dormirá, siente que debe armarla bien. Así que estiran la tela juntos, haciendo movimientos paralelos para colocarla bajo el colchón, para que quede parejo.

Luego, la manta. El mismo trabajo en equipo.

Colocan las almohadas y terminan la tarea. Avery mira a Ryan del otro lado de la cama y quiere acercarse, lanzar a Ryan al colchón y desarmar las sábanas que acaban de acomodar.

Pero Ryan no capta la señal. Se siente mal porque su ropa mojada está sobre la alfombra. Así que avanza, la recoge de nuevo y le pregunta a Avery dónde debería dejarla.

—Yo me encargo —le dice él.

—No, no, está bien, solo dime dónde ponerla.

—En la secadora. Por aquí.

Avery lleva a Ryan al cuarto de lavado y abre la secadora para él, como si fuera un portero. Ryan agradece con una reverencia y deposita sus pantalones y calcetines sobre los de Avery. Después de presionar unos botones, las prendas empiezan a girar.

—¿Ahora qué? —pregunta Avery, esperando que la respuesta sea que volverán a la cama que han creado.

—Quiero ver más de tu cuarto —responde Ryan. Su modo de decir "quiero conocer mejor tu cuarto" es otro modo de decir "quiero conocerte mejor".

—Está bien. —Si hay decepción en el tono de Avery, Ryan no la escucha.

Cuando llegan al cuarto, Avery espera que Ryan tome asiento, se quede un rato. Pero en cambio, permanece de pie, observando.

—¿Qué es lo más vergonzoso que te enorgullece de este lugar?

—pregunta Ryan. En cuanto lo dice, piensa que sus palabras no tienen sentido. Pero Avery sabe a lo que se refiere.

—Aquí —dice. Camina hasta la estantería, donde un unicornio de felpa rosa custodia las obras completas de Beverly Cleary—. Ella es Gloria. Y fue, sin duda alguna, mi mejor amiga por un largo tiempo. Nunca estuvimos mucho tiempo separados. Antes era más brillante, pero ahora es más opaca. Creo que los dos lo somos. Mis padres no sabían cómo interpretar mi afecto por ella. Creían que podía aspirar a algo más alto como mejor amigo. Era imposible que ellos entendieran que la había convertido en la parte de mí que yo necesitaba escuchar… aunque fuera en forma de unicornio. Pero bueno, mis padres tuvieron que desaprender muchas cosas. Lo cual es otro modo de decir que tuvieron que aprender muchas cosas. Todos lo hicimos. Aún lo hacemos. Tú lo haces. Yo lo hago. Todos somos nuevos en esto.

Ryan se acerca a Avery y se detiene frente a él.

—Sin dudas soy nuevo en esto —dice. No habla de lo mismo de lo que habla Avery. En cambio, él se refiere a que es posible desaprender y aprender todas esas cosas, pero la parte más difícil, la parte más incómoda, aterradora y maravillosa, es estar en un cuarto con alguien que te gusta e intentar encontrar las palabras adecuadas que decir, hacer lo correcto con tu cuerpo, enviar la señal más clara para decir que esto significa mucho, que de verdad es muy importante.

Avery alza el unicornio para tocar la nariz de Ryan con el cuerno. Ryan ríe.

—Ella lo aprueba —le asegura Avery.

Encontramos a alguien a quien amar y al encontrar esa persona, descubrimos nuestra propia capacidad de amarlas.

La mayor parte del tiempo (no, siempre) no tenemos idea de lo que somos capaces.

Dos chicos besándose en un cuarto.

Un chico deteniéndose para contar la historia de la vez que llevó un unicornio a la escuela.

El otro chico habla sobre su propia experiencia con unicornios, uno en una carpeta que tuvo que mantener oculta bajo la cama. Cuando sus padres lo encontraron, les dijo que era de una chica de la escuela, que ella se lo había dado como parte de una tarea conjunta. Lo cual era verdad, pero no era el motivo por el cual él lo había conservado tanto tiempo después de haber terminado con la tarea.

Los dos chicos conversan sobre unicornios y padres y gomas de borrar con forma de estrella. Los dos chicos debaten si hay algo culposo en los placeres culposos. Los dos chicos se alegran al decidir que no lo hay.

Los dos han olvidado la secadora, la hora de dormir, la nieve.

Avery es quien bosteza primero, y en cuanto empieza, algo despierta en Ryan y él también bosteza.

Están posados en la cama de Avery cuando esto sucede, pero saben que esta no es la cama en la que dormirán. Lo prometieron. Además, la cama de la sala de estar es más grande.

La madre de Avery ha puesto un cepillo de dientes nuevo para Ryan, uno que guardó de sus visitas al dentista. Es decir que Ryan y Avery pueden pararse uno junto al otro frente al lavabo del baño, cepillándose y escupiendo juntos. Es una primera vez para los dos, y comparten la intimidad del momento, la importancia de aquella dicha tan cotidiana. No es algo trascendental, y por esa razón es algo trascendental.

No hablan sobre cómo dormirán; simplemente van a la cama y se acomodan. Ryan no sabía con certeza si eso pasaría o no; Avery no sabía si Ryan querría o no que sucediera. La incertidumbre aparece, pero también aparece el deseo de ambos, un deseo casi existencial. Se recuestan uno junto al otro, pero no es igual que lo que fue en la nieve. Hay capas entre ellos, pero las capas son delgadas. Se acercan y se besan, y cuanto más se besan, más febriles son los besos. Sí, se besan con los labios, pero también se besan con las manos, la piel, los susurros y el calor. Ryan abraza a Avery, acerca su cuerpo al suyo, y Avery sujeta la espalda de Ryan y acerca su cuerpo al suyo también, y juntos sienten que se fusionan, que son dos y uno al mismo tiempo. No es necesario quitarse ninguna prenda. No es necesario cruzar ningún límite. Esta cercanía lo es todo. La sensación del otro. La sensación de que el tacto pueda generar algo semejante.

Luego, reducen la velocidad. Un tacto más ligero. Recostados, respirando. Preguntándose cómo es posible que los latidos se expandan tanto por el cuerpo. Sintiendo que el calor disminuye, pero no del todo.

Las voces lejanas y la cercanía del sueño. Avery observa a Ryan resistirse, parpadear y luego dormitar de nuevo. Avery le desea buenas noches. Ryan sonríe, se acurruca. Le desea buenas noches también. Luego se duerme, sumido en el sueño más dulce de todos.

Avery no puede conciliarlo tan fácil. Avery necesita pensar en esto mientras está pasando. Avery necesita comprenderlo para poder disfrutarlo. Así que observa a Ryan en la oscuridad azulada, observa a su pecho subir y bajar, una máquina extraordinaria. *¿Esto está pasando?*, piensa. *¿Cómo es posible?* Porque es una habitación que conoce bien. Sus padres están durmiendo del otro lado del pasillo, permitiendo esto. La nieve continúa cayendo afuera, el único motivo por el cual Ryan aún está aquí. Por el que pasa todo. Esto. Observas a esa persona que estás empezando a conocer, esa persona con la que quieres compartir futuros posibles, y de pronto, el mundo ya no es una conspiración de fuerzas en tu contra. También hay buenas conspiraciones; hay fuerzas que te ayudarán, que quieren que encuentres este tipo extraordinario de paz personal, este universo que cabe en una palabra de cuatro letras.

En la cabeza de Avery, todo esto se traduce como *me gustas en serio y quiero que esto funcione y no puedo creerlo y quiero creerlo y esto es real. Esto es real. Esto es real.*

Es imposible dormir con esos pensamientos. Es necesario esperar que reduzcan su velocidad. Esperar que se enfríen.

Mientras tanto, observas a la persona a tu lado. Y de algún modo, te observas a ti mismo también y te maravilla cómo todo parece encajar.

Es imposible saberlo y es imposible demostrarlo, y sin duda no habrá modo de recordarlo, pero el instante en que Avery se queda dormido, la nevada se detiene.

Justo antes del amanecer, Ryan oye tanques en la calle. Su primer impulso es pensar que ha empezado una invasión alienígena… pero luego escucha el sonido un poco más y se da cuenta de que no son tanques: es una barredora de nieve.

Vete, piensa. *Deja de hacer eso.*

Más tarde, Ryan es el primero en despertarse de verdad. Desorientado por la casa, por la habitación, pero luego orientado por el cabello rosa a pocos centímetros de sus ojos, la verdad suave del cuerpo durmiente a su lado. Y solo a su lado: en algún momento de la noche, el brazo de Avery tomó el brazo de Ryan y permaneció allí, otra vez superpuestos.

La única iluminación del cuarto proviene del sol que ingresa del exterior. Ryan se pone de pie, camina hasta la ventana, mueve la cortina y mira el paisaje nevado. Hay carámbanos, algunos largos como espadas, colgando del borde del techo.

–¿Todavía nieva? –pregunta Avery detrás de él.

–No –responde Ryan y voltea. Observando como Avery se incorpora despacio, se estira por impulso; esos movimientos infantiles propios de la mañana, cuando comprobamos si todo está funcionando y si recordamos cómo funciona. Aunque el cabello de Avery es un nido rosa y tiene los ojos entrecerrados y la marca de la costura de la almohada impresa en la mejilla, bajo esa luz, bajo el filtro pálido matutino, Ryan siente una atracción increíble hacia él: deseo, sí, pero también un cariño profundo, una estima profunda.

–Hagamos un dragón de nieve –balbucea Avery, cerrando los ojos.

Ryan cree que no ha escuchado bien.

–¿Qué? –pregunta en voz baja, por si Avery se ha vuelto a dormir.

–Un dragón de nieve –repite Avery con más energía, y los ojos aún cerrados–. Seguro hay dragones de nieve de dónde vienes, ¿no?

–No –confiesa Ryan.

–Bueno. –Avery abre los ojos y se incorpora–. Supongo que tendré que mostrarte uno.

No se molestan en cambiarse la ropa con la que durmieron. En cambio, vuelven a la secadora y Ryan se pone los jeans sobre los pantalones deportivos. Los calcetines vuelven a los pies. Las botas vuelven sobre los calcetines. Los guantes vuelven a las manos.

Afuera hay mucha luz y ya no hay silencio: la mañana esta invadida por el goteo y las palas utilizadas en algunas casas cercanas. Si mira con atención, Avery puede ver recordatorios superficiales de las huellas de anoche. Incluso el ángel de nieve permanece como una sombra de su versión previa: aún presente, pero algo borroso.

Los chicos reúnen un poco de nieve, pero no cavan lo suficiente para que aparezca de nuevo el césped y arruine la ilusión blanca. Lo que empieza como una pila de nieve poco a poco cobra forma. Lo que al principio parece una forma evoluciona a un cuerpo. Y del cuerpo, crece un cuello, una cabeza. Alas en el suelo. Una cola. Alguien al pasar no podría descifrarlo. Pero cuando la madre de Avery mira por la ventana, voltea hacia su esposo y dice:

–¡Mira! ¡Están haciendo un dragón de nieve!

Todos sabemos que algo hecho de nieve no durará.

Pero todos recordamos cómo es tener nieve en las manos, hacer algo suave menos suave para poder usarlo para construir. Todos recordamos la sensación de estar afuera, de hacer una forma, de construir.

Así que parte de ello debe durar.

Más tarde, Ryan encontrará los mensajes de su padre, diciéndole que las calles ya están bien, así que debería volver a casa. Y después de que Ryan responda apagando su teléfono, la madre de Avery recibirá una llamada de la mamá de Ryan, diciendo lo mismo. Más tarde, Ryan, Avery y los padres de Avery se turnarán con dos palas para desenterrar la furgoneta de Ryan y hacer un sendero para que se marche. Pero no antes del almuerzo. No antes de una última ronda de besos en el cuarto de Avery. No antes de tomarse fotos con su creación.

Mientras construyen el dragón de nieve, conversan, pero no sobre el dragón de nieve. Avery no le indica a Ryan qué formas hacer; Ryan no hace sugerencias sobre el diseño de las escamas que dibujan con sus dedos descubiertos en la piel del dragón. No importa que Avery ya haya hecho esto antes. No importa que Ryan no lo haya hecho nunca. El resultado final no se parece en nada al que Avery hubiera obtenido si lo hubiera hecho solo, o si Ryan lo hubiera hecho. Será imposible saber quién hizo qué. El resultado es algo único propio de los dos.

Más tarde, dirán que es lo primero que construyeron juntos.

Es la primera de muchas cosas que será solo de ellos.

CASTIGADO
(La sexta cita)

Ryan está castigado. Cuando vuelve a casa después de haber dormido en la de Avery por la nieve, recibe casi un ataque verbal interminable de sus padres, que termina en que saldrá de la casa solo para ir a la escuela o a su trabajo por un período de tiempo sin especificar (o, mejor dicho, el tiempo especificado de *hasta que aprendas tu lección*). En cuanto llega a casa cada día, debe depositar las llaves de su carro en la mesada de la cocina. Uno de sus padres también llama a la casa quince minutos después del fin del día escolar o de su turno, para asegurarse de que está allí.

Esto le fastidia a Ryan por varias razones. No sabe qué lección se supone que debe aprender. ¿Conducir en una nevada cegadora y peligrosa? ¿Nunca poner a su madre en la posición de justificar su irracionalidad ante la madre de Avery por teléfono? O tal vez se supone que debe aprender que no hay lugar para un chico en su vida hasta que escape a la universidad.

Después, está el tema de las llaves del carro. Sus padres no aportaron ni un centavo en la compra de su furgoneta. A Ryan esto nunca le ha molestado, porque significa que la furgoneta es completamente suya. Sus padres no tienen derecho a disponer de sus llaves. Pero de todos modos se las quitan, como si fueran los dueños.

Sus padres son conscientes de cuán lejos vive Avery; saben que no es un viaje corto para que él pueda escabullirse hasta allí después de la escuela. Sin embargo, el padre de Ryan no puede evitar mencionar las cámaras nuevas que tienen en la puerta principal y el garaje, y que se pueden monitorear desde sus móviles. La casa se ha vuelto cómplice de sus padres.

El único vacío legal es que aún tiene su teléfono. Quizás sus padres saben que confiscarlo sería la gota que derramaría el vaso. Quizás comprenden que él cumplirá con su confinamiento mientras que le dejen una ventana abierta. O quizás su padre ha convertido en secreto el teléfono de su hijo en un aparato de rastreo; a Ryan no le sorprendería.

La primera reacción de Avery al castigo es mucho peor que la de Ryan, por el simple motivo de que Ryan tuvo que reaccionar frente a sus padres, mientras que Avery solo reacciona por teléfono hablando con Ryan.

—No es justo —repite Avery—. No lo es.

Ryan admira el modo en que Avery estima tanto la idea de la justicia, como si fuera algo propio de la naturaleza en vez de su grial. ¿Cómo ha encontrado Ryan a un chico de cabello rosa con fe en que el universo hace lo correcto?

Ryan nota que intenta tranquilizar a Avery:

—Estaremos bien. Lo prometo. Se nos ocurrirá algo.

—Bueno —dice Avery—. Solo quisiera…

—¿Qué?

—Solo quisiera que aún fuera ayer. Quisiera que aún estuvieras aquí.

—Yo también.

Ryan sabe que no puede perder de vista ese hecho: valió la pena. Incluso aunque esté castigado. Incluso aunque él y Avery deban estar separados un poco más de lo que esperaban. Valió la pena pasar una noche en sus brazos. Valdrá la pena llegar a otra noche donde suceda de nuevo.

Estar castigado sería un placer si implicara quedarse en casa y faltar a la escuela. Pero no funciona así. El día después de volver a casa, el día después de que lo castiguen, barren las calles, encienden de nuevo la caldera y la escuela abre otra vez.

Le envía un mensaje a su mejor amiga, Alicia, para contarle lo que pasó. Ella está esperando junto al casillero de Ryan a primera hora de la mañana con expresión compasiva y un croissant de chocolate que compró en la panadería Kindling, el único lugar en la ciudad en el que vale la pena detenerse camino a la escuela.

Ryan se alegra de que Alicia haya conocido a Avery. Hace que su compasión sea más genuina.

—Luces aún peor de lo normal —comenta ella. Esta es la manera de saludarse por la mañana.

—Tú luces como si hubieras estado atascada aquí toda la vida —responde él antes de tomar el croissant y quebrar un pedazo.

Alicia suspira.

—Al menos pudiste disfrutar tu día de nieve. Yo tuve que ser niñera.

—¿Dónde fue tu papá?

—Afuera, el mentiroso dijo que fue a quitar nieve.

Ahora es turno de Ryan de emitir un "mierda" *compasivo*.

Alice le resta importancia, no quiere hablar del tema.

—Cuéntame más sobre tu día con tu novio.

Ryan le cuenta que durmió en casa de Avery, que sus padres fueron muy amables. Nota que ella se alegra por él, y luego se pone triste por él cuando llega a la parte del castigo. Ryan nota todo esto, pero todo el tiempo también siente que responde una pegunta bajo premisas falsas. Porque ¿Alicia no acababa de preguntar por su novio? ¿Avery es su novio?

Este es territorio inexplorado para Ryan; sabía que existía en los mapas de otras personas, pero esta es la primera vez que se ha aventurado a salir de los confines de su argumento ordinario y descubrir que está esperándolo.

Todo el día, solo piensa en ello. ¿Pueden ser novios si no han tenido la conversación sobre ser novios? ¿Es demasiado pronto para siquiera pensar en usar esa palabra? ¿Hay cierta cantidad de citas exitosas que tener antes de que puedas hacer la pregunta? Cinco citas es demasiado pronto, ¿cierto?

Pero… ¿qué hay de cómo se siente? Porque cuando está con Avery, cuando está a su lado, siente que son novios.

O al menos eso le sucede a él. ¿Qué siente Avery?

Ryan no puede enviarle un mensaje y preguntarle.

Oye, una duda… ¿Somos novios?

Estaba hablando con Alicia y ella te llamó mi novio. ¿Te parece bien?

Cuando hablas sobre mí, ¿qué palabra usas? ¿Un que empieza con n y termina con o?

No puede hacerlo. Así que queda atascado en un círculo vicioso, preguntándoselo sin parar.

La única vez que sale del círculo es en sexta hora, cuando tiene la clase de Historia estadounidense del señor Castor. No porque Historia sea su asignatura favorita; Ryan no tiene una asignatura favorita, dado que todas compiten por ocupar el último puesto. Pero el señor Castor es el único profesor que le importa, el único profesor que se ha molestado en conectar con él a nivel humano. Muchos otros profesores de Historia se centran en fechas y lugares, pero al señor Castor le gusta hablar sobre cosas como que la palabra "depresión" tiene tres significados: uno económico, uno emocional y uno físico. Dicen que los tres van de la mano y muchas veces, Ryan sabe que experimenta los tres a la vez. Está atascado allí porque depende de que sus padres lo mantengan. Esto le entristece muchas veces, le pone triste estar rodeado de personas que en su mayoría no lo entienden. Y físicamente, siente que hay una grieta en la Tierra, que su vida ahora es algo de lo que tendrá que salir si quiere llegar a otro lado, a un lugar mejor.

Nunca le dice nada de esto al señor Castor. Pero cuando hablan, Ryan tiene la sensación extraña de que hay algo implícito que comparten. El señor Castor siempre lo trata como si supiera que un día se irá, saldrá de allí. Cuando Ryan tiñó de azul su cabello, algunos de sus profesores fueron despectivos (usaron mucho la palabra "dramático") y otros fingieron ignorarlo. Pero el señor Costa lo aprobó. El día después de que Ryan lo hizo, cuando entró a clase, el señor Castor se acercó a decirle que lucía muy bien. Ryan sintió vergüenza por si otros chicos habían oído este cumplido, pero también le agradó recibirlo.

Ahora, el señor Castor empieza a hablar de la administración para el progreso del trabajo de Roosevelt, y si bien Ryan no toma notas, presta atención. Sabe que no es el punto de lo que están diciendo, pero sueña despierto con que lo contraten a él y a Avery para hacer un mural juntos, solo los dos, en algún pueblo tranquilo al que ninguno de los dos haya ido. En su mente, el mural está en una iglesia grande que ha sido convertida en un centro juvenil queer. Es soñar despierto así que ¿por qué no? Él no es un gran artista, pero empieza a bocetar cómo sería. En un momento, el señor Costa pasa a su lado, ve lo que está haciendo y sonríe. Cualquier otro profesor le gritaría, Ryan está seguro, le diría que dejara de soñar despierto.

Ryan quiere contarle todo esto a Avery. Una vez más, se pregunta si los hace novios el hecho de que Avery es ahora la persona a la que quiere contarle todas sus historias, en cuanto se ganan sus palabras.

Cuando por fin termina la escuela, Alicia intenta convencerlo de que no romperá las reglas si ella va a hacerle compañía, pero Ryan está bastante seguro de que su compañía no le caerá bien a sus padres, dado que interferirá con el aislamiento y la miseria planeada.

Lo confirma al llegar a casa y recibir la llamada de comprobación.

—¿Llegaste? —pregunta su padre, una pregunta curiosa, dado que Ryan ha respondido el teléfono de línea. Mil respuestas sarcásticas cruzan la mente de Ryan, pero de algún modo, logra decir un simple:

—Sí, llegué.

—Bien. No volverás a salir y no tienes permiso para llevar a nadie a casa. ¿Entendido?

—Sí.

—Tu madre debería llegar a la hora de siempre. Esperará encontrar la casa limpia.

–Entendido.

–¿Cómo?

Quizás un poco de sarcasmo apareció en su voz. Lo borra cuando responde:

–Dije que entendí.

–Bien.

Su padre cuelga y Ryan va a su cuarto a llama a Avery.

Tienen mucha tecnología que los acerca más, en especial las videollamadas. Hay cierta intimidad en ser capaces de verse mientras hablan, pero también hay cierta desconexión en la conectividad. Ryan puede ver a Avery en la pantalla, puede oír su voz y su risa, pero todo el tiempo, no puede dejar de pensar que está sentado solo en un cuarto vacío.

Hablan más sobre lo injusto de la situación, aunque Avery lo menciona porque tiene ensayos para la obra casi todos los días después de la escuela así que no podrán verse hasta el fin de semana. Avery está en un aula cerca del auditorio, escondido mientras el director evalúa una escena en la que él no participa. Ryan está en la cama, con el teléfono posado en una almohada para no tener que sujetarlo todo el tiempo. Durante media hora, comparten detalles de sus días.

–Desearía que estuvieras aquí –dice Ryan, porque lo dice en serio y porque *(admítelo)* espera que Avery dirá lo mismo.

–Y yo desearía que tú estuvieras aquí –responde Avery–. O que los dos estuviéramos en otro lugar. En el mismo lugar.

Ryan quiere preguntar si eso los convierte en novios. Pero se siente tonto preguntándolo. Parece demasiado como si estuviera tendiendo una trampa.

Avery mira algo fuera de la pantalla y luego inhala.

—Bueno —dice y exhala—. Debo irme. ¿Te llamo más tarde?

—Sí, por favor —dice Ryan.

—Intenta no meterte en problemas.

—Será fácil porque no estás aquí.

La llamada termina. Ryan sabe que debería empezar su tarea.

En cambio, cierra los ojos y duerme una siesta. El mundo es demasiado.

La voz de su madre lo despierta.

—¿Qué estás haciendo?

Es evidente que sus padres lo están evaluando con estas preguntas.

—¿Supongo que me dormí?

—Que estés castigado no significa que puedas dormir todo lo que quieras, Ryan.

—Lo siento. No era mi intención.

Su madre chasquea la lengua. Luego, ve el teléfono en la cama.

—Me lo llevaré —ordena y extiende la mano—. Lo recuperarás mañana tempano antes de ir a la escuela.

—*Pero mamá* —dice Ryan antes de poder evitarlo.

—Ahora.

Apaga el teléfono antes de entregarlo. Lo último que quiere es que sus padres vean mensajes al entrar.

—Haz un poco de tarea antes de la cena —dice su madre.

—Está bien. —Ryan se pone de pie y abre su computadora. Satisfecha, su madre sale del cuarto.

Lo primero que Ryan hace es enviarle un mensaje a Avery para decirle que no se moleste en llamar.

La próxima semana es horrible.

Hay solo un momento breve en el que Ryan y Avery pueden hablar: cuando Avery está libre de los ensayos, antes de que la mamá de Ryan llegue a casa. Algo es algo, pero no es suficiente. Ryan y Avery solo pueden ponerse al día de las cosas que están creando sin la compañía del otro. No pueden crear nada nuevo juntos.

Ryan agradece tener que trabajar en la tienda de comestibles, porque allí puede hablar con otras personas, incluso aunque no sean Avery.

Los fines de semana son lo peor. Los padres de Ryan no le devuelven su teléfono el sábado a la mañana y esconden sus llaves. Ryan va a ver televisión, pero su padre la apaga, diciendo que no habrá televisión mientras esté castigado. Lo mismo sucede cuando intenta ver algo en YouTube; no le quitan la computadora portátil, pero dicen que debe mantener la puerta del cuarto abierta todo el tiempo, para poder asegurarse de que está haciendo "trabajo válido". Pero la cuestión es que la cantidad de tarea es limitada. Normalmente, su padre le haría trabajar en el jardín, pero la nieve aún está presente y el garaje es demasiado frío para que pasen allí el tiempo necesario para acomodarlo. Así que Ryan no tiene nada que hacer. Si intenta dormir siesta, sus padres lo despiertan. Le dicen que lea un libro.

Estar con Avery empieza a sentirse como algo que su mente inventó como mecanismo de defensa. ¿Cómo es posible que la memoria haga algo más allá de estimar cómo se sintió que besaran su cuello, la calidez de Avery a su lado y sentir la misma calidez en una sonrisa? ¿Y cómo podía confiar plenamente en que la estimación sea certera?

Luego lo visitan los pensamientos de pesadilla. Avery es tan genial: ¿no sería lógico que otros chicos también estuvieran interesados en él? Otros chicos que no están castigados, que no están encerrados como Ryan. Quizás alguien de la obra de teatro. Otro actor, o un chico lindo del elenco. Ni siquiera sería desleal que Avery saliera con otro, ¿no? Él y Ryan no son novios. No dijeron que dejarían de ver a otras personas.

El domingo a la mañana nieva de nuevo y, lo que antes fue mágico, ahora es insulso, melancólico. Nadie le advirtió que la intensidad de compartir podía llevar a la desolación de su ausencia. El territorio inexplorado empieza a desaparecer del mapa.

El domingo a la noche, Ryan está empezando a desesperar. Mientras sus padres miran fútbol en la sala, se arriesga a enviar mensajes desde su computadora portátil. Libera toda su desesperación con Alicia mientras intenta mantenerla bajo control para Avery. Avery está constantemente preguntándole si sabe cuándo terminará el castigo y Ryan desea tener la respuesta correcta que dar.

Odio esto, escribe Avery.

No me abandones, responde Ryan por escrito.

Cuando Avery responde **no lo haré,** Ryan intenta creerle.

Alicia quiere hacer algo radical, actuar como en la película *Mi pobre angelito* con los padres de Ryan para que ellos vean cómo es estar cautivo en su casa. Ryan cree que no es una buena idea. Huir tampoco parece potable ya que el padre de Alicia no es mejor que los padres de Ryan, por lo que Alicia no puede acoger a su amigo.

Desea poder pedirle a Avery que lo visite en el trabajo, pero sabe que le gritarán si intenta tomar un receso de más de diez minutos. ("¡El papel higiénico no se apila solo!").

Piensa en decir que necesita ir a casa de un compañero a hacer un trabajo grupal, pero luego sus padres querrán ver el proyecto.

Más tarde, el domingo a la noche, permanece despierto intentando pensar en otra opción.

Justo antes de conciliar el sueño, se pregunta si quizás ha encontrado una. Cuando despierta, todavía lo recuerda. Es algo difícil, pero siente que lo que tiene con Avery corre cada vez más peligro y concluye que vale la pena correr cualquier riesgo.

El señor Castor parece sorprendido al ver a Ryan esperando en la puerta de su oficina tan temprano un lunes por la mañana.

Luce aún más sorprendido cuando Ryan pregunta:

—¿Cree que podría darme un castigo falso?

Ryan nunca ha estado en un despacho de profesor así. Nunca le ha pedido un favor a un profesor o a alguien de la escuela.

El señor Castor le pide que pase y cierra la puerta. Deja el café en el escritorio, quita unos papeles de una silla y le indica con un gesto a Ryan que se siente.

Ryan obedece con cierta incomodidad. El pasillo está vacío, pero ya siente que todo el mundo lo vio entrar a pedir ayuda.

El señor Castor no pregunta de inmediato. Ni siquiera pregunta qué quiere decir con "castigo falso". En cambio, dice:

—¿Qué sucede, Ryan?

Ryan está seguro de que el señor Castor sabe que es gay; todos sus profesores parecen saberlo. Pero Ryan siempre se ha negado obstinadamente a decírselo a cualquiera de ellos, a invitarlos a esa parte de sí mismo.

Pero ahora, empieza a contarle al señor Castor sobre Avery, sobre cómo Avery condujo hasta Kindling para ir a un baile al que asistían pocos chicos de Kindling. Le cuenta al señor Castor sobre el día de nieve y cuán maravilloso fue… Y luego le cuenta sobre su regreso, las consecuencias, seguido del castigo intransigente y al parecer infinito de sus padres.

—Y pensaste…

—Pensé que si usted les escribía un correo diciendo que estaba castigado, entonces Avery podría venir aquí y podría verlo y evitar que todo se derrumbe.

Suena muy tonto cuando lo dice en voz alta. Es demasiado pedir. Si el señor Castor no se reirá de él, de alguna manera las paredes de la escuela lo harán.

Después de beber un sobo de café y pensar un segundo, el señor Castor dice:

—¿Te das cuenta de que hay una falla en tu plan?

—Lo siento –dice Ryan–. Nunca debería haberle pedido que…

—No –lo interrumpe el señor Castor–. No es eso. Es que si yo fuera tus padres y recibiera un mensaje diciendo que vas a detención, *empeoraría* tu castigo, no lo ignoraría. Tal vez tendrías una tarde con Avery, pero pasarían meses antes de que tengas otra oportunidad.

Es tan obvio. Si el señor Castor no estuviera sentado allí, Ryan se golpearía la cara. De verdad.

El señor Castor continúa:

—La detención no es la respuesta, Ryan. Sin embargo, el debate tal vez lo sea.

Ryan no comprende.

—¿El debate?

—Torneos de debate.

Ryan sigue sin comprender.

—No hago eso –dice.

El señor Castor continúa despacio:

—Creo que es hora de que empieces a participar. Nos reunimos los jueves después de la escuela. Quizás incluso tendrás que asistir a un torneo este jueves.

—Pero yo no… Ah. *Ah*.

El señor Castor sonríe y alza la taza de café para brindar.

—Bienvenido al equipo, Ryan.

El jueves es el único día que Avery no tiene ensayos y Ryan no tiene que trabajar. Es imposible que el señor Castor lo haya sabido. Simplemente sucede.

Los padres de Ryan no le creen por completo su interés repentino en la oratoria. Pero el correo electrónico que el señor Castor envió pidiendo la presencia de Ryan en una competencia a más de una hora de distancia parece legítimo. Ryan explica que varios miembros habituales han contraído una gripe fuerte y que por eso el señor Castor tuvo que reemplazarlos con suplentes.

—Pero no te gusta hablar —dice la madre de Ryan, confundida.

—Sin embargo, le gusta discutir —añade el padre de Ryan, contento con su propia observación.

Le dan permiso.

Más tarde esa noche, Ryan le envía mensajes a Avery para contarle la noticia.

Por suerte, Avery aún está libre el jueves.

Hacen planes de verse en algún punto medio entre sus pueblos. Su sexta cita.

Ryan cree que Avery está entusiasmado de veras por verlo de nuevo. Sin embargo, la distancia electrónica aún está presente, la experiencia de palabras sin voz, sonrisas sin rostro. Ryan intenta visualizar el camino: *Mis pensamientos se convierten en palabras; las palabras pasan de mi mente a mis dedos; mis dedos tocan las teclas y las letras aparecen en la pantalla y se transmiten por ondas; las ondas viajan a través del cuarto hasta el wifi; se convierten en otro tipo de onda que late a través de* una red de cables que van de mi cuarto al suyo; cuando las palabras llegan a su cuarto, abandonan los cables y saltan en el aire; su computadora las atrapa y las exhibe ante sus ojos; sus ojos las asimilan y las envían a su cerebro, donde las palabras vuelven a ser pensamientos. De este modo, imagina que aún están conectados. Y así, la velocidad de las palabras supera el dolor de la distancia.

Tres días. Solo necesita resistir tres días más.

Quiere ver a la tía Caitlin, quien ha conocido a Avery y le cae bien y quien comprenderá el deseo de Ryan de estar con Avery. Ella es la única persona en su vida que será capaz de explicar que cuanto más cercano te vuelves a alguien, más cosas extrañas cuando se separan; la sensación de reencuentro que aparece cuando se vuelven a ver no es solo una reunión con la persona que quieres, sino también una reunión con la parte de ti mismo que habías dejado atrás. Si el amor vale la pena, entonces la parte que te faltaba es una de tus mejores partes, una de las más felices. Y por esa razón te sientes mejor y más feliz cuando se reencuentran.

Quizás por este motivo los padres de Ryan le han dicho que no puede ver a Caitlin. Saben que su tía será comprensiva. Para los padres de Ryan, demasiado comprensiva. Tiene permiso para llamarla solo una vez, los martes por la noche, porque los miércoles por la noche suele ir a casa de su tía para ver un programa que a los dos les gusta con *drag queens* que combaten el crimen. Este miércoles, ella lo grabará para que lo vean cuando termine la condena de su sobrino.

—Lo siento mucho —dice la tía Caitlin cuando él llama para cancelar.

—Está bien —responde Ryan. No hay mucho más que pueda decir; está en el teléfono de la cocina y sus padres están sentados allí.

—¿Estás resistiendo?

—Sip.

La tía Caitlin suspira.

—Te juro que si esto dura mucho más, te sacaré yo misma de allí.

No hay nada que Ryan desee más.

Su madre tose, lo que indica que es momento de colgar. Se supone que no es una llamada social.

—Debo irme —le dice a su tía.

—El mar es amplio, pero tu barco llegará —le promete—. Y tengo la sensación de que tendrá otro pasajero.

Ryan sonríe, pero no demasiado para que sus padres no lo vean. Esconde la mayor parte del gesto con el teléfono mientras se despide.

La noche del miércoles no se siente para nada como una noche: se siente como *una noche previa*. Quiere dormir, pero cada vez que está a punto de lograrlo, el entusiasmo canta en su oído o la ansiedad le abre los ojos. Cambia de posiciones, la intensidad de su anhelo le roba las mantas. Cuando se cubre de nuevo, el riesgo de toda la situación le da calor.

No está mal que quiera esto, continúa repitiéndose.

Sus latidos no están seguros de concordar con él.

La mañana siguiente, en el desayuno, sus padres le preguntan por su furgoneta.

–Supongo que tomarás el autobús para ir al torneo –dice su padre–. Así que tendrás que dejar la furgoneta en el estacionamiento de la escuela.

–Ajá –responde Ryan con la boca llena de cereal.

Pero ¿por qué su padre pregunta eso? ¿Para ponerlo a prueba sobre cómo viaja un equipo de debate? ¿O sus padres pasarán con el carro junto al estacionamiento de la escuela mientras él no esté?

Había planeado llevarse su furgoneta para ver a Avery. Ahora siente que no puede. Por si acaso.

Una vez más, está esperando al señor Castor cuando él llega a su oficina antes del timbre matutino.

–¿Hay un autobús? –le pregunta Ryan a su profesor–. Si lo hay, creo que necesito usarlo.

El señor Castor parece entretenido.

–¿Es tu manera de decir que te unes oficialmente al equipo?

–Supongo que sí –dice Ryan–. Siempre y cuando pueda escabullirme.

Ni Ryan ni Avery han ido antes a Bluff Lake, donde tiene lugar el torneo. De hecho, está más cerca para Avery que Kindling, pero igual no es un punto medio.

Investigué un poco, le escribe Avery a Ryan en el almuerzo. **Hay una tienda de donas.**

Antes de subir al autobús, Ryan le cuenta a Alicia lo que está haciendo.

—Te das cuenta de que yo podría haberte llevado, ¿no? —comenta ella.

Pero Ryan no quiere que ella sea su chofer en espera. Sabe que estaría dispuesta. Pero también quiere que su relación con Avery sea algo que no dependa de los demás. Quiere al menos hacer una parte por cuenta propia.

Intenta explicárselo a Alicia. Ella intenta comprender.

Ryan no tiene idea de si conoce a alguien del equipo de debate. Nunca le ha prestado atención.

Toman un autobús igual a todos los otros frente a la escuela; Ryan se hubiera confundido si el señor Castor no hubiera estado de pie junto al vehículo correcto.

—Recuerda —dice el señor Castor cuando él se acerca—: si alguien pregunta, vienes para una prueba, para ver cómo funciona antes de empezar la semana próxima.

Ryan asiente.

—Entendido.

—Y luego empezarás la semana próxima.

Ryan asiente de nuevo y sube al autobús.

No hay tantos chicos dentro y reconoce a la mayoría de sus rostros. Son los chicos con honores y muchos son lo que Alicia describiría como "no malos". (Por ejemplo: "Callie es una perra, pero Rebecca no es mala"). Con el corazón levemente acelerado, ve que Kin Davis está en el autobús; su madre es amiga de la madre de Ryan, y es muy posible que este viaje en autobús aparezca en sus conversaciones en algún momento. Es decir, está cubierto.

Ryan ve que Ben Samuels se ha sentado un poco más atrás que el resto del equipo, pero igual a pocas filas antes del final del autobús. Ryan ocupa el asiento frente a Ben.

Ben alza la vista de su teléfono por un segundo y pregunta:

—¿Estás en el autobús correcto? —No es sarcástico. De verdad cree que Ryan se ha equivocado de vehículo.

Ryan repite la explicación que le dio el señor Castor.

—Ah. Está bien —dice Ben Samuels. Luego, mira de nuevo su teléfono y Ryan se vuelve otra vez invisible.

A Ryan ni siquiera se le ocurre desear que hubiera alguien en el autobús a quien pudiera decirle: "hola, estoy aquí porque voy a tener la sexta cita con un chico que tal vez sea mi novio". Esos son sus compañeros, pero lo conocen tanto como lo conocen un grupo de extraños en un autobús. Y tienen menos curiosidad por él que la gente desconocida de un autobús también.

Cuando llegan a la escuela donde ocurrirá el torneo, el señor Castor recibe una hoja que les informa en qué cuarto está cada categoría. Él les indica a los otros alumnos dónde ir, y le dice a Ryan frente a todos que se quede con él a observar la competencia improvisada. Su equipo se dispersa y cuando están fuera de vista, el señor Castor le pide a Ryan que lo acompañe a ver una ronda. Luego podrá tener una hora fuera y regresar con tiempo de sobra antes de que el autobús vuelva al colegio.

Ryan no tiene idea qué es un discurso improvisado e incluso después de que él y el señor Castor observan a los dos primeros competidores, sigue sin entenderlo muy bien. Básicamente, parece que los jueces te asignan un tema y tienes un minuto para pensar qué decir al respecto. El chico y la chica al frente de la habitación parecen disfrutarlo pero para Ryan es el peor examen sorpresa del mundo.

Después de escuchar a la chica quejarse sobre el colegio electoral y al chico hablar sobre los méritos del socialismo democrático, Ryan empieza a sentir que ha sido castigado. El señor Castor lo mira, ríe por lo bajo y dice:

—Está bien, puedes irte. Solo recuerda que tienes una hora. Y asegúrate de tener el teléfono encendido porque te llamaré si algo cambia.

No hace falta que se lo digan dos veces. Ryan abandona su asiento de un salto, sale del cuarto y de la escuela. Mira sus mensajes: ninguno de Avery. Asume que eso significa que Avery aún está conduciendo.

Abre la aplicación de mapas y emprende el viaje hacia la tienda de donas.

Mientras camina por Bluff Lake, nota que es igual que todos los otros lugares, con grandes tiendas ubicadas entre centros comerciales despojados, solitarias gasolineras y establecimientos de comida rápida muy iluminados. La zona del centro también se parece mucho a cualquier otro lugar, con algunas tiendas y mucha menos gente. Las dos tiendas de ropa exhiben el tipo de suéteres y pantalones que tu tía abuela te regalaría en Navidad y nunca usarías. La tienda de zapatos está muy orgullosa de tener algunas Crocs en stock. La pizzería se llama Lo de Giuseppe, pero no está claro si realmente hay un Giuseppe o si alguien simplemente pensó que así debería llamarse una pizzería. No hay un Starbucks a la vista, aunque había uno en la carretera, con servicio para carros.

En este contexto, el lugar de donas es un signo de exclamación. Las vitrinas no pueden contener todo el glaseado y las chispas, versiones de ellas danzan por las paredes también de colores brillantes. La música que sale de los altavoces también es superdulce, y las mesas están mucho más ocupadas con entusiasmo que en cualquier otro lugar que Ryan haya visto en la ciudad. Imagina que tiene que ver en parte con la disponibilidad de café en el lugar, porque si bien algunos clientes tienen donas, casi todos tienen una taza de café a mano.

Ryan nota que algunas personas lo miran cuando entra: no sabe si es porque es un desconocido o porque tiene cabello azul. (Es por ambos motivos). La idea de sentarse en una mesa sin café o sin una dona a esperar a Avery se siente incómoda, así que compra un café grande y espera para la dona, para justificar ocupar el espacio antes de llegar a lo bueno con Avery.

Cuando toma asiento, mira de nuevo su teléfono. Aún no hay novedades. El latido traicionero de su corazón ya está acelerado por el pánico que dice que Avery no vendrá, que abandonará a Ryan. Empeora tanto que Ryan envía un mensaje:

¿Estás cerca?

El teléfono indica que el mensaje fue recibido, pero es todo lo que dice.

El territorio inexplorado empieza a volverse tenue bajo la luz leve de sus pensamientos. Ryan permanece quieto, pero el horizonte se mueve.

Está tan concentrado en su teléfono, en esperar los tres puntos de respuesta, que ni siquiera ve a Avery hasta que Avery llega a la mesa.

—¿Está ocupado este asiento? —pregunta, Ryan alza la vista y allí está, con su cabello rosa y su sonrisa traviesa.

¿Cómo es ver de nuevo a Avery? Es como si la vida de pronto hubiera subido de nivel y el presente fuera un lugar mucho mejor de lo que era hace un segundo.

Ryan ahora también sonríe, pero no es suficiente. Abandona su asiento y sabe que debe caminar por la línea delicada entre *no suficiente* y *demasiado*. Como suele pasar con esa línea, la respuesta es abrazar a Avery, fuerte, permanecer en sus brazos uno o dos segundos más de lo que harían con un amigo, enviar el mensaje de que aunque no se besarán frente a todos esos desconocidos, ese abrazo es en cierto modo un beso.

—Te extrañé —dicen los dos al mismo tiempo, y se separan para que Avery pueda quitarse el abrigo y colgarlo en el respaldo de su silla.

Luego Avery dice:

–Donas.

Y Ryan concuerda:

–Donas.

Algunas de las opciones en el mostrador suenan divinas y otras parecen profanas. Avery dice que no ve nada malo en ponerle tocino a una dona; Ryan, a quien en general le gusta el tocino en toda ocasión, dice que prefiere una dona de frambuesa y quizás una con cereales frutales encima.

Compran dos donas cada uno y, en vez de café, Avery pide un vaso de leche. Luego, se abren paso entre las mesas y regresan a la suya.

Si la vida sube de nivel cuando tu casi novio entra a la habitación, también hay una caída que viene poco después, cuando la vida amenaza con volver al mundo mundano del que has sido elevado. Ryan mira a Avery del otro lado de la mesa y cree que no hay nada que pueda decir que esté a la altura de los primeros minutos de reencuentro. No puede preguntarle sobre el viaje. No puede mencionar que solo tienen una hora. No puede decir cuánto extrañó a Avery, porque ya lo ha dicho. No puede exhibir el contenido de su corazón porque no lo ha acomodado de un modo que puede compartir. Así que en medio de su felicidad, hay una puntada fuerte de desesperación.

Avery acerca su silla para que las rodillas de ambos se toquen. Las presiona contra las de Ryan y Ryan hace lo mismo.

Eso es todo lo que necesitaba para que la desesperación desaparezca. Contacto.

–Gracias por venir hasta aquí –dice Ryan.

–Gracias por unirte al equipo de debate para estar conmigo –responde Avery–. Además, tu condujiste más para nuestra última cita. Y desde entonces, has estado preso.

Ryan mira por la ventana con exageración.

—Quiero que haya otra tormenta —dice y mueve la mano en la mesa para que sus meñiques puedan coquetear—. Quiero que nos quedemos varados aquí.

—Podríamos vivir semanas comiendo donas —dice Avery—. Me apunto. Que venga la nieve.

Este es el vocabulario de la sexta cita, todas esas maneras distintas de decir "me gustas, ¿sabes?".

Ryan intenta que su dona dure, pero cada bocado parece tener un mensaje subliminal dentro, uno que insiste: *Debes morderla de nuevo ahora mismo.* Las dos donas desaparecen en dos minutos.

Avery ha ido más lento bebiendo leche, pero sus donas apenas duran un minuto más.

No es momento de hablar sobre ensayos o padres o cómo estuvo la escuela. No, no cuando solo tienen una hora juntos: cuarenta y dos minutos en realidad, ya que cuenta desde que Ryan dejó al señor Castor, y no desde la llegada de Avery. Otra injusticia más a cargo del universo.

—¿Quieres dar un paseo? —pregunta Avery.

Ryan acepta.

Dado que ninguno de los dos ha ido antes a Bluff Lake, no tienen idea de a dónde ir. Ryan resiste la necesidad de comentar rápido cómo se siente, lo cual sonaría parecido a "estoy tan contento de que estés aquí espero que tú también lo estés espero poder seguir haciendo estas cosas contigo ¿y tú?".

También quiere besar de nuevo a Avery. Porque eso siempre es lo que se siente más real.

Avery señala una tienda de todo por un dólar llamada Dollar Store.

—¿Quieres comprar dólares? —pregunta.

–¿Cuánto cuestan? –responde Ryan.

Me gustas, ¿sabes?

No tardan en aparecer las oficinas: de abogados, contadores, dentistas.

–Allí –dice Avery inclinando la cabeza para indicar un estacionamiento detrás de una de las oficinas de recaudación. No hay carros.

–¿Aquí? –pregunta Ryan.

Avery toma su mano. Lo lleva por la esquina de modo que están ocultos de la vista de la calle. Sonríe de nuevo y continúa sujetando la mano de Ryan mientras se acerca para besarlo.

No se siente como la última vez, que no se había sentido como la vez previa a esa. Aún es bastante nuevo así que cada beso contiene el recuerdo de todos los besos previos… y luego toma un giro propio, su propia razón de ser. Besar siempre es una confirmación y hay veces en las que esta confirmación se necesita más que otras. Ahora mismo, Ryan la necesita mucho. Confirmación de intenciones, de deseo. De sentimientos compartidos, de sueños volviéndose realidad.

–Oh, Ryan –dice Avery cuando se detienen para respirar. Está todo allí, en el modo en que dice el nombre de Ryan: la confirmación de la confirmación.

–Oh, *Avery* –responde Ryan, extendiendo el nombre para poder incorporarle todo el afecto posible.

Se besan, se abrazan y mueven las manos debajo de los abrigos del otro. Por unos minutos, abandonan el dominio del tiempo, solo para volver cuando el teléfono de Ryan vibra contra los muslos de ambos.

Avery se aparta, pero no sin darle otro beso. Ryan ve que tiene un mensaje del señor Castor, diciéndole que empiece a regresar. Ryan se lo muestra a Avery y Avery dice:

—Iré contigo. Fingiré que soy de otra escuela.

—No es necesario —dice Ryan. Avery sonríe.

—Supuse que si vengo a ver tu debate imaginario, entonces tendrás que venir a ver mi obra escolar al menos una vez. Tal vez dos.

Un plan.

Un plan futuro.

Eso es lo que Ryan necesita para por fin ver con claridad:

El "me gustas, ¿sabes?" de Avery.

Ahora se siente cómodo haciendo visible el suyo propio, sin nada más escrito por encima.

—No me perdería tu obra por nada del mundo —dice. Luego, aunque no han abierto a la perfección la puerta, decide que está lo bastante abierta para añadir—: Y, de ser posible, me gustaría mucho ser el novio que te espera con flores después del espectáculo.

Ryan nunca ha esperado con flores a nada ni a nadie. Al principio, no sabe de dónde salió esa idea. Luego, se da cuenta de que debe haber salido de Avery, de lo que Avery ha introducido en sus pensamientos.

Avery se acerca de nuevo y le da otro beso.

—Supongo que eso significa que estoy a punto de ser el novio que alienta desde la tribuna en una competencia de debate. Excepto que no estás participando. Y creo que no permiten alentar.

Ryan ríe.

—Sí, no lo creo.

Cuando terminan de reír, ve que Avery lo mira: que lo mira *de verdad,* con la concentración intensa que aparece cuando lees un libro, pero dirigida a otra persona.

—¿Qué? —pregunta Ryan.

El libro aún está abierto, aún lo está leyendo, cuando Avery pregunta:

—Lo haremos, ¿cierto?

No hay *cómo* en su pregunta. No hay *qué*, no hay *por qué*, no hay *dónde*, no hay *cuándo*. Eso es lo que yace debajo de todas esas palabras. La base en la que se construirán todas las otras preguntas.

Ryan toma de nuevo la mano de Avery, la aprieta.

—Sí —dice en voz baja—. Creo que lo haremos.

Avery, quien siempre está relajado. Avery, quien trae música a la habitación. Avery, quien Ryan cree que es mucho mejor en esto que él... Ese mismo Avery está balanceándose de modo peligroso al borde del llanto.

—Lo siento —dice, secando sus ojos—. Lo siento mucho. Es solo que habíamos bromeado con eso, con las flores y el debate y todo. Pero necesito que sepas que esto no es broma para mí. Para nada. Es algo muy importante, y necesito saber que también es importante para ti porque no he hecho esto antes, no así, y creo que necesito que lo sepas. Necesitas saber que he estado pensando en esto sin parar, desde que te fuiste de mi casa, y me asusta querer tanto algo. Creo que no sabes cuánto pienso en ti, Ryan. Creo que no sabes cuánto me aterra, porque me he esforzado mucho por evitar demostrártelo. Pero aquí está frente a tus ojos y supongo que lo que estoy intentando decir es que si de verdad seremos novios, necesitas saber que tengo miedo, y también necesitas saber que lo tengo porque me gustas mucho. Tal vez no quieres un novio así. Y si es el caso, estaré triste y decepcionado, pero lo entenderé. Solo creo que es justo decirte todo esto. Es necesario. Tienes que ver cuán malo soy para esto, ¿sí?

Si antes Avery parecía perdido leyendo a Ryan, ahora Ryan parece alguien que ha llegado a la parte del libro que no esperaba y, en vez de perderse en ella, mira a su alrededor a personas que no están allí para decir "¿pueden creer que esto esté pasando?".

Quiere reír, es tan ridículo.

—¡Soy incluso peor que tú! —le jura a Avery—. ¡Lo prometo! ¿Todo lo que acabas de decir? Bueno, triplícalo. Cuadriplícalo. Ese soy yo. No tengo idea de qué estoy haciendo, pero a la vez sé que estoy haciendo lo correcto al estar contigo. ¿Tiene sentido? Espero que lo tenga. Porque... eres lo que más ha tenido sentido para mí en un largo, largo tiempo. Quizás en toda mi vida. No sé cómo es ser un novio. No sé cómo es tener un novio. Pero lo que sé es que quiero aprender cómo son ambas cosas contigo.

Avery sacude la cabeza y luego dice:

—Ven aquí.

Se besan de nuevo, se abrazan.

—Vaya par que somos —le dice Avery en el oído a Ryan.

—Supongo que nos merecemos mutuamente —responde Ryan en el cuello de Avery.

Avery se acurruca y besa la mejilla de Ryan.

—Supongo que sí.

El teléfono vibra de nuevo. Ryan le escribe al señor Castor que está en camino. Luego, toma la mano de Avery y salen del espacio del que se han apropiado.

—¿En qué dirección está la escuela? —pregunta Avery.

—Para allá, creo.

—¿Crees? —Avery toma su teléfono—. Toma, búscalo.

Pero Ryan lo detiene.

—No —dice—. La encontraremos.

Y así parten, aún tomados de la mano.

Llega el momento. Ya no estás caminando por territorio inexplorado. No, te das cuenta de que es más que eso.

Has comenzado a construir un hogar aquí.

Y no lo estás construyendo solo.

NOCHE DE ESTRENO EN EL AUTOCINE
(La cuarta cita)

Ser queer es, entre otras cosas, conducir dos horas para ver una película solo porque tiene personajes cuyas vidas se asemejan aunque sea un poco a la tuya.

Para Ryan, el viaje lleva casi tres horas. Recogerá a Avery para la cuarta cita y luego irán al pueblo universitario más cercano, ya que los pueblos universitarios tienden a ser los centros de la diversidad en las regiones menos diversas de Estados Unidos. La cabina de su furgoneta se ha convertido en un nido de mantas, ya que no será una noche de cine ordinaria con palomitas y apoyabrazos compartidos. No, esta noche será un evento en el autocine, el inicio de una muestra de cine local de una sola noche. Hace algunas semanas, Ryan podría haber encontrado el anuncio y lo habría guardado junto a todas sus otras oportunidades perdidas. Claro, hay algunos amigos a los que podría haber arrastrado, si hubiera estado dispuesto a deberles un favor, pero no se habría sentido cómodo pidiéndolo. No habría sido como cuando le preguntó a Avery: una respuesta entusiasta a una invitación esperada, el conocimiento de que les entusiasma la película por motivos queer similares. Tener a alguien entusiasmado por ver la película con él es tan increíble para Ryan como tener la película a un viaje en carro de distancia.

Una cuarta cita quizás es temprano para el amor, pero es el tiempo adecuado para la gratitud.

Cuán afortunado y peligroso estar agradecido por alguien incluso antes de que suba a la furgoneta.

Avery pasa demasiado tiempo decidiendo qué ponerse. No solo porque quiere lucir bien para Ryan, sino también porque va a ser un adolescente de dieciséis años en un espacio poblado por jóvenes universitarios queer. Siente que estará haciendo una audición para el papel de su futuro yo.

Es un error de principiante pensar que lo queer tiene un código de vestimenta. Lo queer es opcional en cuanto a los códigos. Avery aún no ha descubierto esto, pero está cerca de hacerlo.

Como seguramente será una noche fría en el autocine, Avery se abriga con capas de ropa. Eso alivia un poco la presión que siente por su camiseta (de Tegan and Sara, predecible, pero personal), saber que habrá un suéter a rayas sobre ella.

Ryan envía un mensaje de texto diciendo que está a cinco minutos de distancia. Avery se mira por última vez en el espejo y baja las escaleras. Sus padres han dejado claro que quieren conocer a Ryan, pero Avery aún no se lo ha transmitido. En cambio, ha ganado algo de tiempo diciéndoles a sus padres que Ryan entrará de camino a casa. No hay forma de hacerlo ahora si quieren llegar a la película a tiempo.

Los padres de Avery le dan dinero para palomitas antes de su partida y no dicen nada más allá de *diviértete*. Saben que se sentirá avergonzado si le desean suerte. Están contentos de que vaya al autocine con un chico, y en ese sentido, son de la vieja y la nueva escuela a la vez, dos conceptos que combinados se vuelven algo que podría llamarse la buena escuela.

Es decir: han permitido que su hijo explore mientras mantiene una red de seguridad por si cae. Hacen lo mejor que pueden.

Ryan y Avery sonríen cuando Avery se desliza en el asiento del copiloto, porque en este punto, la presencia física es la evidencia más confiable para todo lo que ha estado ocurriendo en sus mentes. No ha pasado mucho tiempo desde que se vieron por última vez, remando en el río. Pero en los días intermedios, ambos chicos han dudado de que las cosas realmente pudieran estar yendo tan bien. Avery es el sueño que Ryan está teniendo, así como Ryan es el sueño que Avery está teniendo. Ahora que están juntos, pueden compartir el sueño. ¿Y qué es más asombroso que un sueño compartido?

Dos horas en una furgoneta es mucho tiempo para dos chicos que aún no han encontrado la comodidad de un silencio compartido. Avery es un mejor maestro del silencio en solitario, por lo que su barómetro no mide la falta de conversación tanto como el de Ryan. Por suerte, su destino se presta fácilmente como tema de conversación. La película que verán, *Tú y yo*, es la primera historia de amor no binaria en llegar a las pantallas en su parte del país. (El título proviene de la idea de que en una relación, el único concepto binario debería ser tú/yo... E incluso eso se desdibuja un poco). Ryan y Avery han estado viendo entrevistas con el joven director, cuyo deseo sin reservas de crear la historia de amor que más querían ver en el mundo es en sí misma una historia de amor, al menos según Ryan y Avery: una historia de amor entre el escritor-director y el público al que quieren llegar, una historia de amor entre el escritor-director y su yo más joven, que sintió la ausencia de una película como *Tú y Yo*, y una historia de amor entre las fuerzas de la creatividad y la necesidad. El escritor-director ha creado algo más allá de sí mismo y que aún logra representarle, lo cual es algo a lo que tanto Avery como Ryan aspiran, aunque todavía no tienen idea de cómo llegar allí.

Hablan de esto, y hablan de las veces que se han visto reflejados en la pantalla, sabiendo que las tragedias son importantes, pero no la totalidad de cómo quieren que se les represente en el mundo. Preferirían sumergirse en *Luz de luna*, en *La noche de las nerds,* en el cumplimiento de deseos de *Con amor, Simon*. No hay suficientes historias como la suya. Lo cual, por un lado, hace que sus vidas y su amor se sientan más originales. Pero aun así sería agradable ver cómo otras personas lidian con las cosas con las que tienen que lidiar y navegan por los sentimientos que se encuentran experimentado.

Eso es lo que están esperando.

En especial Avery. Porque Hollywood todavía prefiere apostar más por historias como las de Ryan (cis, blanco) que como la suya. Él sabe que hay muchos cineastas como él. Pero también es muy consciente del poco poder que se les ha dado para contar sus historias.

—Quiero superhéroes transgénero —pide Avery con un suspiro.

—Quiero espías gays —dice Ryan—. Debe haber agentes secretos gays. O sea, es obvio.

—¡Y animaciones!

—Sí. Nos dan una rana macho que le hace ojitos a otra rana macho por un nanosegundo y lo llaman avance.

No es justo, en especial porque finge ser justo. Ryan y Avery lo sienten con tanta convicción que es parte de su identidad.

Empiezan a hablar sobre otras películas: más que nada adyacentes a lo queer, como el anime y los musicales. (Avery añade otro objeto a su lista de deseos: "Quiero un *Hamilton* queer". Ryan sabe que no le conviene admitir que nunca le ha llamado la atención *Hamilton*. Pero se pregunta si una versión queer ganaría su afecto. Y/o una versión con cambios de género. Que Janelle Monáe interprete a Hamilton y Lizzo a Burr. Eso lo vería sin pensarlo un segundo).

Durante dos horas, todo transcurre así. Comparten lo que aman y lo que desean que no esté presente, y al hacerlo, se acercan un poco más a entenderse mutuamente, lo que es solo otra forma de decir que se acercan un poco más a enamorarse. No tienen que estar de acuerdo en todo, pero se encuentran coincidiendo lo suficiente como para que importe, de formas tanto inesperadas como encantadoras. (Diez minutos dedicados a relatar un episodio de *Bob Esponja*; cinco minutos revelando sus elementos de *Avatar: La Leyenda de Aang*; quince minutos cantando junto a Ariana, incluyendo su versión de *I Have Nothing* de Whitney Houston, que contiene notas que ninguno de los dos puede alcanzar, pero igualmente las intentan y ríen cuando fallan).

Solo cuando llegan a las afueras del pueblo universitario, la atención debe centrarse en la tarea mucho más mundana de la dirección. Son conducidos por la avenida típicamente estadounidense que recorre todas las ciudades importantes y menores: *BurgerKingExxonStarbucksSubwayWalmart in excelsis*, hasta que ven la puntuación de un rótulo, iluminado con los colores del arcoíris aunque estemos lejos de junio. Hay una larga fila de autos esperando para entrar, así que Ryan y Avery se contentan con observar el código Morse de las luces de freno deletreando una bienvenida hasta que les toque su turno.

La persona que revisa los boletos parece haber nacido en la cabina y planear morir allí en un futuro muy cercano. No aplaude al ver a un chico de pelo azul y a un chico de pelo rosa compartiendo una furgoneta, ni frunce el ceño. Lo único en lo que piensa es en su dinero en efectivo, y el único cambio que requiere son monedas.

Avery nunca ha estado en un autocine antes. Ryan sí, pero nunca como conductor. Sigue al auto delante de él y espera que quien esté adentro esté tomando buenas decisiones. El teatro en sí es un estacionamiento organizado con postes al frente de cada espacio, la pantalla se alza sobre ellos como un generoso amo.

Terminan a unas siete filas del frente, y Ryan retrocede hacia el lugar de estacionamiento para que la parte trasera de la furgoneta quede mirando hacia adelante. El aire se ha reducido a un crepúsculo, y las personas que salen de los autos reaccionan ante él como si fuera neón. Tan pronto como Ryan apaga el motor, él y Avery escuchan un coro de risas y anticipación feliz, todos alegres haciendo alboroto mientras se comparten bocadillos y se marcan posiciones para ver.

Mientras Avery busca su teléfono y su billetera, Ryan da la vuelta a la furgoneta y le abre la puerta. Ofrece su mano a Avery para bajar, aunque Avery realmente no lo necesita, y luego, en un movimiento que se siente tan humano como poner un pie delante del otro, se toman de la mano mientras se dirigen a comprar palomitas. El tomarse de las manos no es solo porque sea un espacio seguro; si estás definiendo un espacio por su nivel de seguridad, todavía hay cierta cantidad de miedo involucrado en la medición. Esta noche de estreno en el autocine es un espacio alegre, unas vacaciones del mundo. Por primera vez en sus vidas, Ryan y Avery están utilizando un estándar queer en una multitud de adultos. Eso solo es alegre, y más que un poco surrealista. Si hay personas heterosexuales alrededor, están haciendo su mejor esfuerzo para mezclarse, y como resultado, Ryan y Avery sienten un vínculo colectivo hacia todos los que ven, una sensación de tener algo en común que no es muy común en absoluto.

Lo cual no quiere decir que Ryan y Avery estén viendo a las mismas personas de la misma manera. Ryan todavía está jugando el juego de adivinanzas en su cabeza, buscando las palabras para deletrear la identidad de cada persona. Mientras que Avery está intentando desmantelar esa parte de su mente para ver a todos con la indeterminación que siente que cada uno de ellos merece, al menos hasta que ellos mismos pidan ser vistos de una manera particular.

Por las miradas que Ryan y Avery están recibiendo, Avery entiende que la gente no los está mirando y pensando en *queer, gay* o *trans*; no, están mirando a los dos chicos tomados de la mano y pensando *jóvenes*. Aunque los espectadores son en su mayoría estudiantes universitarios, Ryan y Avery representan lo que una vez tuvieron, o nunca tuvieron. La mayoría de las miradas están acompañadas de sonrisas; solo ocasionalmente la gente se aparta.

Avery nota cómo él y Ryan son de las únicas parejas alrededor. La mayoría de las otras personas queer están aquí en grupos, colocando sillas de jardín detrás de sus autos como si fuera una barbacoa o una reunión familiar. Avery ha tenido un par de amigos queer a lo largo de los años, pero nunca en la misma constelación. Le reconforta saber que tal cielo está a solo dos horas en coche de su casa. Se siente tonto por pensarlo, pero es casi como si los espacios que ha encontrado en línea se hubieran materializado por primera vez en un lugar físico. Lo cual también es extrañamente reconfortante.

Ryan mira a la multitud con un poco menos de confianza. Siente que cada persona queer de cien kilómetros a la redonda está aquí, así que ha empezado a preguntarse si se encontrará con Isaiah, el único chico en la faz de la tierra a quien podría llamar legítimamente ex. Por supuesto, la razón principal por la que dejaron de verse fue porque Isaiah dijo que estaba bastante seguro de que era heterosexual, pero Ryan ha vigilado sus redes sociales el tiempo suficiente después como para saber que las acciones del chico no siempre acompañaban esa convicción particular. Cuando él y Ryan estaban saliendo, Isaiah jamás hubiera sido atrapado viendo una película como *Tú y Yo*, ni siquiera en privado. Pero eso fue hace un año, y Ryan no puede evitar preguntarse si el año ha acercado a Isaiah a ser el tipo de persona que se permitiría ser aquí.

Avery nota que Ryan está observando a la multitud y pregunta:

—¿Ves a alguien que conozcas?

Ryan recuerda al chico que ha traído y responde:

—No. Vi a una chica que creo que pudo haber ido a mi escuela. Era del último año cuando yo estaba en primero y fue la primera persona que vi con un aro en la nariz con forma de triángulo rosa. Pero ni siquiera estoy seguro de que sea ella.

Se meten en la fila para las palomitas justo cuando anuncian que la película comenzará en diez minutos. El trío frente a ellos está discutiendo si las palomitas en los cines son el alimento más específico del lugar en la cultura estadounidense.

—¿Y qué hay de los *hot dogs* en los estadios de béisbol? —desafía un amigo.

—Ni siquiera cerca. Los *hot dogs* se comen en muchos otros lugares. Pero supongo que más del noventa por ciento de las palomitas consumidas en Estados Unidos se comen en los cines, o frente a películas en casa. Ningún otro alimento se le acerca.

Ryan le sonríe con malicia a Avery. *Ningún otro alimento se le acerca.* Si Avery está emocionado por sumergirse en el ambiente universitario queer, Ryan es más escéptico; para él, la universidad parece estar tan llena de poses como la escuela secundaria. Simplemente son poses diferentes. O quizás las mismas poses con un vocabulario más amplio. Ryan no puede discernirlo. También está bastante seguro de que ser escéptico respecto a las poses es en sí mismo una pose, así que no es como si se estuviera separándose de ello. El escepticismo es simplemente la manifestación de su nerviosismo.

Llegan al frente de la fila sin haber decidido lo que quieren. Después de reunirse, Ryan pide un cubo grande de palomitas con mantequilla y dos sodas sin azúcar que ni siquiera se acercan a compensar calorías.

Mientras el empleado del puesto (de su misma edad, melancólico) saca las palomitas de su jaula de vidrio, Avery le pregunta a Ryan:

—¿Dijiste palomitas de *mentirilla*?

Ryan sonríe.

—Sí. Así es como mi papá las llama. Porque no es mantequilla. Palomitas glaseadas suena raro. Palomitas mejoradas simplemente no es verdad. Y palomitas amargas no es lo que las papilas gustativas quieren experimentar.

—Así que palomitas de *mentirilla*.

—Sí. Palomitas de *mentirilla*.

Avery señala al empleado del puesto, quien está insultando la máquina de refrescos.

—No parece *mentirilla* que las bebidas tardan.

—Vaya, lo has dicho.

Hay una breve pelea cuando Ryan saca su billetera antes de que Avery pueda hacer lo mismo. Las palomitas son entregadas, y Avery exclama:

—¡No es *mentirilla* que están calientes!

Ryan gime.

—Tú empezaste —señala Avery.

—Pero ¿cómo terminarlo? —reflexiona Ryan.

—Con besos —dice Avery—. Siempre con besos.

—*Awwwww* —dice un chico con máscara de pestañas en exceso detrás de ellos.

Aunque el crepúsculo ya está avanzado, Ryan puede ver la cohibición tierna de Avery. Si no estuviera cargando un gran cubo de palomitas, tomaría su mano de nuevo y desfilaría hacia la furgoneta. *Que el mundo nos vea*, siente él, y lo siente con tanta intensidad, con tanta naturalidad, que ni siquiera se da cuenta de que nunca lo ha sentido antes.

Un anuncio de que la película comenzará en cinco minutos es recibido con un aplauso. Mientras Avery se asegura de que sus palomitas y refrescos no caigan al suelo, Ryan recoge las mantas que ha traído y forma un capullo en la parte trasera de la furgoneta. Avery entrega los comestibles y luego se sube junto a él. Sus piernas están cubiertas, envueltas. Ryan levanta el brazo para que Avery pueda recostarse.

Esto es nuevo. La cercanía. El calor. La difuminación de los límites corporales. Nunca es un encastre perfecto. Siempre hay extremidades que podrían adormecerse. Cabello en la boca. Una incertidumbre sobre dónde poner la respiración. Sudor que viene con el calor. En especial en lugares que normalmente no sudan, como los dedos. Pero la incomodidad, la condensación, la torpeza de los miembros, todas estas son leves en comparación con las leyes mayores de la unión. Si bien Ryan y Avery son conscientes de sus movimientos más pequeños y torpes, son conscientes de ellos sin sentirlos de verdad. Lo que sienten en cambio es la comunión que ocurre cuando la órbita termina y se encuentran en el centro, la convergencia no solo de sus cuerpos, sino de sus vidas.

No es que todos los demás en el autocine desaparezcan; simplemente se vuelven menos importantes. No es que la noche no esté apenas demasiado fría y la parte trasera de la furgoneta no esté a cuatro almohadas cortas de ser mullida; el lugar es lo de menos.

Mientras los refrescos permanecen cada uno en su esquina del vehículo, el cubo de palomitas sube a las mantas y abarca los regazos de ambos chicos. El carrete de bienvenida se anuncia en la pantalla, un desfile de *hot dogs* felices sacudiendo sus panes, refrescos alegres girando sus pajitas y caballerías de vasos de helado alzando cucharas de plástico en alto como tamborileros auténticos. Es la misma apertura que los padres de Ryan y Avery, o incluso sus abuelos, podrían haber visto en sus propias citas en el autocine, tan anticuada que se ha vuelto moderna de nuevo.

Alguien tres carros más allá se apoya accidentalmente en el claxon, y en respuesta cuatro autos más tocan los suyos. Avery ríe, mientras que Ryan está contento de no haber sido la persona que se apoyó primera en el claxon.

La película comienza, y hay otro aplauso, seguido en cuestión de segundos por un silencio absoluto. Todo lo que se puede escuchar es el diálogo y la música, viajando por el aire desde los altavoces conectados a los postes de estacionamiento.

Cuando te encontré, ni siquiera estaba seguro de que yo fuera yo, comienza la voz en off mientras uno de los personajes principales corre hacia un hospital, pidiendo ayuda para su abuela frágil. Une joven enfermere es amable y profesional, y tiene más o menos la misma edad que le niete. Una vez que la abuela está cuidada, le enfermere y le niete siguen hablando.

Tenía miedo de que la forma en que me veías nunca se comparara con la forma en que te veía yo.

La abuela está bien. No había comido, se sentía débil. Antes de que le niete salga del hospital, le pregunta a le enfermere si la conversación que han comenzado puede continuar. Así es como lo dice, que quiere que la conversación continúe. Le enfermere aprecia la manera en que se dice esto, y la conversación continúa. Al día siguiente, los dos se encuentran para tomar un café. Le enfermere todavía lleva su uniforme. Le niete, que quiere dedicarse a la fotografía, pero trabaja en la recepción de un museo poco popular, se ha puesto una corbata, pensando que causará una buena impresión. Al principio es incómodo, pero luego les dos se dan cuenta de que solo es incómodo porque desean mucho que algo bueno suceda. Hablan de esto... y dado que lo hablan, algo bueno sucede.

Hay una razón por la cual la palabra "tú" es más poderosa que la palabra "yo". Siempre sentiré que tú contienes más por conocer, más por aprender.

No hay historias de origen de género. No dibujan los contornos de sus historias y luego borran estos contornos para demostrar las formas actuales de sus vidas. Se acercan el uno al otro en tiempo presente.

Ryan mira a Avery, quien presta atención absoluta. Mientras Ryan sigue deleitándose en el calor de las mantas, Avery ha salido de ellas para entrar en la historia. Ryan no conoce lo suficiente a Avery como para entender lo que la historia significa para él mientras mira, pero puede decir que las conexiones entre Avery y esta historia no son hilos, sino venas. Tiene la cautela de no interrumpir. Algunos chicos se fastidiarían, intentarían llamar la atención, ya que es una cuarta cita y en una cuarta cita siempre quieres interrumpir la programación con tus propios anuncios. Pero Ryan no lo hace. Ryan deja que Avery esté en otro lugar.

Partes de ti comienzan a definirme. Partes de mí comienzan a definirte. No pedimos esto. Es la dirección en la que crecemos cuando estamos juntos.

Le enfermere conoce a la familia del fotógrafe; la madre de le fotógrafe es acogedora, el padre, cortante. Le fotógrafe conoce a la mejor amiga de le enfermere y disfruta mucho de su compañía hasta que se descubre que ella y le enfermere fueron pareja en algún momento. Le fotógrafe comienza a sentir incomodidad alrededor de la mejor amiga. Le enfermere piensa que le fotógrafe está exagerando. Le fotógrafe piensa que le enfermere es insensible. Todo cae en picada.

Una vez que he comenzado a definirme en tus términos, duele descubrir que no eres como te han definido para mí. La gran prueba es cómo manejamos este ajuste.

La abuela muere. No a causa del desmayo anterior. Algo más. De camino a casa desde el funeral, le enfermere y le fotógrafe toman un desvío hacia el bosque. Necesitan caminar en la sombra densa. Quieren hablar sobre el tiempo. Necesitan estar juntes con solo los árboles observando.

Ryan necesita ir al baño. Pensó que podía esperar, y no iba a dejar a Avery en medio del funeral, pero ahora que ha terminado susurra:

–Volveré enseguida. –Avery asiente, entiende. Cuando Ryan sale de su capullo de mantas, Avery deja espacio para su regreso.

Así como Ryan sintió la intensidad de la alegría comunal antes, ahora se maravilla con el silencio compartido. A donde quiera que mire, ve cómo la audiencia se sumerge en la historia, cómo reaccionan a ella como si fuera parte de sus propios pensamientos. Es el sueño compartido de nuevo, solo que este sueño se ha hecho visible.

Ryan es la única persona que entra al baño sin género. Prefiere esa frase o *todos los géneros* a la horrenda frase *neutral en cuanto al género*, que suena como si los géneros estuvieran en guerra entre sí, y este baño fuera la zona desmilitarizada.

Los grafitis en su cubículo no son, por desgracia, libres de género, ni siquiera neutros en cuanto al género, pero Ryan aprecia que alguien con un bolígrafo de otro color haya atrapado cada insulto o provocación dentro de un bocadillo de diálogo, y luego haya dibujado un ridículo pug bizco como el hablante. Contiene el odio, pero reconoce que existe.

Cuando Ryan sale del cubículo, encuentra a alguien parado frente a uno de los dos lavabos, mirando fijo al espejo como si fuera a responder. A medida que Ryan se acerca, se da cuenta de que es el empleado que estaba detrás del mostrador, quien le pasó un cubo de palomitas hace poco tiempo, ahora tomando el tipo de respiración profunda que suele ser un efecto secundario de las lágrimas. A medida que Ryan se acerca para usar el segundo lavabo, los hombros del trabajador se tensan.

Normalmente, Ryan no diría nada.

Incluso podría (Dios no lo quiera) salir del baño sin lavarse las manos. No por falta de empatía, sino por el temor de que cualquier cosa que diga solo empeorará las cosas para la persona que está sintiendo el dolor real. Ryan sabe que si Avery estuviera aquí, sin duda preguntaría qué pasa. Avery es ese tipo de persona, ese tipo de persona mejor. Así que Ryan se pregunta qué palabras ofrecería Avery a un adolescente llorando en el lavabo junto a él. Cuando obtiene la respuesta, la lleva a cabo.

—¿Hay algo que pueda hacer para ayudar? —pregunta en voz baja.

Un movimiento de cabeza.

—No. Perdón por ser un desastre.

—Hoy en día, solo deberías disculparte si no eres un desastre.

El empleado suelta un murmullo entrecortado. Mientras Ryan comienza a lavarse las manos, le dice:

—Es solo que mi ex está aquí. Con algunos de sus amigos, a quienes nunca realmente les gusté. Sabía que querrían ver esta película, así que debería haber estado preparado. Y ni siquiera vinieron por palomitas ni nada. Pero los vi y me dolió mucho más de lo que esperaba.

Ryan, quien no tiene idea de cómo es esto, igual dice:

—Dios, sé cómo se siente eso. Pero lo superarás, ¿verdad?

Una mirada al espejo.

—Sí, lo superaré.

—Si me das el número de matrícula de su carro, puedo ir a pincharle las llantas. —(Ryan reconoce que eso no es lo que diría Avery).

—No es necesario. Pero agradezco la oferta —responde.

Ryan ha terminado de lavarse las manos. Cierra el grifo y busca algo para secárselas.

Una risa.

—No tenemos toallas de papel desde el martes. Lo mejor sería que tomaras algunas servilletas en tu camino de regreso.

Ahora que Ryan ha hecho lo que necesitaba hacer, se da cuenta de lo cerca que está del final de la conversación. El empleado parece estar un poco mejor que antes... pero ¿quién sabe qué pasará cuando Ryan se vaya?

—Buena suerte, entonces —es todo lo que puede pensar en decir.

Esto provoca una sonrisa.

—Sí, buena suerte para ti también.

Ryan se detiene para tomar servilletas, porque después de la sugerencia parece aún más incorrecto secarse las manos en los pantalones. Luego, mientras camina de regreso al vehículo, mira a todas las parejas y grupos de amigos nuevamente, iluminados por el mundo en la pantalla. No le prestan atención, y debido a esto, se siente como un espíritu caminando entre ellos. *Buena suerte*, le desea a una pareja acurrucada en un automóvil. *Buena suerte*, le desea a cuatro amigos bajo una manta. *Buena suerte*, le desea a un grupo de siete en un Toyota en el que solo deberían caber cinco. Luego vuelve a su propio carro, a la otra mitad de la pareja que está formando. Desearle buena suerte a Avery se siente egoísta, porque Ryan espera que la buena suerte de Avery se incline hacia la suya. Pero luego, mientras se desliza de nuevo bajo las mantas, de todos modos lo piensa. *Buena suerte*. Avery se aparta de la película por un segundo para darle la bienvenida de nuevo, para reanudar su calidez. Luego la historia en la pantalla vuelve a tomar el control.

Me perdí. Pero eras tú a quien necesitaba encontrar.

Después de un breve tiempo separados, le fotógrafe va a ver a le enfermere para disculparse por la confusión que han sentido. A le enfermere no le gusta cómo le fotógrafe se alejó en cuanto llegó el miedo. Está claro que le fotógrafe tiene miedo de nuevo. Pero no huyen. En su lugar, juntes, nombran la confusión. Intentan transformar lo desconocido en lo conocido.

Ryan no está sorprendido. Nada de lo que ha leído sobre la película le ha llevado a creer que se trata de una película sobre una pareja que no termina junta. Pero Avery... Avery está llorando en silencio, sostiene la mano de Ryan y la aprieta, como si necesitara el apoyo de Ryan para superar esta tormenta.

Llegamos al punto en el que no puedo definirme sin ti. Cuando me preguntan quién soy, ninguna respuesta es completa sin mencionarte.

Le enfermere y le fotógrafe están en una discoteca, bailando con alegría entre su gente. Mientras bailan, el autocine se baña en rosas y morados y destellos de bola de espejos. Algunas personas se levantan de sus asientos y comienzan a balancearse y tambalearse. Ryan toca algunas notas con sus dedos en el brazo de Avery.

Luego, la escena cambia, y ahora le fotógrafe y le enfermere caminan por una calle casi vacía después de su noche en la discoteca. No es una parte bonita de la ciudad. Son un estallido de color en las sombras. La cámara se aleja, los observa desde lejos mientras continúan bailando y besándose en medio de la calle, donde cualquiera que esté despierto a las tres de la mañana puede verlos.

Ryan comienza a tensarse. Avery aprieta su mano con más fuerza. Piensan que saben lo que se avecina. En este punto en el tiempo, ser queer aún significa que esperas que la tragedia emerja de cualquier rincón oscuro, que estás seguro de que el odio será inevitablemente parte de la narrativa, que las cosas tienen que empeorar antes de mejorar.

Pero le fotógrafe y le enfermere continúan bailando por la calle. La cámara se apresura a alcanzarlos, para presenciar un beso que dura y dura y dura. Un beso que termina en una sonrisa y la continuación de una canción. Los rincones oscuros han estado vacíos todo el tiempo. La única historia aquí es la historia de su amor y cómo llegó a ser.

Avery suelta un suspiro que ni siquiera sabía que estaba conteniendo. Ryan lo abraza más fuerte. Ambos se ríen de lo que esperaban. Se reconocen mutuamente en esta risa, en cómo su respiración vuelve a ser constante. Esta vez la sonrisa llega antes del beso. Pero el beso está ahí, tan fácil de encontrar como la respiración.

Todavía estoy aprendiendo sobre ti. Lo cual tiene sentido, ya que todavía estoy aprendiendo sobre mí.

La película no termina con elles bailando en la calle. En cambio, avanza diez años. Le fotógrafe y le enfermere están durmiendo en la cama, ligeramente enredados y libres. La cámara los enfoca durante un minuto completo para que los veas bien, para que puedas tener una sensación palpable de la comodidad de sus mañanas compartidas. Luego despiertan. Primero le fotógrafe, luego le enfermere. Le fotógrafe se estira, voltea. Los ojos de le enfermere se abren. Se miran el uno al otro y el modo en que lo hacen hace que sepas cuánto se aman, lo bien que se aman. Lo han logrado. Han ganado.

Ahora es Ryan quien se emociona. La ternura del momento lo toma por sorpresa. Es una ilustración de algo que nunca ha intentado imaginar. No es algo con lo que pueda identificarse, pero es algo con lo que desea tanto identificarse que resulta impresionante.

Avery ve esto reflejado en el rostro de Ryan, una utopía hecha de personas que se despiertan el uno al otro durante una década y aún se sienten completos. Avery también lo siente con intensidad. Es demasiado para contemplarlo en una cuarta cita, demasiado atrevido para intentar enmarcar en estos términos lo que han encontrado. Pero sentir que es posible... Eso es un acorde resonante, una vista que se ha convertido en una panorámica. Avery aprieta la mano de Ryan de nuevo. Esta vez para ser el soporte. Esta vez porque es un estímulo en lugar de una tormenta.

Mientras pasan los créditos, Avery se sorprende de lo poco solo que se siente. Acaba de estar en compañía de dos personajes que son mayores que él, pero aún de alguna manera similares a él. Ha estado en compañía de este chico a su lado, que está igual de conmovido por lo que ha visto en el reflejo. Y ha estado en compañía del resto de la audiencia, algunos de los cuales están cantando o suspirando mientras vuelven a sus vehículos; otros se quedan mientras los nombres se despliegan en la pantalla.

Como la mayoría de las personas, Avery siempre ha visto los créditos como un pensamiento secundario, un coda. Pero ahora ve esta lista como algo más, como una representación precisa de cuántas personas se necesitan para crear una simple historia de amor.

Piensa: aquí están todas las personas que han construido los escenarios, cosido los trajes, proporcionado la iluminación y las palomitas de maíz y las palabras ya escritas en sus corazones y en el de Ryan. Aquí están los miembros del equipo que hicieron todas estas cosas para las dos chicas a pocos metros de distancia, bailando sobre la música final, iluminadas ahora por los faros de los vehículos que se van.

—Fue una gran idea venir —dice Ryan, también mirando a su alrededor. Ha olvidado que la idea fue suya.

Avery le agradece, porque él también lo ha olvidado.

Mueven su capullo de mantas de regreso a la cabina de la furgoneta. Una vez que la pantalla se oscurece, pueden apreciar en el cielo las estrellas que han estado observando todo el tiempo desde sus asientos. La mayoría de las ventanas de los autos todavía están bajas, por lo que Ryan y Avery pueden escuchar una ola de canciones sonando todas a la vez mientras una fila lenta se dirige hacia la salida. Hip-hop, pop, folk, jazz y country compartiendo la singularidad de la noche queer. Cuando Ryan enciende el motor, mira a Avery, y Avery recuerda el primer encuentro que tuvieron, en una multitud igualmente queer, mucho más desordenada y nerviosa que esta. Se pregunta cómo pudo haber conocido a Ryan hace tan poco tiempo. Se pregunta cómo puede ser apenas su cuarta cita.

Pero como es la cuarta cita, no se pregunta esto en voz alta.

Es más tarde de lo que pensaban que sería. Lo que significa que llegarán a casa más tarde de lo que dijeron. Ser queer significa preocuparse de que solo un ligero movimiento por parte de tus padres pueda deshacerlo todo. O tal vez eso no es exclusivo de lo queer. Pero ser queer te hace creer que sí lo es, que tus acciones tienen un conjunto único de repercusiones.

Hablan un poco sobre la película, pero ninguno de los dos puede todavía articular completamente lo que significa para ellos. Tampoco están listos para considerar el equilibrio entre su propio "tú" y "yo". Todavía se siente demasiado teórico, aunque es una teoría que se ha aplicado desde el principio.

Con el tiempo, la conversación se desvanece en el ritmo de la autopista. Ryan necesita prestar atención al camino, y después de un período de concentración particular, mira a su lado y ve que Avery se ha quedado dormido.

Normalmente, esto le preocuparía a Ryan. No tienen mucho tiempo juntos, y ahora están dejando que la arena caiga en el reloj. Pero en lugar de preocuparse, Ryan se tranquiliza. Tienen mucho tiempo. Van a hacer que haya mucho tiempo.

En este punto, Ryan podría ver dormir a Avery durante horas. Porque tal vez esto es lo que convierte los hilos en venas, saber que algo tan tranquilo podría tener tantas consecuencias para tu corazón.

Avery se disculpa cuando despierta, pero Ryan le dice que está bien. Hablan un poco sobre la semana próxima, y mientras se acercan a la casa de Avery, el reloj se acerca a la medianoche. Avery no le cuenta a Ryan que sus padres quieren conocerlo, que prometió llevarlo después de la película. Es demasiado tarde para eso, y no quiere convertir esta noche en algo diferente a lo que ya es. Dado que sabe que sus padres sin duda estarán despiertos, hace que Ryan se detenga unas cuadras antes de la suya, para que puedan besarse y disfrutar sin tener que preocuparse por si alguien está en una ventana.

Ser queer son momentos y victorias robadas. Es tiempo y miradas robadas. Es la emoción del robo, sin duda, pero también el conocimiento profundo en tu corazón de que nada de este robo está mal. De hecho, es lo más honesto que puedes hacer.

Cuando se detienen frente a la casa de Avery, hacen planes para el regreso de Ryan. Él volverá aquí, y esta vez se quedará durante el día. Solo les ha llevado cuatro citas aprender: separarse es mucho más fácil cuando has planeado el regreso.

No habrá créditos finales. No esta noche. Solo una transición breve. Una que puede hacer que una semana pase en unos segundos, y que parezca que no ha pasado mucho tiempo en absoluto.

PRÁCTICA
(La séptima cita)

Tres semanas y tres días después del inicio de su castigo abrupto, Ryan es deja de estar castigado del mismo modo abrupto. No se da ninguna razón para este momento. Ryan sospecha que sus padres simplemente se han cansado de hacer cumplir sus propias reglas.

Cuando llama a Avery para contarle la noticia, está ocupado con los ensayos. Pero más tarde, cuando tienen tiempo para hablar, Avery dice:

—Tenemos que celebrar.

Planean una cita para el sábado a la noche. Esto, sienten, es lo que hacen los novios cuando se han ganado su libertad.

Avery no entiende cómo se supone que debe encajar su vida en

el tiempo que le están dando para vivirla. Renunciar al sueño sería la solución natural, pero sus párpados piensan lo contrario. Quienquiera que haya programado la obra escolar para el final de la semana de exámenes es sin duda un monstruo que se alimenta del estrés de los jóvenes. Y lo que es peor, Avery quiere hacerlo bien en la obra y aprobar los exámenes. Eso requiere más tiempo.

Luego está Ryan. El paciente y ansioso Ryan. Ryan, que está demasiado lejos. Avery está encantado de tener un novio... pero instintivamente sabe que las relaciones son como las plantas: tienes que regarlas para que crezcan, en especial al principio. Y el problema es que no puedes regarlas con agua. Tienes que regarlas con tiempo.

Avery no está entusiasmado con esta metáfora. Es solo un salto corto imaginar tu relación como la planta en *La tienda de los horrores*, exigiendo, insaciable: "¡ALIMÉNTAME! ¡ALIMÉNTAME!". Pero lo que Ryan y él tienen no es así. Nunca será así. Es solo un pensamiento.

Lo terrible es que la pareja a la que Avery es más cercano, sus amigos Aurora y Dusty, tienen sin duda una relación de *La tienda de los horrores*. Devora todo su tiempo y la mayor parte de su atención. Cuando Avery está con ellos, no es una tercera rueda, es una llanta de repuesto esperando en el maletero. Ninguno de ellos sabe sobre Ryan, porque descubrir a Ryan requeriría que hablaran de algo que no sea ellos mismos, y han demostrado ser (casi de forma graciosa) incapaces de hacer eso desde el noveno grado.

Los amigos de Avery de la obra están un poco más al tanto, y no solo porque Avery ha tenido que explicar por qué desaparece cada tanto con su teléfono. Cuando llegas a la séptima cita, empieza a importar a quién se lo has contado y a quién no, porque ha cruzado la línea que separa algo que puede suceder de algo que está sucediendo.

En especial ahora que usan la palabra con n: parte de tener novio debería ser sentirse capaz de decirle a los demás que tienes uno. No es un motivo para hacerlo; Avery no le dice que sí a Ryan para tener el derecho de presumirlo. Solo se ha convertido en parte de la historia de su vida, así que quiere ser capaz de compartirlo con la gente que lo incluye en sus propias historias.

El miembro más curioso de la producción es Pope, quien es el tipo de adolescente que puede ser elegido para interpretar a una matrona octogenaria de una sociedad chismosa sin requerirle ningún cambio discernible en su personalidad. En el primer día de ensayo, Avery recibió varias miradas de *te estoy evaluando* de parte de chicos que no lo conocían de verdad; solo Pope se acercó a saludarlo. En cinco minutos, Avery supo que Pope era de primer año, no binarie, y usaba su apellido, en gran parte (según dijeron) porque era hije única y no tenía que preocuparse por un hermane que quisiera hacer lo mismo. Pope pensaba que era muy gracioso tener el apellido que tenía. "Alguien en mi familia tenía aspiraciones bastante retorcidas", fue como lo explicó. "Algún día voy a conseguir un anillo llamativo solo para hacer que la gente lo bese".

Pope había estado en el baile cuando Avery conoció a Ryan, y aunque Pope no tenía nada que ver con el encuentro, todavía se atribuía algo de mérito.

—Tú no habrías estado ahí si yo no hubiera ido también —insiste ahora—. Así que, por lo tanto, no habrías conocido a Ryan si no fuera por mí. —Avery no quiere pensar en la historia de origen de su relación a través de este efecto mariposa particular, pero no puede resistirse al orgullo y el entusiasmo que siente Pope al ver que salió bien. Hay momentos en los que Avery se escabulle a un salón de clases para hablar con Ryan y jura que Pope está vigilando la puerta, para asegurarse de que los pajaritos enamorados tengan la oportunidad de trinar sin que nadie más escuche su canción.

Pope finge una actitud cínica hacia el amor, pero hace preguntas con ojos abiertos que traicionan su verdadera creencia en el amor como un motor perpetuo de felicidad. Hablando con elle, Avery a veces se pregunta si es lo contrario, si es alguien optimista que alberga una voz de precaución feroz, que encuentra el amor de manera reacia en lugar de agradecida. No es que esté pensando en Ryan en términos de amor en este momento. Está pensando en términos de gusto, en términos de novio. No es lo mismo.

No es preciso decir que Pope tiene más entusiasmo por la cita del sábado de Avery del que tiene Avery, pero Pope sin duda es más vocal al respecto. Tan pronto como termina el ensayo el jueves, Pope llena a Avery de preguntas: *¿A dónde irán? ¿Qué van a usar? ¿Crees que habrá más que besos?* Y, sin relación, *¿puedes llevarme a casa?*

Avery nunca puede negarle a Pope un viaje a casa. Viven bastante cerca, y Avery recuerda demasiado bien cómo era ser un estudiante de noveno grado, expuesto a oportunidades de la escuela secundaria sin el transporte correspondiente.

Por casualidad, Ryan llama mientras caminan hacia el carro. Avery responde rápido, diciéndole a Ryan que llamará de vuelta cuando esté en casa. Pope y Avery están ambos en el vehículo para cuando se despiden.

Pope no dice nada hasta que el carro sale del estacionamiento. Acurrucade en el asiento del copiloto, Pope mira el contenido de la guantera. Luego, al no encontrar nada interesante, la cierra y le dice a Avery:

—Espero no haber interrumpido nada.

Avery mira rápido a Pope girando la cabeza.

—Para nada. Ryan y yo hablaremos después.

—Pero si yo no estuviera aquí, probablemente estarías hablando con él ahora.

—Bueno, es probable. En altavoz. Porque estoy conduciendo.

—Dios mío. —Pope endereza más la espalda y se da una palmada en la frente—. ¡Estoy interrumpiendo una charla sexual!

Avery ríe.

—Creo que para el viaje de vuelta a casa tendríamos una charla sobre cómo estuvo el día.

—Ahhhh. Entonces la charla sexual viene *después*.

Al principio, Avery cree que Pope está bromeando. Luego, prosigue.

—Vamos… Tienen una relación a distancia. Sin duda hay charlas sexuales. Ya sabes, sexo *oral*, pero oral en el sentido de hablar, ja ja. Mensajes de texto sexuales, pero con voces. Por ejemplo, él dice "¿qué tienes puesto?" y tú le cuentas y él dice "Ooh, qué sexy" y luego…

—Pope —interrumpe Avery, exasperado—. Entiendo lo que quieres decir.

—¿Y…?

—Y… no es asunto tuyo.

Pope hace un mohín.

—Eres aburrido. Si yo tuviera sexo, te lo contaría.

—Te juro que no preguntaría.

—Está bien. Tienes que escuchar esta canción. ¿Dónde está el cable para que conecte mi teléfono?

Pope no le muestra a Avery un nuevo artista emergente. En cambio, solo pone una canción clásica de Miley Cyrus.

Mientras tanto, Avery se pregunta si es raro que él y Ryan nunca hayan tenido una charla sexual.

No es que Avery no piense en el sexo. Lo hace. Pero la verdad es que cuando piensa en el sexo, a menudo es para reflexionar sobre por qué no está pensando más en sexo, o en las mismas cosas sobre el sexo que se le ha llevado a creer que todo el mundo está pensando. Cada siete segundos. Cada. Siete. Segundos. ¿Es él la única persona en el mundo que cuestiona esa estadística, que piensa que en realidad no podría funcionar si pensara en sexo tan a menudo? Él sabe que podría escribir algunas palabras en el navegador de su teléfono y presenciar prácticamente cualquier acto sexual que haya. Cuando comenzó a entender quién era, ayudó a reafirmar sus preferencias ver qué secciones del menú estaba eligiendo. Pero después de un tiempo, ya no era emocionante: comenzó a sentir que su reacción era tan predecible como las escenas que estaba viendo. Sentía que el porno lo estaba convirtiendo en un robot, que algo que debería haberse sentido intrínsecamente humano comenzaba a sentirse desconectado de cualquier interacción humana. Así que dejó de verlo.

Él y su primer novio, Lyle, habían jugueteado, y eso había sido genial. Hubo momentos en los que se perdió por completo mientras se besaban, y fue muy diferente perderse por completo en otra persona en lugar de en una imagen en su teléfono. Le encantaba la pérdida mutua, el encuentro mutuo de estar con otra persona, cómo puedes ser un borrón en un momento y luego la otra persona hace algo y te lleva a esta sensación táctil vívida de dónde estás, qué estás haciendo, cómo se sienten sus cuerpos. Es así cuando besa a Ryan, y cuando acercan sus cuerpos. Para Avery, esa es la mejor parte, compartir una intimidad tan cercana. Decir que el sexo es lo único que importa ignora las palabras de la oración y se centra solo en el signo de exclamación al final.

Nunca le ha dicho todo esto a Ryan. Avery asume que esto se debe a que están de acuerdo. Él no siente que Ryan esté apresurado por tener sexo, no como era con Lyle, quien se ponía nervioso al respecto, incluso quejoso. Ryan parece disfrutar del placer del momento, en lugar de pasar la mayor parte de su energía planeando el próximo paso del placer. A Avery realmente le gusta esto de él. Pero ahora está empezando a preguntarse si esta es solo su propia interpretación deseada. ¿Y si sus sentimientos no expresados no coinciden? ¿Y si Ryan no está sacando el tema del sexo porque no tiene ningún deseo de tener sexo con Avery?

No. Avery sabe en el fondo que esto no es así. Y también sabe que está cayendo en las trampas del signo de exclamación al creer que el sexo es el objetivo, la única forma de entrar en la puntuación. Se necesita mucho más trabajo para evitar estas trampas que para ceder ante ellas. ¿Dónde están los puntos dados por *eso*?

Incluso se siente raro decir *no estoy listo*. Porque eso aún deja el sexo como el objetivo final, la última prueba, la cosa hacia la que lleva toda preparación.

Avery no cree en eso.

Pero también se da cuenta de que no sabe con certeza si Ryan siente lo mismo.

Ese mismo jueves, Alicia encuentra a Ryan en su casillero después de clase.

—Sabes que me quieres, ¿verdad? —comienza.

Ryan no deja de guardar sus libros. Él sabe que esta es su versión de *"No te ofendas, pero"*. Ella ya no lo dice como un descargo de responsabilidad; es más bien una señal, para que al menos tenga un momento para prepararse para lo que viene a continuación.

—Así es —dice él. Porque esa siempre es su respuesta.

—Bien. Porque, Ryan... Solo alguien a quien quieras sería capaz de decirte que tu cabello necesita un retoque urgente.

Ryan siente que su cuerpo se relaja. Esto no es un problema serio. Ha sido consciente de cómo su cabello ha estado creciendo, empujando el azul hacia los bordes.

—Llama a tu tía —continúa Alicia—. Ahora que te permiten ir a verla de nuevo. De lo contrario, podría tener que tomar cartas en el asunto yo misma.

Ryan cierra su casillero y finge estremecerse lejos de ella.

—¡Mi cabello! ¡Mi preciado cabello! —grita. Lo cual es todo lo que necesita para evocar el corte de cabello desastroso que Alicia le dio hace unos dos años. ("¿Estaba ebria cuando te hizo esto?", había preguntado la tía Caitlin cuando lo había visto. Y Ryan había confesado que no, que las imprecisiones de Alicia no eran culpa del alcohol sino del poder que proviene con manejar tijeras).

Alicia ríe. Dos jugadores de fútbol americano que pasan por el pasillo les lanzan una mirada extraña, lo que hace que Ryan y Alicia se miren de reojo y se rían aún más.

Ryan envía un mensaje de texto a su tía para hacer una "cita" al día siguiente por la tarde, luego muestra el teléfono a Alicia para asegurarle que lo ha hecho.

—Bien —dice Alicia—. Queremos que te veas afable para tu gran cita del sábado.

Ryan no tiene idea de dónde Alicia ha sacado esta palabra en particular. *Afable*. Se burla de ella por eso, pero luego le vuelve a la mente más tarde esa noche, cuando se está preparando para ir a la cama. Se detiene mientras se pone el pijama, así que cuando se mira en el espejo, nota su cabello desordenado y con el tinte desigual; la barba incipiente en la barbilla; su pecho con tal vez una docena de vellos en él; sus abdominales no del todo definidos, y su vientre no del todo plano; su pantalón de pijama colgando de sus caderas. Él no se siente afable en absoluto. Tampoco se siente feo. Simplemente siente que quizás no es lo bastante atractivo. Para qué, no está seguro. No está pensando en Avery, no cuando se está mirando en el espejo. Esto es bueno; significa que no está preocupado por cómo lo ve Avery. Avery no es a quien está tratando de impresionar.

Ryan se aleja del espejo, se pone una camiseta vieja, y lleva su teléfono a la cama. Él y Avery intercambian mensajes de texto durante un rato, eligen una ciudad aproximadamente a medio camino entre ellos para su cita del sábado por la noche. Les lleva un tiempo ridículamente largo elegir un restaurante, considerando que solo hay unas seis opciones. Cuando terminan, Avery le escribe a Ryan:

¿Estás en pijama?

Sí, Ryan responde. ¿Y tú?

Sí. Apuesto a que te ves lindo en el tuyo.

Gracias, Ryan sonríe, pensando en dormir en casa de Avery, viéndolo listo para la cama. **Tú también.**

Los tres puntos de una respuesta entrante flotan por un rato. Luego aparece el próximo mensaje de Avery: **¿Puedo ver?**

Ryan aún no ha apagado las luces, así que escribe: **Claro.** Toma una foto de sí mismo con la camiseta vieja y los pantalones de franela. Deja su cabello desordenado en el cuadro.

Parece cómodo, responde Avery.

Ryan se estira y apaga la luz.

Muy cómodo, escribe.

Los tres puntos se toman su tiempo de nuevo. Ryan espera que aparezca un párrafo largo. Pero durante más de un minuto, no aparece nada. Y luego hay una sola línea:

Te quedan muy bien, seguido de un emoji guiñando un ojo.

Ryan se ríe. **¿Crees que deberíamos llevar pijamas en nuestra cita?**

Esta vez, la respuesta de Avery es rápida. **Jaja. Tal vez.**

No puedo esperar, le dice Ryan a Avery.

Aunque podría reproducir la conversación leyéndola en su teléfono, Avery prefiere reproducirla en su mente, después de que Ryan y él se dieran las buenas noches y se desearan dulces sueños. Si lo reproduce en su mente, puede incluir todas las estupideces que ha escrito y borrado: *¿Qué tienes puesto bajo el pijama?* y *¿Quieres ver MI pijama?* y *Desearía estar dentro de ese pijama.* Intentar encontrar un modo de probar si una cosa lleva a la otra, aunque no hay un sitio al que quiera llegar. Es Pope en su cabeza, diciendo cómo todas las relaciones a distancia tienen que incluir charlas sexuales. Avery en particular no quiere tenerlas. Y Ryan tampoco parece quererlo. Pero ¿no deberían dos novios recostados cada uno en su cama, intercambiando mensajes, querer quitarse los pijamas? ¿No se supone que son así las cosas?

Dulces sueños, le desea Ryan. Pero algo amargo ha aparecido en la noche y mantiene despierto a Avery intentando descifrar su origen.

Serían necesarias técnicas de tortura intensa para obligar a Ryan a contarle a sus padres que va a salir en una cita con Avery el sábado por la noche, pero la tía Caitlin logra sacarle la historia en dos minutos.

Cuando él se presenta en su puerta después de la escuela el viernes, la saluda y ella responde abrazándolo, un abrazo real. Dentro de este abrazo están las horas que no se le permitió verlo, todas las palabras que quería decirle a su hermana en protesta, todas las palabras que contuvo porque sabía que podrían llevar a algo irreparable. Y cuando Ryan le devuelve el abrazo, le está diciendo lo contento que está de estar aquí, cómo nunca resentirá las acciones de sus padres contra ella, cómo desearía que este abrazo con ella fuera como estar en casa, una bienvenida. Las semanas pasadas están en este abrazo, y los dieciséis años pasados están en este abrazo. Por eso, cuando termina, no hace falta decir más, excepto:

—Entra, entra.

Caitlin ha acomodado sobre la mesa todo lo que necesitan: tijeras, toallas, tintura, un cuenco de plástico grande, cepillo y peine. Una de las sillas de la cocina tiene el respaldo posado contra la mesa y está mirando el lavabo.

Ryan toma asiento, y en cuanto Caitlin le pregunta cómo están las cosas, empieza a hablar sobre Avery, y la pone al día de su último encuentro clandestino y los planes para el sábado a la noche. Ella está cepillando su cabello, observando su forma actual antes de determinar la forma que necesita tener.

–Ahora somos novios –le dice Ryan. Luego confiesa–: Pero no estoy realmente seguro de qué significa eso.

Caitlin sonríe, toma una toalla de la mesa, la envuelve con suavidad alrededor del cuello de Ryan y la introduce dentro de su camiseta.

–¿Qué quieres que signifique? –pregunta ella.

–No lo sé. Supongo que quiero que signifique que ambos estamos interesados en serio en estar juntos. Que cada vez que nos vemos, somos menos como extraños, y que si seguimos así, no seremos extraños en absoluto.

Caitlin está contenta de estar parada detrás de Ryan, contenta de que no pueda ver cómo sus palabras brotan como capullos de flores en su corazón. Nunca lo ha escuchado decir algo así, siempre ha esperado que sienta algo así por alguien.

–Eso es maravilloso –le dice a él.

–¡Es aterrador! –responde Ryan, riendo.

Caitlin pone su mano en su hombro.

–Oh, lo sé. Los nervios son uno de los efectos secundarios menos afortunados de enamorarse de alguien. Me gusta pensar que están ahí para mantenerte cuidadoso. O tal vez aparecen para que aprecies cuando se detienen.

—¿Se detienen?

—Se *transforman*. Ahora quédate quieto.

Ella toma las tijeras y comienza a recortar. No necesita preguntarle a Ryan qué tipo de corte quiere. Ella sabe.

Ryan se sienta en la silla, siente los dedos de su tía tirar y seleccionar diferentes mechones y luego siente el corte seco de las tijeras.

—No estoy seguro de cuánto consejo quieres de tu vieja tía heterosexual, que nunca ha logrado conseguir un anillo... pero el mejor consejo que puedo darte es que seas siempre respetuoso. Al principio, es fácil caer en la trampa de querer impresionar al otro. Pero la mayoría de la gente no busca que la impresionen, busca respeto, alguien que escuche además de hablar, alguien que quiera entender las cosas que no entiende, en lugar de asumir que saben cómo es desde el principio. Además, tienes que ser un buen besador. Pero no te preocupes, los malos besadores no llegan a la séptima cita. No si Avery tiene sentido común.

Ryan puede sentir cómo se sonroja. Caitlin le está dando una oportunidad aquí, si quiere hablar sobre besos o cualquier otra cosa. Y la verdad es que le encantaría hablar con alguien al respecto, asegurarse de que no está arruinando esa parte, y que tiene sentido que besar a Avery es mucho mejor de lo que fue besar a Isaiah porque aunque las cosas eran ardientes con Isaiah, siempre estaba la sensación molesta de su falta de importancia. Con Avery, es mucho más significativo y eso es algo aterrador y maravilloso. Le encantaría hablar con alguien al respecto. Pero tampoco quiere ser el chico que habla con su tía sobre besar a otros chicos. Así que mantiene la boca cerrada; su único comentario público aparece en el rubor de sus mejillas.

Caitlin no espera que le hable al respecto, aunque desearía que lo hiciera. Está segura de que cualquier sermón sexual que su cuñado haya tenido con su hijo debe haber sido evasivo como el cuento de la cigüeña. El único modo que se le ocurre para contrarrestar esto es asegurarse de que Ryan sepa sobre la parte sentimiental, que sin importar lo que haga, debe hacerlo desde un lugar de afecto, no por necesidad u obligación. Ser *respetuoso* es el mejor modo en que puede expresarlo, pero también siente que está haciendo énfasis en lo mínimo y no en la situación global.

Tiene la radio encendida y cuando suena una canción de Fleetwood Mac, Ryan empieza a cantar en voz baja. Caitlin sigue cortando su cabello, pero por dentro se maravilla ante aquel momento. Quiere transmitirle a su sobrino que el modo en que las personas son más vívidas es cuando están con la guardia baja, y eso trae el amor: la habilidad de bajar la guardia con alguien, y valorar que ese alguien haga lo mismo. Pero sabe que no es momento de decirle eso. Lo guarda para después, para cuando él no esté tan abierto y necesite estarlo.

Ryan apenas se da cuenta de que está cantando. La música es simplemente otra parte acogedora de la habitación. Para cuando Caitlin ha terminado de cortarle el pelo y está lavando los cabellos sueltos en el lavabo, preparándolo para el blanqueo y el tinte, él siente serenidad, algo tan pacífico que todos sus pensamientos pueden descansar, todas sus preocupaciones duermen en hibernación.

Es solo cuando está erguido en la silla, esperando que el tinte se fije, que la conversación se reanuda. Él le cuenta más sobre su castigo, sobre cómo es enviar mensajes de texto con Avery tarde en la noche, cómo es tener a alguien a quien desearle buenas noches. Ella le cuenta sobre su primer novio serio de la secundaria, Sam, y cómo cada uno siempre intentaba ser la última voz que el otro escuchara antes de dormir, al punto que si su mamá entraba en la habitación para preguntarle algo después de que ya le había dicho buenas noches a Sam, tendría que llamarlo de vuelta, para escuchar su buenas noches nuevamente. Incluso hubo una noche que todavía recuerda: Caitlin mirando las constelaciones fosforescentes en el techo, sintiendo el sueño alejar el teléfono de su oreja. Y Sam, en lugar de decir buenas noches, dijo: "te veré en mis sueños". Luego se quedó dormido, Caitlin pudo escuchar en el teléfono el cambio de su respiración. En lugar de colgar, ella se quedó dormida de esa manera también. Y por la mañana, se despertó y la conexión había continuado. Ella dijo "Buenos días" por teléfono, y pudo escuchar la sonrisa en la voz de Sam cuando él respondió "Buenos días" de vuelta.

Ella le cuenta todo esto a Ryan, y él dice que es una historia increíble. Ella no le dice que no tiene idea de dónde está Sam ahora, o si él la vio en sus sueños esa noche, porque debe haber habido una parte de ella, en ese entonces, que tenía miedo de arruinarlo todo al preguntar.

A kilómetros de distancia, el ensayo de la obra de teatro no está yendo bien.

Ensayar siempre es difícil los viernes por la tarde: lo que esperas con ansias durante la semana se convierte en lo que se interpone en tu camino hacia el fin de semana. Avery lo sabe. También sabe que hay límites respecto a lo que se puede hacer con una obra como ¡No te olvides tus zapatos! —una comedia que, siendo generoso, fue mucho más divertida cuando se escribió en 1936 que en la actualidad. Una vez escuchó al señor Horslen, el profesor de teatro, decirle a la señora Paskins, otra profesora de lengua, que la razón por la que estaban interpretándola era porque el escritor nunca se molestó en renovar los derechos de autor, así que era gratis, y por lo tanto una de las obras más producidas en las escuelas secundarias estadounidenses. A los estudiantes, el señor Horslen les dijo que representar *¡No te olvides tus zapatos!* era una forma de "demostrar viejos tropos mientras al mismo tiempo los cuestionaban". Por lo que Avery pudo entender, esto significaba que Liz Macy podía interpretar a la tía soltera como una lesbiana orgullosa sin que al señor Horslen ni a nadie más les molestara. Hoy están ensayando una escena en la que Pope, interpretando a una señora fácilmente desconcertada llamada Lavinia Stranglehold, insiste en que hay un fantasma en su ático, y su sobrino nieto Lucius LeFevre está tratando de evitar que suba allí para descubrir a su novia secreta, Betty Lou Templepot. Avery, que interpreta al hermano de Lucius, Laurent (quien también cree que Betty Lou es su prometida), y Liz, que interpreta a la tía lesbiana, están esperando tras bambalinas; una vez que se cause un alboroto, entrarán en escena para ver qué sucede. El problema, como ha sido siempre durante los ensayos, es que Dennis Travers, quien interpreta a Lucius LeFevre, aún no ha comprendido que la obra es una comedia anticuada. Él es un estudiante de último año, actualmente está solicitando un lugar en universidades, y parece pensar que las universidades envían reclutadores a las obras de teatro de secundaria de la misma manera que se envían a los partidos de fútbol. Por lo tanto, se deduce que si quiere que lo tomen en serio como actor, debe tomarse muy en serio a Lucius LeFevre. ¿Cuáles son las motivaciones de Lucius? ¿Qué comió en el almuerzo? ¿Realmente ha superado la muerte de sus padres? (El señor Horslen intentó señalar que en ninguna parte de *¡No te olvides tus zapatos!* dice que los padres de Lucius están muertos; él está visitando a su tía abuela, no viviendo allí. En respuesta, Dennis apretó la mandíbula, miró al señor Horslen a los ojos y dijo: *"Es que... simplemente siento que es así"*).

La actuación reiterada de Pope como Lavinia y la furia naturalista de Dennis como Lucius están haciendo de esta una tarde bastante tediosa.

Observando la escena desde el lado derecho del escenario, Liz suspira y le dice a Avery:

—Creo que vamos a estar aquí por un tiempo.

Normalmente, Avery podría sugerir que repasen algunas líneas, pero en este punto las presentaciones están a solo una semana de distancia y las líneas están arraigadas en su memoria lo máximo posible.

—Tienes algún gran plan para el fin de semana? —pregunta Avery.

—¿La verdad? Hay mucho trabajo en la granja para hacer, así que mis hermanos y yo probablemente estaremos arreglando cercas. Muy glamoroso. ¿Y tú?

—Tengo una cita el sábado.

—Bueno, eso suena más divertido que mis planes. Invité a Hannah a venir y ayudar, pero no creo que pasear por el estiércol de vaca conmigo y mis hermanos sea su idea de un momento romántico.

—Sí, eso tampoco es lo que Ryan y yo tenemos planeado.

Hablan un poco más sobre lo que él y Ryan *tienen* planeado, todo mientras el señor Horslen está tratando de decirle a Dennis que no diga la línea "Pero, tía, ¿y si es el fantasma de uno de tus exmaridos? ¡Hay tantos!" de manera "similar a la de Hamlet".

Avery y Liz no son amigos, pero tampoco son no amigos. Tienen el vínculo queer básico, que a menudo es suficiente para inspirar confidencias. Después de que Liz haya aprobado la elección del restaurante de Avery para el sábado por la noche, él se siente lo bastante audaz como para preguntar:

–¿Crees que es extraño llegar a una séptima cita sin hablar nunca sobre sexo?

Sin dudar ni un momento, Liz responde:

–No.

–¿Ni siquiera un poco?

–Ni siquiera un poco.

–¡Si soy el anfitrión de un fantasma, lo máximo que puedo proponer es ofrecerle algo asado! –exclama Pope/Lavinia desde el escenario. Esto significa que la señal para Avery y Liz está cerca.

–¿Quieres estar teniendo sexo? –pregunta Liz, su voz tan neutral que podría estar preguntando a Avery si quiere unas galletas saladas.

–No. No realmente.

–¿Y Ryan ha dicho algo sobre querer tener sexo?

–No.

–Las personas que quieren tener sexo tienden a no ser particularmente sutiles al respecto. Esa ha sido mi experiencia, y por lo que he leído, creo que es una verdad universal.

–Pero, ¡tía Lavinia! –llama Dennis, con la angustia propia de mil estudiantes de posgrado parisinos–. ¡No subas allí! ¡Es una imposición tan grande! –Por alguna razón, pone el acento en la tercera sílaba, así que sale como "im-po-SÍ-cion". Ha estado haciendo esto durante semanas. Nadie quiere decirle que lo corrija, ya que es el único humor que aporta a la escena. Avery y Liz se colocan en su lugar, listos para entrar en escena después de la próxima línea.

—No te preocupes por eso —susurra Liz—. Las primeras citas son práctica. Se te permite tropezar y buscar para llegar a cómo se supone que debe ser.

—¿Qué son esas... voces? —entona Dennis.

—¡Solo somos nosotros! —exclama Avery y da un paso adelante.

Ryan y Avery no tienen la oportunidad de hablar mucho esa noche. La semana de exámenes está afectando a Avery, y Ryan, cuyos exámenes son en una semana diferente, lo comprende. Ambos desearían estar en las mismas clases, en el mismo lugar. Ryan le jura a Avery que al menos estudiará *un poco*. Pero tal vez no mucho.

Llega el sábado. Avery se asegura de que su estudio sea notorio, para que sus padres no lo molesten cuando sea hora de salir a cenar. Él y Ryan hablaron sobre vestirse elegantes para la cita, ya que es sábado por la noche y todo, así que tiene puesta una chaqueta y una corbata. (La chaqueta es verde bosque; la corbata, naranja Fanta).

Hay algo de tráfico, pero Avery llega primero. Han elegido un restaurante griego llamado Partenón, principalmente porque hay un plato en el menú descrito como "queso flambeado".

La camarera es una mujer con cabello negro como el carbón y pendientes magenta. Al ver la corbata de Avery, pregunta:

–¿Ocasión especial?

–Una cita –responde Avery.

–¿Primera cita?

–Séptima.

Ella sonríe.

–Así que todavía las cuentas y te vistes elegante, ¿eh? Parece prometedor.

La hora de la cita llega y pasa. Avery revisa su teléfono. Después de diez minutos de revisar, ve a la camarera dándole miradas compasivas. Envía un mensaje de texto a Ryan para asegurarse de que esté bien. Ryan responde entrando por la puerta.

No lleva chaqueta ni corbata, solo una camisa abotonada.

Hay algo diferente en su cabello también. Avery no puede descifrarlo al principio. Luego se da cuenta: está más azul.

–Lo siento mucho –dice Ryan mientras se sienta–. Fue un desastre. Mis padres no querían que viniera. Les dije que no era algo condicional el fin de mi castigo, y que una vez que me dijeron que no estaba castigado, eso significaba que podía hacer planes. No te daré todos los detalles, pero básicamente terminó conmigo gritando algo así como "¡No me conocen para nada!" y luego conduciendo. Es tan estúpido.

–Está bien. No he estado esperando mucho tiempo –le asegura Avery.

–No está bien. Pero gracias por decir que lo está –responde Ryan. Mete la mano en su bolsillo trasero y saca algo. ¿Un regalo envuelto? No, una corbata enrollada.

–Te juro que iba a ponerme esto –dice Ryan–. Intenté ponérmela, como, cinco veces en cinco semáforos diferentes. Simplemente no soy muy bueno en esto.

Como si quisiera demostrar su punto, intenta enrollarlo y darle una forma adecuada. Termina pareciendo las manecillas de un reloj congeladas a las cuatro y cuarenta.

—Maldición —dice Ryan, y Avery puede ver hacia dónde va esto. La confusión solo se acelerará, se alimentará a sí misma. Así que en lugar de sentarse allí viendo a Ryan maldecir y volver a intentarlo, se levanta y dice:

—Déjame a mí. —Camina detrás de Ryan, pone sus manos en sus hombros, las aprieta en un saludo, luego se inclina y deshace las manecillas del reloj. Nunca lo ha hecho antes con otra persona, así que finge que es su cuerpo, su corbata. Deja que la cabeza de la corbata cuelgue más bajo que la cola, luego comienza su danza sinuosa, alrededor. Luego, levanta la corbata hasta el cuello de Ryan, siente cómo Ryan contiene la respiración, huele el champú de Ryan. La danza se intensifica, se convierte en un nudo. Con suavidad, Avery guía la corbata a lo largo de los botones de Ryan. Luego aprieta el agarre.

Listo.

Dobla el cuello de Ryan. Le da un toque en el hombro de nuevo al terminar.

Ryan recuerda respirar.

Avery piensa en extender la mano para tocar su cabello, pero se ve tan oscuro que siente que sus dedos pueden quedar azules si entran en contacto. Se vuelve a sentar y admira su trabajo. Ryan le agradece, y Avery hace un gesto para quitarle importancia al agradecimiento.

—Te ves bien —dice Avery.

—Te ves espectacular —dice Ryan.

La camarera, que ha estado observando todo con una sonrisa, espera un momento antes de llevarles los menús.

Una vez que han pedido, Avery y Ryan hablan sobre todo lo que han visto, todas las personas con las que han hablado y todo lo que han hecho en los últimos días. La temperatura de sus atenciones ha sido consistentemente lo bastante alta como para que la necesidad de explicación comience a evaporarse. Avery no necesita contarle a Ryan quién es Pope, ni por qué Dennis es una amenaza. Ryan no necesita imaginar la casa de la tía Caitlin porque Avery ha estado allí; él sabe no solo cómo se ve, sino también cómo se siente. Comparten algunas historias de desastres con tintes de cabello. Para un chico de cabello azul y un chico de cabello rosa, es gracioso que no hayan tenido esta conversación antes. Ryan siempre ha usado azul. Avery ha probado naranja, morado, rojo fuego, pero después de que se decidiera por el rosa, no sintió la necesidad de experimentar más. Al menos no por ahora.

Están tan inmersos en su conversación que ambos se sorprenden por una explosión repentina junto a sus hombros. La camarera está iluminada con la alegría de una fogata mientras baja el queso en llamas sobre su mesa. El olor a líquido para encender carbón florece, luego se disuelve en una brisa ahumada de limón. El halloumi sisea.

Avery y Ryan lo miran fijo.

Una vez que la camarera se retira, Ryan confiesa:

—No tengo idea de cómo comer esto.

Y Avery confiesa:

—Yo tampoco.

Estas son confesiones que la camarera ha anticipado, así que regresa con más pan para la mesa. Ella sabe que a menudo es más fácil acompañar al queso la primera vez.

El queso tiene un sabor a carbón y cítricos en la superficie, luego un sabor agridulce debajo. A Ryan le encanta. Avery simplemente está aliviado de que no les pidieran que lo comieran mientras aún estaba en llamas, que es como pensó que se consumiría el "queso flambeado".

Ryan vuelve la conversación a la obra.

—No puedo esperar a verla —dice. Esto es algo que ha dicho antes, pero esta vez no es algo teórico. Ryan pregunta cuál día es mejor para ir; a la diurna del sábado no puede ir por el trabajo, pero las noches del viernes y el sábado son opciones, y/o el domingo durante el día.

Avery siente el impulso de decir *no hace falta que vayas*. Porque no es una gran obra. Su papel no es un papel principal. Y el viaje hasta allí es largo.

Pero lo cierto es que quiere que Ryan lo vea, y sabe que Ryan realmente quiere estar presente después de escuchar sobre ello durante semanas. Hace que el corazón de Avery dé un vuelco al darse cuenta de que Ryan está tan conectado con la historia de Avery que también recibe electricidad de ella.

Ryan quiere ver a Pope como Lavinia Stranglehold. Quiere ver cómo Dennis está arruinando la obra. Quiere ver a Avery salir de su zona de confort, encargado de hacer reír a desconocidos con líneas escritas antes de que nacieran sus abuelos.

—Ven el viernes —dice Avery—. Aunque me ponga más nervioso.

—¿Mi presencia te pondrá más nervioso? —pregunta Ryan.

—Sí —responde Avery sin dudarlo. Luego aclara—: Es un cumplido, ¿sabes?

Ryan sonríe.

—Ahora lo sé.

Esa sonrisa. Dios, esa sonrisa. Avery siente que tiene que contenerse para no saltar sobre el queso que alguna vez estuvo en llamas para besar esa sonrisa.

Ajeno a esto, Ryan sigue comiendo. Entre bocado y bocado dice:

—No estoy convencido de que esto sea queso. Se siente más como una sustancia alienígena. Tal vez algo que un personaje de manga comería. O queso de astronauta. Solo que no querrías una llama abierta en una estación espacial a mi parecer.

Está diciendo cualquier cosa que se le ocurra, y Avery se pregunta cómo podría abrir a alguien más de un modo tan completo, en tan poco tiempo.

¿Realmente podemos hablar de cualquier cosa?, se pregunta. Lo que de inmediato le hace pensar en sexo. No en el acto en sí. Esas imágenes no le vienen a la mente. Pero recuerda su conversación con Liz al lado del escenario. Ryan está buscando Halloumi en su teléfono, e informa que está hecho de una mezcla de leche de cabra y oveja, con una textura a menudo descrita como *chirriante*. Mientras lo hace, no parece ser un chico demasiado preocupado por el sexo.

Pero Avery tiene que admitir para sí mismo una vez más: no está seguro.

—La palabra *Halloumi* está registrada como marca por el gobierno de Chipre para evitar que otros países la usen para su propio queso. ¿No es increíble? ¡Suiza debe estar pensando, maldita sea, deberíamos haber pensado en hacer eso!

—Sí. Totalmente.

Ahora que hablar sobre sexo (no la charla sobre sexo) está en la mente de Avery, sabe que no va a desaparecer a menos que lo mencione. No sabe cómo abordar el tema, así que se aferra a cualquier ruta que pueda ver e inventa una conversación que nunca sucedió para dirigirse en esa dirección.

—Hablando de cosas extrañas... —dice—. Mi amigue Pope me estaba hablando el otro día, de cómo todo el mundo dice que la gente piensa en sexo cada siete segundos, y ambos estábamos como, eso no puede ser cierto. Tal vez como promedio... alguien piensa en sexo durante una hora seguida y luego no durante las próximas seis horas. Pero cada siete segundos parece un poco extremo, ¿no crees?

—Creo que esa estadística no es *ciencia* —responde Ryan—. Es como si el hermano mayor de algún niño de tercer grado le dijera que sucede cada siete segundos, y ese niño de tercer grado se lo contara a todos los demás, y de ahí se extendiera a todo el mundo.

—¡Lo sé! —dice Avery, tratando de averiguar cómo continuar llevando la conversación a donde quiere que vaya—. Es como si todos pensaran que el sexo es el punto. Pero no es el punto, ¿verdad?

—Solo si quieres hacer un bebé —dice Ryan, llenando de más Halloumi su boca y masticando, masticando, masticando.

—Lo sé, lo sé. Pero aparte de eso. ¿Sabes?

Ryan parece un poco confundido.

—Quiero decir... sí. Sé a qué te refieres. Pero incluso si no es el punto, sigue siendo agradable, ¿verdad?

—¡Por supuesto! —responde Avery—. Pero no como algo inmediato.

La mano de Ryan se dispara hacia su boca y mira a Avery por un segundo antes de bajarla y decir:

—Dios mío. No pensaste que íbamos a *tener sexo esta noche*, ¿verdad?

Avery siente que se sonroja.

–¡No! ¡Para nada!

–Está bien. Menos mal.

–¡No actúes tan *aliviado*! –Avery suelta, aunque él mismo está muy aliviado.

Ahora Ryan parece estar en pánico.

–Mierda. No quiero decir que no quiero tener sexo contigo. Simplemente no esta noche, en el asiento trasero de un auto en algún estacionamiento. Jesús. No.

Todo es tan ridículo que Avery comienza a reír. Y una vez que empieza a reír, honestamente no puede parar. Incluso mientras Ryan pregunta: "¿Qué pasa? ¿Qué pasa?" él llora de risa, Ryan lo mira fijo hasta que Avery ríe y dice: "¡Yo tampoco quiero tener sexo contigo esta noche!" y Ryan debería estar riendo también, pero más que nada parece confundido.

–Lo siento. Lo siento mucho –dice Avery una vez que recupera por completo su voz–. Simplemente se me metió en la cabeza que porque es la séptima cita, deberíamos estar en cierto lugar. Hay toda esta presión para que el sexo sea El Gran Momento. Pero no quiero que sea El Gran Momento. Quiero que tengamos mil tipos diferentes de grandes momentos. Y sin duda quiero que algunos de ellos involucren besos y hacer el amor porque siempre que estoy cerca de ti, hay una parte de mi cuerpo que quiere estar sobre el tuyo, es una atracción irresistible, como la gravedad... solo que más caliente. Pero como nunca hablamos de sexo, no sabía qué esperabas tú. ¿Tiene sentido lo que estoy diciendo?

Ryan pone su cabeza en sus manos, la sacude un par de veces hacia atrás y adelante, luego hace una abertura con las palmas en paréntesis.

—Tienes sentido —dice—. Pero posiblemente había otras formas de tener esta conversación.

—¿No estás enojado? ¿O decepcionado?

Ryan baja las manos, se asegura de que nadie más esté dentro del alcance de su voz, y dice:

—Avery. No vine aquí para un encuentro sexual rápido. Ni siquiera para uno lento, si eso es algo. ¿Esa la gravedad caliente de la que hablas? También la siento. Pero se trata de estar contigo, de estar juntos. Y para mí, estar juntos es esto: hablar, reír, querer besarnos y tener conversaciones vergonzosas en público. ¿Pienso que tendremos sexo? Sí, en algún momento. Pero *ese momento* todavía no llegó. Y en cuanto a si el sexo es el punto, la verdad es que ni siquiera se me había ocurrido pensarlo así. En la lista de cosas que esperaba esta noche, creo que ni siquiera aparece.

Avery aún está sonrojado, pero ahora tiene los hombros relajados.

—Pero ¿*habrá* besos? —pregunta. Ryan extiende sus piernas para que toquen las de Avery, y las acerca un poco hacia él.

—Sí, habrá besos. Lo juro por las brasas moribundas del queso flambeado.

Es la imagen menos romántica imaginable. Y al mismo tiempo, Avery no puede imaginar nada más maravilloso.

Hablan, bromean, comen. Sus piernas permanecen enredadas. La camarera les trae un postre gratis. Cuando le preguntan por qué, ella dice que es porque ambos se vistieron elegantes.

—Es un signo de respeto usar esas corbatas —dice—. Lo valoro.

Solo cuando Ryan y Avery empiezan a hablar del próximo fin de semana, sobre si Ryan podrá quedarse después de la obra, es que Ryan recuerda que sus padres existen. Recuerda la pelea que tuvo con ellos antes de venir. Se imagina qué encontrará al regresar a casa.

Pero solo por unos segundos. No quiere que ellos se acerquen a esta cita.

En el estacionamiento, se besan entre sus vehículos. Los dos saben a miel, nueces y helado de vainilla.

Se besan con los labios y las manos. No pueden evitar mantener sus oídos atentos a cualquier ruido repentino... pero no llega ningún ruido repentino. Sus besos intensifican el tiempo y también lo borran.

Hacia el final, Avery se retira y se disculpa por la conversación incómoda anterior.

—No, está bien —dice Ryan—. Debemos tener esas conversaciones sobre lo que queremos. Todas las conversaciones simples son práctica para las importantes.

A Avery le gusta que Ryan haya convertido la conversación sobre el sexo en una simple.

Un grupo de seis personas ruidoso sale del restaurante, y Ryan y Avery lo toman como su señal para dar por terminada la noche. En casa, la cena dura unos treinta minutos. Esta noche, han pasado dos horas y contando. Eso se siente importante para los dos.

Después de besarse para una despedida más, Ryan dice:

—Dios sabe qué pensarán mis padres. Salí sin corbata y ahora regreso con una puesta. Eso solo puede significar problemas.

Luego le sonríe a Avery y sostiene la sonrisa hasta que cada uno se sube a su carro y se aleja.

Ambos sienten que esta práctica en particular ha ido bien.

EL CURSO ABANDONADO
(La tercera cita)

Lo último que Ryan quiere es que Avery conozca a sus padres. La mitad del problema se resuelve porque su papá no está en casa. Pero su madre es el mayor problema, porque mientras su padre ignorará cualquier cosa frente a sus ojos, su mamá hará preguntas.

La cabeza de Ryan aún da vueltas por la reunión con Avery, y si bien sospecha cuáles serán las respuestas a sus propias preguntas, no siente todavía que puede confiar en ninguna de ellas.

Mantener a sus padres fuera es un acto de autopreservación. Es decir: preserva la parte de él mismo que le agrada, porque parece que es también la parte que le agrada a Avery.

Sus padres no sacan a relucir esa parte de él.

Sabe que no puede simplemente desaparecer de la casa, así que le dice a su mamá que hará algo con Alicia. El problema es que su mamá sabe cómo luce el carro de Alicia, así que cuando Avery llegue, sabrá que mintió.

Ryan entiende que podría haberle pedido a Avery que lo recogiera en otra parte… pero en ese caso Avery sería quien hiciera las preguntas. Y Ryan no está listo todavía para sincerarse por completo y responderlas.

Unos diez minutos antes de la supuesta llegada de Avery, Ryan se despide de su madre y sale a la calle. En vez de esperar en la acera, que se ve desde unas cuatro habitaciones distintas, se ubica del otro lado de los setos delanteros. No es un camuflaje total, pero es suficiente.

Su corazón da un brinco cuando ve a Avery doblar en su calle. Avery no ha tenido tiempo de detener el carro cuando Ryan sujeta la manija de la puerta. Sube de un salto al vehículo y dice:

—Vamos.

Pero Avery no avanza. En cambio, dice que necesita un baño.

—¿Puedo entrar un segundo? —pregunta—. Necesito orinar.

Ryan sabe que es imposible que Avery entre a la casa y use el baño sin que su madre intervenga de algún modo. Sus trampas son muy sensibles.

Siente que no puede decirle "quiero que sea un día perfecto y si orinas en casa, es demasiado probable que se convierta en algo muy lejano de lo perfecto". Así que, en cambio, le dice a Avery:

—Buscaremos otro lugar. Te prometo que no tardaremos.

Avery no está lo bastante cómodo todavía con Ryan para decirle "¿Es en serio? Necesito orinar". Tampoco quiere explicarle que es mucho más fácil para él usar un baño privado que uno público. En especial en una ciudad como Kindling.

Así que enciende el motor y avanza por la calle como le indica. Espera alguna explicación sobre por qué no puede entrar a casa de Ryan, pero no aparece ninguna. No puede evitar preguntarse si Ryan está avergonzado de él, pero luego intenta enterrar ese pensamiento.

–Tengo un plan –dice Ryan–. ¿Tienes ganas de un plan?

Avery asiente.

Ryan parece alentado por su respuesta.

–Está bien –dice–. Yo me encargo.

Avery sigue las indicaciones hasta un McDonald's.

–¿Funciona? –pregunta Ryan.

Avery no puede decir que le entusiasma orinar en el McDonald's de un pueblo que no conoce. Pero sin duda es mejor que nada a esta altura.

Se detiene en el estacionamiento.

–¿Tienes hambre? –le pregunta a Ryan.

–Aún no. No a menos que tú tengas hambre. Solo pensé que podrías orinar aquí.

De nuevo, Avery no quiere dar explicaciones. Así que baja del vehículo y entra. No hace contacto visual con nadie, pero a la vez siente que hay ojos generalizados sobre él mientras avanza hacia el baño de hombres. Las personas tras el mostrador lo fulminan con la mirada porque no ha comprado nada. Los clientes en las mesas lo miran porque saben su destino y tienen preguntas al respecto. Nadie necesita mirar para que Avery se sienta observado. Está casi acostumbrado a ello, pero nunca se acostumbrará en serio a la sensación de que puede enfrentarse en cualquier momento a algún imbécil. Porque hay imbéciles en todas partes y ellos no entienden quién es Avery.

Le alivia que sea un baño individual, que pueda trabar la puerta y tener privacidad. También le avergüenza su alivio, le incomoda estar tan incómodo. Ryan permanece ajeno a todo esto en el carro. Eso le causa envidia a Avery y también le molesta.

Al salir, los ojos continúan allí, la cohibición extra. Avery no permitirá que eso cambie sus acciones, ya no. Pero no puede negar su existencia.

Cuando Avery regresa al carro, encuentra a Ryan ocupado enviando mensajes. Apenas alza la vista cuando Avery sube.

Avery espera en parte que Ryan diga que surgió algo, que la cita se cancela, aunque eso contradeciría todo lo que Avery ha sentido y pensado de Ryan hasta ahora. No se conocen lo suficiente para que las impresiones se sientan verdaderas.

De esa media expectativa, se sorprende un poco cuando Ryan sonríe y explica:

—Todos quieren conocerte.

Esto le genera otro tipo de ansiedad a Avery.

—¿Todos? —pregunta.

Ahora el cambio en Ryan es más notorio: ha desaparecido el nerviosismo que Avery había notado cuando lo pasó a buscar. Parece mucho más entusiasmado cuando dice:

—Le he contado a uno o dos de mis siete amigos sobre ti. Bueno, algunos nos vieron bailando la otra noche. Tuve que ponerlos al día.

Avery enciende el motor y pregunta:

—¿A dónde vamos?

—¿Quieres conocer a algunos de mis amigos?

La respuesta es sí y no. La respuesta es que Avery quiere ver más aspectos de la vida de Ryan, claro. Y la respuesta es que le agrada que por ahora sean solo ellos dos.

—¿Tal vez más tarde? —sugiere.

Ryan acepta la iniciativa.

—Claro, no hay problema. Solo necesito saber para decirles que nos esperen o no. Pero tenemos horas por delante antes de eso.

A Avery le agrada como suena. Pero aún se siente incómodo. No porque Ryan lo haga sentir mal. Solo está incómodo porque nada es fácil.

No lo pienses demasiado, recuerda. *Mejor, vívelo.*

A Ryan le alegra mucho no estar conduciendo. No necesita mirar el camino. En cambio, puede observar a Avery.

Es como estar drogado el deseo que tiene de asimilar todo, de detenerse y preguntarse: *¿Puedes creer que estás aquí con un chico muy genial y que pasarán todo el día juntos?*

No son los pensamientos que suele tener.

Lo hace sonreír. Debe lucir como un tonto. Lo cual lo hace sonreír más. Y no tiene inclinación natural a sonreír. Viene de un linaje de personas que no sonríen mucho.

—¿Qué? —pregunta Avery, en parte perplejo, en parte molesto.

Ups. Ahora, Ryan ve que toda su observación sonriente tal vez lucía un poco rara desde afuera.

—Lo siento —dice. Luego intenta explicar—: No suele agradarme la gente. Así que cuando sucede, parte de mí está muy entusiasmada y otra parte se niega a creer que sea real.

—Ah —responde Avery—. Entonces, siéntete libre de seguir mirando. Me preocupaba que mi camisa estuviera del revés o algo así.

Por un instante, Ryan olvida que está dando indicaciones y pasan un giro por alto. Decide que, si no lo menciona, Avery no se dará cuenta. Le dice que doble a la izquierda. Luego, más adelante, otro giro a la izquierda.

—¿Qué estamos haciendo? —pregunta Avery.

Ryan también ha olvidado que no ha compartido el plan con Avery. Ahora dice:

—Pensé que podíamos empezar comiendo pancakes. ¿Quieres?

—Es difícil imaginar un escenario donde alguien rechace comer pancakes. ¿Supongo que allí vamos?

—Sip.

La cafetería El Pancake del Siglo es como un flamenco en medio de una fila de gallinas, lo más colorido que tiene para ofrecer esa parte de la interestatal. Avery aparca y mientras los dos pasan junto al cartel famoso de la cafetería, dice:

—No entiendo por qué le ponen ojos y bocas a la comida que estás a punto de comer.

—En todos estos años, nunca he pensado que el señor Pila de Pancakes fuera un ser sintiente —admite Ryan.

—¡¿Tiene nombre?! ¡¿Y género?!

—Y sin duda también tiene una familia que mantiene al aparecer en este cartel.

Ryan espera que el señor Pila de Pancakes sea la única cara conocida que encuentre dentro de la cafetería. Mientras esperan a la mesera, evalúa rápido el lugar y le alivia ver que no hay compañeros de clase o cualquier persona adyacente a la escuela.

—¿Despejado? —pregunta Avery cuando se sientan.

A Ryan le gusta que este chico les presta atención a muchos detalles.

—Despejado. Es un hábito supongo.

—¿Cuántas personas van a tu escuela?

—Unas cien. ¿A la tuya?

—Ochenta.

Ryan sacude la cabeza de lado a lado. Sería imposible ser invisible con solo ochenta personas en toda la escuela.

—Debes llamar la atención —dice—. Por el cabello rosado y eso.

Avery lo mira.

—Seguro que tú encajas bien.

—Hacerlo sería como entrar a una licuadora. Me abstengo.

Avery cree que eso es gracioso.

—¿Qué dijiste?

—Dije que me abstengo.

—¿Dices eso cuando todos los chicos populares intentan pasar el rato contigo? Lo siento, pero me abstengo de encajar. Hay demasiadas ventajas en ser un marginado.

Ryan se acerca como si compartiera un secreto.

—Sí. Eso mismo digo. Pero ¿acaso se detienen? No. Los populares siguen molestándome. Llaman. Envían mensajes. Aparecen en mi puerta. Suplican como perros. Me avergüenzan.

—Sé exactamente cómo te sientes.

Para enfatizar el punto, Avery aprieta la mano de Ryan. Es una excusa tan tonta para tocarlo, y ambos sonríen al reconocerlo.

—Una parte tuya está entusiasmada —dice Avery—. Y otra parte no puede creer que sea real.

Ryan se sorprende porque Avery usa sus mismas palabras de ese modo, porque lo entendió a la perfección.

—Y nada más y nada menos que en la cafetería El Pancake del Siglo —observa.

Con la mano libre, Avery sostiene el menú, así que puede ser él o el señor Pila de Pancakes el que responde:

—Bueno, después de todo *es* el pancake del siglo.

La mesera toma su pedido. Ryan piensa en apartar la mano, pero no hay indicios de que la de Avery vaya a moverse. Y dado que a ambos les gusta esta posición incómoda, él mantiene su mano allí hasta que llega la comida.

Avery sabe que es un poco tonto de su parte gritar "¡Ay! Señor Pila de Pancakes, ¡¡¿¿qué me están haciendoooo??!!" cada vez que Ryan corta un bocado. Lo hace al menos dos veces más de las necesarias.

Una vez más y tendré que decirle que pare, piensa Ryan.

–Bueno –dice Avery cuando terminan de comer–. ¿Qué sigue?

Es una pregunta bastante natural que hacer al terminar una comida. Pero tiene el efecto de volver a poner el peso del día en los hombros de Ryan. No está acostumbrado a semejante responsabilidad. De sus amigos, Ryan no es el que suele decidir qué harán. Y con Isaiah, rara vez se encontraban fuera de la casa de Isaiah. Nunca habían tenido una cita, no como esa. Solo hacían cosas. Se sentía diferente. Hubo momentos en los que Ryan quería que fuera distinto, pero Isaiah nunca quiso eso.

No es que en Kindling haya muchos lugares donde hacer algo que no puedas hacer en otro sitio. Es McDonald's McDonald's McDonald's. así son también la mayoría de los chicos. Tienen personalidad de McDonald's. Ryan quiere rechazar eso. Quiere despreciar todos los caminos evidentes que la vida le ofrece a los adolescentes aquí. No piensa que sea mejor que nadie. Solo piensa que, a diferencia de ellos, estaría mejor en otro sitio.

Lleva a Avery a Mr Footer's, la antigua reliquia de un golf en miniatura en las afueras del pueblo, un vecindario donde ni siquiera los depósitos se molestan en existir. El minigolf ha estado cerrado por años, y nadie ha comprado el terreno, así que está abandonado, en ruinas casi apocalípticas. Hay un candado en la entrada, pero la reja se ha desintegrado en algunos sectores lo que hace que sea fácil entrar y salir. Por la noche, es un criadero de fechorías, pero durante el día está tranquilo como un cementerio.

–¿Dónde me estás llevando? –pregunta Avery. Ryan imagina ver el lugar a través de sus ojos y entiende que tal vez es un error. Pero no quiere volver.

Le dice a Avery que deje el carro adelante.

—Cuando era pequeño —explica—, este era el mejor lugar de todos. Si te portabas bien y hacías todas tus tareas, mamá y papá te traían aquí. Jugabas todo lo posible al minigolf y luego había helado y videojuegos en esa cabaña de allí.

Avery observa todo.

—¿Y qué pasó?

Ryan se encoge de hombros.

—Un día estaba aquí y el siguiente había un cartel diciendo que cerraba. Y así ha estado desde entonces.

"Pero, de todos modos, sigue siendo igual", quiere decir Ryan. "Es como un animal de felpa viejo. Solo porque ahora es una versión desmejorada de sí mismo, no dejas de quererlo. Tal vez no lo llevas contigo a todas partes como antes, pero igual te genera una felicidad nostálgica verlo".

—¿Vienes seguido aquí? —pregunta Avery. Lo hace sonar como algo dicho en un bar.

—Solo con personas especiales —responde Ryan. Suena sarcástico, pero en realidad es sincero.

—Cielos. Me siento muy halagado —dice Avery con tono inexpresivo.

—Vamos —dice Ryan. Luego, abandonan el carro y caminan junto a la cerca hasta que Ryan encuentra un agujero lo bastante grande por el cual entrar. Finge ser un caballero al sostenerle la puerta a Avery.

Adentro, todo está roto. Molinos caídos, fosas fétidas, botellas rotas y latas aplastadas.

—¿Quieres jugar? —pregunta Avery.

Ryan mira las canchas rotas, los hoyos llenos de colillas de cigarrillos.

—No sé si funcionará —dice—. Ya no hay muchos palos. O pelotas.

Avery tiene en los ojos algo que solo puede describirse como un resplandor travieso.

—¿Entonces?

—Entonces... es difícil jugar al minigolf sin esas cosas.

—¡Usa la imaginación! —Avery camina hasta la base de la primera cancha y coloca una pelota imaginaria—. Esta es la pista de minigolf más increíble del mundo. Por ejemplo, este hoyo está custodiado por cocodrilos. Si se tragan tu pelota, te costará tres tiros. Si te tragan *a ti*, cinco.

Avery hace un tiro exagerado con un palo inexistente, luego actúa ver la pelota flotar en el aire y caer en la cancha.

—Vamosvamosvamosvamos —susurra. Luego suspira—. No es un hoyo en uno, pero al menos esquivé a los cocodrilos. Te toca.

Ryan quiere besar a Avery ya mismo por haber creado ese desvío en su día. Pero no quiere interrumpir el juego imaginario, así que se acerca y coloca su pelota invisible.

—Espero que no te moleste que haya tomado la rosa —dice.

—Para nada.

Ryan golpea la pelota. Ambos la ven subir y caer.

—Nada mal —dice Avery.

—Al menos no le di a un cocodrilo.

Ryan piensa que Avery se detendrá, que querrá irse de aquel lugar desolado. Pero se dirige hacia su pelota, hace un golpe corto y luego se aparta para que Ryan use su turno imaginario. Ryan le sigue la corriente, pero erra el tiro. El próximo es exitoso.

Avery exagera al recoger las pelotas del hoyo y luego avanza hacia el siguiente punto.

—Tu turno —dice—. ¿Cuál es la historia?

—Es broma, ¿no? ¿Quieres decir que nunca has oído hablar del famoso *Fondue-cular Fantástico*?

—¡Espera! —Avery da un grito ahogado—. ¿Eso está *aquí*?

—¡Sí! Tal vez no lo ves con tu visión humana limitada, pero esta cancha está llena de ríos de chocolate pegajoso. Si una pelota cae dentro, tendrá mejor sabor, si es que eso te gusta, pero también perderás velocidad. Por esa razón, hemos cambiado las pelotas por caramelos del mismo tamaño. No son tan aerodinámicos, pero *son* más fáciles de limpiar con la lengua.

—Excelente. Solo he jugado con malvaviscos, pero los caramelos deberían rodar mejor.

A esta altura, Ryan está acostumbrado a que el lugar esté destrozado. Incluso *valora* que esté tan roto, porque él mismo se sentía así. Los últimos años, encontró cierta catarsis en ver su infancia tan destruida, como si hubiera alguna confirmación allí sobre cómo debería sentirse crecer. No mentía cuando le dijo a Avery que solo llevaba personas especiales allí... pero bien podría haber dicho que nunca había llevado a nadie desde su cierre. También era cierto. Ha ido solo cuando obtuvo su licencia de conducir y su furgoneta y necesitaba ir a otro sitio que no fuera su casa. Siempre ha sido cuidadoso de asegurarse de que no hubiera otros carros alrededor, para poder experimentar el parque en soledad, como si estuviera vagando por el interior de su cabeza. Le hace sentir menos solo, sentir su soledad con tanta fuerza. Principalmente porque es una confirmación de que este pueblo es un lugar del que necesita alejarse. No es él quien está roto. Él todavía vive, respira, espera. Es solo que el paisaje está muerto a su alrededor.

Estos son pensamientos adolescentes. Ryan lo sabe. Y con Avery, un poco de la antigua inocencia infantil asoma entre las nubes. ¿Por qué experimentar un lugar así como un adolescente realista cuando puedes vivirlo como un niño soñador, viendo castillos en cada nube y chocolate en cada escondite? Ryan juega junto a él, y es un alivio jugar por una vez. Para el quinto hoyo ni siquiera están jugando al golf; solo están describiendo todas las cosas que realmente no ven. Avery erige el Taj Mahal en el hoyo cinco, y Ryan presenta el primer minigolf antigravitacional del mundo en el hoyo seis. En el hoyo siete, comienzan a caminar de la mano, observadores de lo que se ha convertido en un parque temático de diseño propio. En lugar de darse la mano con solemnidad, en posición de duelo, las balancean hacia adelante y hacia atrás, estiran sus cuerpos lejos el uno del otro y luego vuelven a juntarse. El sol no está brillando, pero ellos piensan que sí.

No es tan simple como que Ryan mire a Avery y sienta que se conocen desde siempre. De hecho, no se siente así en absoluto. Ryan siente que está empezando a conocer a Avery y que conocer a Avery no será como conocer a nadie más que haya conocido. No si son así.

Hay un pozo de los deseos en medio del hoyo nueve. No es imaginario: está allí, casi intacto de sus días de gloria. Avery busca en el bolsillo y extrae un centavo.

—No —dice Ryan—. No lo hagas.

Avery lo mira, confundido.

—¿No?

—He tirado centavos en ese pozo toda la vida. Ni un solo deseo se ha vuelto realidad.

De niño deseaba tener dinero, fama, juguetes o amigos. Los deseos más recientes habían sido sobre muchas otras cosas, todas ellas sinónimos de amor y escape.

Le preocupa haberlo arruinado siendo serio de repente.

—Toma —le dice Avery al ofrecerle su último centavo—. Quizás no lo hiciste bien.

Avery toma la moneda cobre y la lleva a los labios de Ryan. Ryan permanece quieto, sin saber qué está pasando. Luego, Avery se acerca y lo besa, lo besa de modo tal que los dos besan el centavo. Cuando retrocede, el centavo cae y Avery lo captura en la mano.

—Ahora pide un deseo —dice.

Y Ryan piensa: *quiero ser feliz.*

—¿Listo? —pregunta Avery.

Ryan asiente y Avery lanza el centavo dentro del pozo. Los dos escuchan, pero ninguno oye el aterrizaje. Luego, Avery voltea hacia él, se acerca de nuevo, y ahora se besan sin nada en medio. Con labios cerrados, luego labios abiertos. Manos vacías, luego manos entrelazadas.

Un minuto o dos de esto y luego Avery retrocede y dice:

—¡Apenas estamos en la mitad del partido!

Caminan, con los dedos aún entrelazados, hasta el hoyo diez.

—Es una nube —dice Ryan—. Todo es una nube.

Avery está pensando: *debe ser uno de los mejores días de mi vida.* Qué adecuado que es que estén jugando golf entre las nubes, porque sin duda allí es donde están sus cabezas. A Avery le agrada eso. Su cabeza se siente libre en las nubes.

—Eres bueno en esto, nubarrón —le dice a Ryan, apretando su mano.

—Tú no estás nada mal, nubecita —responde Ryan, devolviendo el apretón. El hecho de que balbucea cuando lo dice hace que sea aún más tierno.

El ritmo del día se siente tan natural... que desentona cuando Ryan voltea abruptamente mirando a la derecha.

—¿Qué? —pregunta Avery. Pero incluso cuando lo hace, oye que alguien viene y ve a cuatro chicos de su edad acercándose. Intenta decirse que no es nada.

Luego Ryan dice:

—Mierda.

Mientras los cuatro se acercan, Avery entiende en parte qué pasará. Son las miradas desdeñosas, la arrogancia, el odio casi preciso en sus risas. Es un tipo de imbécil en particular, uno que se encuentra fácilmente en varones adolescentes hetero cis que viajan en manadas.

—¿Qué tal, Ryan? —dice uno de ellos—. ¿Quién es tu novio?

Ryan suelta la mano de Avery.

—¿Qué quieres, Skylar? —dice.

—Vimos un carro al frente. ¿Qué están haciendo, chicos?

Avery nota ahora que Skylar y uno de los otros chicos tienen un palo de golf. Skylar lo ve mirando y sonríe. Luego, coloca una botella en el suelo y la golpea con el palo en dirección a Ryan y Avery. Ryan no se inmuta, pero Avery sí. Ahora las nubes han desaparecido. Los dos son demasiado visibles.

Su instinto es correr, pero dado que Ryan permanece quieto, él permanece quieto. Entiende que es más fácil huir de extraños. Hay mucho menos orgullo en juego. Skylar coloca otra botella, y esta vez la rompe con el primer impacto y el vidrio vuela en todas direcciones. A los otros chicos les resulta muy gracioso.

Avery siente que se apaga, que entra en modo supervivencia.

–¿Qué mierda quieren? –dice Ryan.

–¡Qué rudo! –se burla Skylar. Luego, lanza su palo de golf hacia el rostro de Ryan.

O al menos hace parecer que eso es lo que piensa hacer. En el último segundo, se detiene. Pero no antes de que Ryan haya alzado el brazo para protegerse del golpe que no llega.

Avery ve su humillación al creer la farsa. Mientras los chicos ríen más, Avery quiere acercarse y posar una mano consoladora en la espalda de Ryan, quiere decirle que está bien. Pero no puede, porque no sabe qué tipo de reacción generará y tampoco sabe si todo estará bien.

–¿Interrumpimos su besuqueo? –dice Skylar con desagrado juguetón–. ¿Nos perdimos el espectáculo? –Ahora está cerca, demasiado cerca. Usa el palo de golf para empujar a Avery hacia Ryan–. No se detengan por nosotros. Veamos lo que tienen.

Avery siente los ojos de los chicos encima y no sabe qué están viendo.

–¡Vamos! –exclama uno de ellos–. ¡Háganlo!

Skylar empieza a empujar a Ryan con el palo de golf, haciendo ruidos de besos groseros. Ryan sujeta el palo e intenta quitárselo a Skylar de las manos. Espera que retroceda, pero Skylar sorprende a Ryan cuando lo empuja. Pierde el equilibrio y cae sobre su trasero contra Avery. Luego, Skylar toma de nuevo el palo de golf, lo quita con facilidad de la mano de Ryan. Todos lo miran en el suelo, incluso Avery. A los otros chicos les encanta y lo cubren de insultos. Pero Skylar permanece callado. Permite que su satisfacción hable por él. No importa lo que Ryan haga, Skylar ya ha ganado.

–Necesitas un nuevo novio –le dice a Avery–. Este está roto.

—Vete a la mierda —dice Avery. Se siente tonto diciéndolo. Estúpido. Debe haber algo mejor que decir, pero es todo lo que se le ocurre.

—No —dice Skylar—. *Tú* vete a la mierda.

Ryan se pone de pie. Skylar retrocede y lanza un fragmento de vidrio para golpear la zapatilla de Ryan.

Ahora el modo supervivencia está a máximo volumen. A la mierda el orgullo. A la mierda la justicia. Solo necesitan salir de allí.

—Vámonos —dice Avery.

—¿Qué? ¿Tan rápido? —los provoca Skylar—. ¡No fue un gran espectáculo!

Avery intenta leer la expresión en los ojos de Ryan, pero no puede. No tiene idea de lo que Ryan está pensando o qué hará a continuación. Es como si no hubiera nadie más allí: solo Ryan y Skylar, enfrentados.

—Quiero irme —dice Avery. Que lo culpen a él. Que lo vean como el débil no le importa si eso los saca de allí.

—Está bien —dice Ryan. Le habla a Avery, pero aún no aparta la vista de Skylar—. Un placer verlos, chicos.

—Sí, lo mismo digo —responde Skylar.

Ryan y Avery empiezan a irse. Los chicos responden golpeando más latas y botellas en dirección a ellos. Ryan no corre. Solo continúa caminando y Avery sigue su ritmo. El vidrio y el aluminio los golpean, vuelan alrededor de ellos. Los chicos gritan de alegría. Los siguen una distancia breve y luego por fin, en el sexto hoyo, los dejan ir.

Avery empieza a caminar más rápido. Ryan lo sigue.

En cuanto están lejos de ellos, atravesando a salvo la abertura de la reja, las palabras que Avery ha estado conteniendo salen con brusquedad:

—Eso fue aterrador —dice—. Pero estamos bien. Estamos bien. Esos tipos son unos imbéciles. Lo importante es que estamos bien. Olvidémonos de ellos porque no tiene sentido preocuparnos ahora. Estamos bien, ¿no?

—Lo siento mucho —dice Ryan—, pero creo que necesito que no hablemos por un segundo.

Intenta decirlo con dulzura, intenta dejar en claro que no es nada personal contra Avery, pero Avery no puede evitar sentirse un poco mal.

Skylar aparcó de forma tal que le bloquea el camino a Avery. Y es una furgoneta, así que Avery no puede abrirse paso. En cambio, hace un giro sobre la acera para escapar. Todo el tiempo, Ryan aprieta los dientes.

—Está bien —dice Avery.

—No, no lo está —replica Ryan.

Avery termina la maniobra y salen del estacionamiento.

—¿A dónde vamos ahora? —pregunta.

Ryan sabe que necesita sacarse de encima lo que acaba de pasar, necesita apartarse de ello y volver al día que él y Avery estaban teniendo. Pero la furia que siente es volcánica. Si Avery no estuviera aquí, él volvería allí con un palo de golf propio. Esperaría hasta que no estuvieran mirando, y entonces los golpearía sin piedad. O al menos eso es lo que quiere decirse a sí mismo. Estos escenarios son mucho más claros cuando no están sucediendo de verdad.

—¿Ryan?

Ryan no ha escuchado la pregunta de Avery y no se da cuenta de que necesita saber a dónde van. Mira su reloj y se da cuenta de que le dijo a Alicia que pasarían en unos quince minutos.

—Gira a la izquierda —dice.

Sabe que debería explicarle más a Avery, decirle quiénes eran esos tipos. Pero ¿cómo puede explicarlo cuando él mismo no lo entiende? Él y Skylar solían jugar en la liga infantil juntos. Nunca tuvieron una sola pelea. Pero es como si un día la mitad de los chicos de su grado decidieran que era divertido burlarse de Ryan. Ni siquiera estaba fuera del clóset en esa época. Ni siquiera tenía el pelo azul. Simplemente no quería ser parte de su grupo, y eso lo convirtió en el enemigo. Pero nunca así. Nunca como lo que acababa de suceder. Eso no fue una burla. Fue un ataque real.

Avery quiere que todo esté bien, quiere fingir que no sucedió. Ryan también lo quiere. Ya está nostálgico por cómo estaban quince minutos atrás. Pero lo que acaba de suceder con Skylar es demasiado grande para dejarlo pasar.

Alicia percibe que algo no está bien tan pronto como Ryan y Avery se sientan en su mesa en el Café Kindling. Ryan presenta a Avery primero, luego a Alicia, Dez, Flora y Miles... pero no parece estar tan emocionado en persona por tenerlos a todos juntos como lo estaba cuando enviaba mensajes de texto. Alicia recuerda a Avery del baile, pero no habían tenido la oportunidad de hablar; tan pronto como él y Ryan conectaron, todos los demás se convirtieron en extras en la escena.

Se suponía que esta era la oportunidad para que se conocieran todos. Pero Ryan no está sonriendo... Está frunciendo el ceño. Al principio, Alicia asume que es porque la cita no ha ido bien y Avery no ha estado a la altura de lo que Ryan esperaba que fuera. Pero ella sabe que, si este fuera el caso, Ryan no lo habría traído en absoluto. Además, hay una esperanza en los ojos de Avery mientras conoce a los amigos de Ryan. Avery quiere que esto funcione.

Alicia envía a Ryan a buscar café, porque la privación de café puede ser una causa seria de mal humor. Le pregunta a Avery qué le gustaría, lo cual es una buena señal, pero luego insiste en que Avery no se una a él, lo cual es una señal mixta. Una vez que Ryan se aleja de la mesa, Alicia pregunta a Avery qué han hecho hoy, y él menciona los panqueques y ese campo de minigolf abandonado, que no estaría entre los primeros veinte lugares de Alicia para llevar a una cita. Avery dice que fue "increíble" y luego le pregunta al resto qué lugares son sus favoritos en la ciudad. Ninguno de ellos puede pensar en nada más que el café en el que están sentados, aunque Flora aboga por un patio de recreo en su antigua escuela primaria hasta que Miles le recuerda que fue demolida hace unos meses por riesgo sanitario.

—¿De qué están hablando? —pregunta Ryan cuando vuelve a la mesa.

—Solo contábamos historias vergonzosas sobre ti —responde Alicia.

Esto saca a Ryan de su mal humor. Al menos por un segundo.

—¡No es justo! Me fui diez segundos...

—No estaban diciendo... —empieza Avery, pero Alicia lo hace callar.

—¿Ryan te contó sobre su obsesión con Pink?

—Guau, lo dijiste —comenta Dez.

Avery señala su cabeza.

—No hay nada malo con el rosa en ningún idioma.

Alice niega con la cabeza.

—No me refiero al color. Me refiero a la *cantante*.

—Vamos —dice Ryan. Flora empieza a canturrear *Raise Your Glass*.

—Tampoco hay nada malo con la cantante. Me encanta. Pero hay amor y luego hay... obsesión. Ella ha hecho hits durante, no sé, una década, pero Ryan actúa como si él la hubiera *descubierto*.

Ryan mira a Avery.

—Fue en sexto grado.

—Y parte de séptimo —lo corrige Alicia—. ¿Sabes cómo lo sé?

Ryan no tiene idea. Pero Dez dice:

—Oh, mieeeeerda.

Alicia ve que Ryan entiende. Mueve las fosas nasales como lo hace cuando está enfadado porque no controla el universo y el comportamiento de todos a su alrededor.

—Ya basta —dice.

Alicia voltea para mirar a Avery lo máximo posible y a Ryan lo menos posible.

—Séptimo grado. Audiciones para le musical. Para hacerlo entretenido, el profesor de coro nos dice que podemos usar pistas de karaoke de YouTube. Solo no podemos cantar nada que hable de sexo o drogas o que contenga insultos. Nos lo dicen veinte veces.

—Alicia, él no necesita escuchar esto.

Alicia alza la mano.

—Estoy hablando. Entonces, lo hicieron así para que cualquiera que estuviera en la audiencia pueda... Como un show de talentos. Y todos sabemos que Ryan hará una canción de Pink porque su casillero está lleno de fotos de ella y tiene el cuaderno cubierto de sus letras, todo eso. Hay un motivo por el que no puedes tatuarte en séptimo grado, ¿cierto? Como sea, incluso me dice que no escogió *Blow Me (One last Kiss)* porque dice un insulto. Así que supongo que hará *Raise Your Glass* o una de las baladas. Pero no. Sube al escenario y canta...

Hace silencio para que Ryan continúe. Él no lo hace. Así que ella concluye:

—... *U + Ur Hand*, tú y tu mano.

—No sabía sobre qué trataba —dice Flora.

—Quizás creyó que era una referencia a la familia Addams —añade Miles con generosidad—. Estábamos audicionando para el musical de Los locos Addams.

Avery ríe.

Ryan no.

Está bien, piensa Alicia, y cambia de tema y habla sobre la vez antes de que supieran conducir cuando la mamá de Miles chocó contra un buzón después de que Miles se pusiera nervioso por la estación de radio que ella escuchaba delante de sus amigos. Mientras otras personas captan el hilo, Alicia ve que aún hay lago entre Avery y Ryan, en ambos sentidos: algo que comparten y también algo que se interpone entre ellos. También nota que a Flora y Miles les agrada Avery, que actúan como si él hubiera formado parte del grupo por un tiempo. Dez actúa como si nunca hubiera visto a un chico trans, lo cual es estúpido. Alicia hace una nota mental para no olvidar hablar con él sobre ello más tarde.

Pero primero, es hora de averiguar qué pasó.

No lleva mucho esfuerzo. Cuando hay una pausa en la narración, Alicia le pregunta a Ryan directamente:

—¿Qué les pasó antes de que llegaran?

De inmediato, Ryan mira a Avery, quien dice:

—Solo les conté dónde fuimos. —Luego, Ryan suspira y explica que, mientras estaban en el minigolf, Skyler y tres de sus seguidores idiotas fueron a molestarlos. De inmediato, toda la mesa muestra empatía y balbucea una lista de sinónimos casi infinita de la palabra "imbécil" para describir al grupo de Skylar.

Alicia espera que esto calme a Ryan, pero él aún sujeta su taza de café tan fuerte que le sorprende que no la rompa.

—Debería haber hecho algo —dice Ryan—. Destrozar su camioneta. Llamar a la policía para denunciarlos por entrar en propiedad privada. Bueno, todavía no es demasiado tarde.

Alicia nunca ha sido fanática de las estupideces de los machos. De hecho, piensa que la mayoría de los problemas del mundo están conectados de forma directa con las estupideces de los machos. Y no le agrada escuchar a su mejor amigo usando sus propias estupideces de macho contra las estupideces de macho habituales de Skylar.

—¿Qué quieres decir con que no es demasiado tarde? —pregunta Alicia.

—No es como si no supiera dónde vive.

Alicia asiente y luego dice:

—Ryan, entiendo que estés enfadado. Pero creo que necesitas tranquilizarte.

—Es fácil para ti decirlo. No estabas allí, ¿no? —Con esto, mira a Avery en busca de confirmación.

—Creo que ustedes son mejor compañía, chicos —dice Avery, de un modo que le hace saber a Alicia que él también ha estado intentando sacar a Ryan de la ciudad de las estupideces de macho.

Pobre Avery, piensa. Quiere asegurarle de que Ryan no suele ser así;

solo sus padres e idiotas como Skylar lo ponen de ese modo. No es su esencia. Él es así cuando lo presionan.

Tampoco hay una forma real de relajarlo cuando se enrosca tanto. Tienes que esperar a que la tensión disminuya, a que el enredo se deshaga con el tiempo. Así que en lugar de desafiar más a Ryan o exponer su estupidez machista frente a todos, lo que solo provocaría la reacción machista conocida como defensiva, Alicia le pregunta a Avery sobre su cabello rosa y cuánto tiempo lo ha tenido, y luego hace más preguntas sobre la vida en Marigold. Ryan todavía está tramando algo en su mente; ella lo nota. Y desearía que hubiera una forma de llevarlo aparte, recordarle de qué se trataba este día.

Pero esa oportunidad no aparece, y Dez está empezando a impacientarse por hacer algo más. Solo puede esperar que el tiempo haya hecho su trabajo y que ver a Avery llevándose bien con sus amigos haya alertado a Ryan sobre cómo debería comportarse.

–¿Qué vas a hacer? –le pregunta Alicia cuando la conversación se estanca.

–No sé –dice Ryan.

Pero ella lo ve con claridad. El enredo. Aún está allí.

–¿Hay algo que *tú* quieras hacer? –pregunta Ryan cuando llegan al carro de Avery.

Quiero reiniciar esto, piensa él. *Quiero volver a vivir las últimas dos horas.*

–Es tu pueblo –dice.

Lo que es curioso es que hace dos horas estaba nervioso por conocer a los amigos de Ryan. Pero con la posible excepción del mirón de Dez, todos fueron geniales y sin duda acogedores.

Ryan es el problema.

—¿Te molesta si volvemos a Footer's? Solo quiero pasar y ver su aún están allí.

Avery quiere decir que sí, que no le importa. Pero ¿qué obtendrá con eso? Accede en silencio mientras Ryan le indica que gire a la izquierda, que gire a la derecha.

Allí está de nuevo. El minigolf abandonado.

La camioneta no está.

Avery no sabe si Ryan está decepcionado o aliviado. Quizás ambas.

—Creo que sé dónde pueden estar —dice. Le indica a Avery que avance y gire a la izquierda.

Avery pasa dos semáforos en verde. Cuando una luz roja los detiene en la tercera intersección y Ryan dice que gire de nuevo a la izquierda, Avery decide que no cederá y no se rendirá. Le dará a Ryan una última oportunidad.

En lugar de girar a la izquierda, Avery cambia al carril derecho y gira a la derecha, donde se detiene en el estacionamiento de una oficina de abogados.

—¿Qué estás haciendo? —pregunta Ryan.

Avery sabe que para que esto funcione, tiene que ser capaz de decir la verdad.

Así que dice la verdad.

—Lo estás arruinando —dice—. Tienes que parar ahora antes de arruinarlo por completo.

—¿Arruinarlo? —dice Ryan. Cuando pronuncia esa primera palabra, puede ver que realmente no entiende lo que Avery quiere decir. Pero para cuando llega al último signo de interrogación, sí lo hace. Así que antes de que Avery pueda responder, dice–: Oh. Sí.

–Quiero recuperar el día –le dice Avery.

–No fui yo quien lo quitó –responde Ryan con tono inexpresivo.

"Lo sé", podría decir Avery. Podrían entrar en toda una conversación sobre lo correcto e incorrecto, sobre la justicia y la ira. Pero Avery no le debe esa conversación a Ryan. No en este momento. Aún no. No, Avery necesita que el enredo se desenrede solo. Porque si no lo hace esta vez, sabe que no lo hará en todas las otras ocasiones futuras.

Así que todo lo que dice es "Por favor". A Ryan. Al universo.

La palabra queda en el aire, como si hubiera sido tocada con una campana. Ryan la escucha. La asimila. Luego golpea la parte trasera de su cabeza contra el reposacabezas del asiento del pasajero. Después de unos golpes, voltea y mira a Avery a los ojos.

–Lo siento –dice–. De verdad, lo siento. Soy un idiota.

Mejor, piensa Avery.

–Está bien –dice–. No hemos pasado el punto sin retorno.

Ryan sacude la cabeza de lado a lado.

–Sí, pero casi nos llevó allí, ¿cierto? –Su teléfono vibra en el bolsillo y lo toma. Cuando ve la pantalla, ríe. Se lo muestra a Avery: un mensaje de Alicia.

Estás arruinándolo, amigo. No seas un idiota.

–Supongo que le caíste bien –dice Ryan.

–Ella a mí –dice Avery–. Todos me cayeron bien.

–¿Incluso Dez?

–En un ochenta por ciento.

Ryan asiente.

–Suena bien. Y, ¿cuán bien te caía yo hace dos minutos?

–¿Cuarenta por ciento? ¿Treinta y siete por ciento?

–Entonces, ¿qué deberíamos hacer? Quiero volver a los noventa.

Avery no sabe qué hay para hacer en Kindling, pero hay un sitio en el que seguro estarán mejor que allí.

–Vayamos a buscar el bote de tu tía –dice–. Quiero navegar.

Ryan envía un mensaje de texto a su tía, quien le dice que tome el bote cuando quiera. Hace suficiente calor como para que el río no esté tocado por el hielo, pero lo bastante frío como para que no haya otro bote a la vista. Avery se ofrece a remar, pero Ryan le pregunta si está bien si rema solo. Todavía está tenso, y remar ayudará. Avery dice que está bien.

Aunque el bote es el mismo y el río tiene la misma forma, sigue el mismo camino, no se siente igual que ayer. En aquel entonces, se sentía como si estuvieran embarcándose en algo juntos. Ahora se siente como si ya hubieran experimentado parte del viaje.

–Me enfurece mucho que ellos puedan actuar así y que no tengan consecuencias –dice Ryan.

–Lo sé –responde Avery–. Es muy injusto.

–Pero no tiene nada que ver con nosotros. –Ryan sorprende a Avery diciendo esto. Suena como si estuviera casi convencido de que es verdad, y decirlo en voz alta ayudara a solidificar la convicción–. Nada de lo que dicen tiene algo que ver con nosotros.

–Y mira lo que les sucedió –comenta Avery.

—¿Qué quieres decir? —Ryan está confundido.

—No les advertimos sobre el hoyo trece.

Ahora, Ryan sonríe.

—Ah, sí. El hoyo trece.

—Los tiburones...

—Los osos...

—La fuente de pirañas...

—Las cuchillas que aparecen...

—Y la trampilla, en la que caes a un hoyo sin comida, sin agua y con *U + Ur Hand* sonando una y otra y otra vez durante días hasta que te arrepientes de haber sido un idiota toda la vida.

—Me alegra que no les hayamos advertido sobre el hoyo trece.

—A mí también.

—Y ¿Avery?

—¿Sí?

—Lo siento de nuevo. La furia es una trampa y entré en ella sin pensar, cuando debería haberme centrado en ti.

—Entiendo.

Están frente a frente en el bote. Ahora Avery extiende las piernas y toca las de Ryan como lo hicieron en la cafetería. Ryan deposita el remo en el fondo de la canoa e inclina el torso hacia adelante para que sus dedos se entrelacen y sus labios se toquen.

No quiero arruinar esto, piensa Ryan.

Me alegra no haberme ido, piensa Avery.

Ryan se endereza y vuelve a remar. Rema ahora como alguien con nada que demostrar. No hay prisa. No hay necesidad de estar en ninguna parte más que allí. Rema como alguien que ha aprendido que la clave para flotar con alegría es avanzar despacio... despacio...

¿A DÓNDE CREES QUE VAS?
(La octava cita)

−¿A dónde crees que vas? −preguntó el padre de Ryan cuando Ryan se dirigía a reunirse con Avery para su cita en el restaurante griego. Ryan estaba girando el picaporte de la puerta principal, a diez segundos de salir.

−Saldré −dijo sin explicar.

−Entra −ordenó su padre.

Ryan soltó el picaporte, enfrentó a sus padres. Se sentía estúpido porque aún tenía la corbata en la mano.

−Dijeron que no estaba castigado −les recordó a sus padres−. Hice planes.

−¿Qué planes? −preguntó su madre. Pues sería un trabajo en equipo al parecer.

¿Acaso es asunto tuyo?, quería responder. Pero ¿de qué le serviría? ¿De qué le serviría cualquier respuesta?

Decidió decir:

—Iré a Hollis para cenar con mi novio.

Sabía que estaba zambulléndose en una zona gris. Sabía que sus padres lo castigarían si mentía. Pero quizás no lo castigarían por tener novio.

—No —dijo su padre.

—¿Qué quieres decir? ¿Que no puedo tener un novio al que veré en Hollis?

—Quiero decir que no, que no puedes ir.

Ryan no abandonaría a Avery, no por este motivo.

Con la mayor calma posible, dijo:

—Bueno, es demasiado tarde para que me digas eso. Cuando estaba castigado, seguí esas reglas. Cuando ya no estuve castigado, seguí *estas* reglas. Que incluyen ser capaz de salir un sábado de noche si quiero.

"Mírame", quería decir. "Tengo puesta una camisa. Lustré mis zapatos. Intenté durante diez minutos ponerme una corbata y ahora la sostengo para intentarlo de nuevo en la furgoneta. Si miraras con atención, verías cuánto significa esto para mí. Verías cuán en serio hablo".

Pero no lo veían. Se negaban a ver. Solo podían comprender que él saldría sin entender el porqué.

—Esta vez no, Ryan —decidió su mamá—. No esta noche. Podemos hablar sobre el próximo fin de semana.

Ryan sujetó de nuevo el picaporte.

—No —les dijo—. Tengo una cita e iré a esa cita. Avery estará esperándome. Debo ir.

Como respuesta, su padre usó su tono más amenazante.

—No te atrevas a salir por esa puerta.

La respuesta de Ryan a ese tono siempre es como una reacción alérgica. Irritación inmediata. Inflamación inmediata.

—¿O qué? —dijo Ryan—. ¿Harás que mi vida sea miserable? Bueno, adivina: ¡ya lo has logrado! Me conoces tanto como me conoce esta puerta. Pero ¿sabes qué? La puerta me cae mejor. Porque mira: la puerta me dejará irme.

Sentía que su padre estaba a punto de avanzar. Pero Ryan fue más rápido. Fue más rápido para abrir la puerta y cerrarla al salir. Fue más rápido para subir a su furgoneta y acelerar lejos de la casa. La radio ya estaba sonando fuerte; no oía nada de lo que sus padres gritaran a su paso, si es que lo hacían.

Subió a su furgoneta y avanzó.

Se dijo que vería a Avery, y lidiaría con el resto más tarde.

Cuando regresó a casa, la puerta estaba cerrada con llave. No tenía la llave para abrir.

Miró sus mensajes. Había uno de su madre, diciéndole que tocara timbre.

Entonces *no estaban* dejándolo afuera. Solo querían que los despertara al volver. Probablemente tenían un sermón preparado en tarjetas.

Consideró la opción de dormir en su furgoneta. Pero el día siguiente tenía que ir a trabajar. Necesitaba dormir. Necesitaba una ducha.

Lo que no necesitaba era un sermón.

Cuando abrieron la puerta, Ryan entró sin detenerse. Ellos no esperaban eso. Él corrió hasta su habitación, cerró con llave la puerta.

Su padre la golpeó. Le dijeron que actuaba como un bebé. Esas fueron las palabras exactas: "como un bebé". Pero después de un rato, ellos fueron los que se cansaron.

Ryan sabía que no derribarían la puerta. Sabía que estaba a salvo.

Pero igual durmió con las llaves de su carro bajo la almohada y se marchó antes de que ellos despertaran.

Ahora, está trabajando, una mañana de domingo tranquila en la tienda. Avery le escribe para ver cómo está. Le dice la verdad, que tuvo que escabullirse de su propia casa para evitar un estallido.

¿Tu estallido o el de ellos?, pregunta Avery.

No está claro, responde Ryan.

Por suerte, Ryan no tiene que estar en la caja hoy, solo debe acomodar la mercadería en las góndolas. Sabe que supuestamente no debe usar el teléfono mientras lo hace, pero al gerente del domingo no le importa mientras que cumpla con su trabajo.

Ey, escribe Avery. ¿Qué estás guardando?

Latas de sopa de tomate.

Mmmm. Salado.

Yogurt griego.

Revuélvelo, chico. ¡REVUÉLVELO!

Cajas de frituras de queso.

Manchan todos mis dedos 😊

Hay intervalos de diez a quince minutos entre estos intercambios, pero cada vez que Ryan cambia de pasillo y escribe una actualización, Avery responde en segundos.

¿No deberías estar estudiando?, pregunta Ryan antes de abrir una caja de rollos de canela.

Lo hago. Estudio los hábitos para desempacar del empleado de cabello azul de la tienda. Es algo propio de los exámenes avanzados.

En serio. No hay problema si debes irte.

Irme es lo último que necesito, muchas gracias.

Extrañamente, Ryan malinterpreta esa oración en vez de interpretarla como debía hacerlo. Imagina a Avery en su cuarto, a sus padres llevándole bocadillos y alentándolo. Por supuesto que Avery no tiene necesidad de irse. Por supuesto que está feliz donde está.

Esa es la falta de equilibrio. Avery hace feliz a Ryan, pero es lo único que hace feliz a Ryan. Avery tiene muchas otras cosas que lo hacen feliz.

De todos modos, ese no es motivo para detener la conversación.

Rollos de canela.

No pasan tres segundos antes de que Avery responda:

Cúbreme de queso crema y enróllame.

Ryan sonríe y desea no tener que sentirse tan agradecido por la sonrisa.

Envía un mensaje a su mamá para decirle que no estará en casa para cenar. Ella le responde para agradecerle por avisarle. Trabaja hasta tarde, luego compra comida en McDonald's. No hay mensajes de texto de Avery; Ryan está seguro de que está cenando con sus padres. El problema con McDonald's es que termina de cenar en diez minutos. Piensa en ir a ver una película o tal vez pasar por la casa de la tía Caitlin. Pero también está cansado y no quiere ser un zombi en la escuela mañana. Así que se dirige a casa. La ventaja es que sus padres están cenando en la cocina cuando entra.
—¡Voy a dormir! —grita mientras sube rápido la escalera.
Escucha el movimiento de una silla y luego a su mamá decir:
—Déjalo ir.
Cierra con llave de nuevo. Guarda las llaves del carro bajo la almohada. Intenta leer en la cama. Su teléfono cobra vida a su lado. Avery, por fin libre.
Pero el mensaje es lo opuesto a la libertad.

Será una semana de locos, con exámenes y la obra.

Es probable que no pueda responder tan rápido. Pero sé que te veré en la función del viernes. Te deberé el equivalente a una semana de afecto 😊

Ryan responde:

Lo entiendo.

Y *sí* lo entiende. Aunque hará que la semana sea más difícil. Definitivamente está sintiendo la abstinencia, pero la única salvación es que sabe que no es porque Avery se esté alejando. Intenta enfocarse en su propio trabajo escolar, en sus propios amigos. En el almuerzo del lunes les cuenta a todos sobre la cita y la reacción de sus padres. Alicia está enojada por él, y sabe que ella puede entender hasta cierto punto. Dez, cuyos padres lo dejan hacer lo que quiera siempre y cuando saque buenas notas, está más enfocado en la cita que en los problemas con los padres.

—Guau, las cosas van en serio con elle. Es elle, ¿cierto?

—No —dice Ryan—. Usa pronombres masculinos. Ya te lo he dicho.

Dez alza las manos.

—¡Está bien! ¡Está bien! Lo *siento*.

Ryan sabe que esto no se acerca ni un poco a lo que Avery tiene que soportar, pero es un atisbo. Ryan siente la necesidad de verter la sopa de Dez en su cabeza.

—¿Por qué eres tan estúpido? —dice Alicia—. En serio. ¿Qué carajo?

Dez mira a Flora y Miles en busca de ayuda. No aparece.

—Es mi novio —dice Ryan tranquilo—. ¿Tienes algún problema con eso, Dez?

—¡Para nada! Solo intentaba ser respetuoso.

Ryan ya no quiere comer. Allí no.

Alicia intenta suavizar la situación.

—Creo que sin dudas es algo serio si él logró que uses corbata. Creo que nunca te había visto con una.

Miles, con la boca llena de leche chocolatada, sacude la cabeza. Después de tragar, dice:

—¡En la asamblea de séptimo grado! ¡Cuando tuvo que dar el discurso!

Dios. De vuelta el Mal Año. Solo Alicia sabe cuán horrible fue.

Miles ahora lo mira.

—¿Aún recuerdas ese discurso?

—No —dice Ryan—. Para nada.

—Qué pena —responde Miles, sujetando su leche—. Recuerdo que era un buen discurso. Me hubiera encantado oírlo de nuevo.

Incluso mientras está teniendo la conversación, Ryan quiere contarle todo a Avery. Quiere explicarle lo que significa.

Pero ningún mensaje de texto podría transmitirlo.

Ryan trabaja más horas de lo habitual después de la escuela porque está planeando tomarse el fin de semana libre. También le ayuda a evitar a sus padres.

Nachos de maíz, le escribe a Avery.

Pasan cuatro horas hasta que obtiene una respuesta:

Nachon un problema.

El miércoles después de terminar su turno, va a visitar a la tía Caitlin. Ella parece cansada de su propio día laboral. Pero sonríe cuando lo ve.

—El cabello luce bien, modestia aparte —dice—. ¿Cómo fue la cita?

Toman asiento en el viejo sofá verde lima y él le cuenta lo que pasó con Avery (la parte buena) y luego lo que pasó con sus padres (la parte mala).

—Ay, Ryan —dice Caitlin cuando él ha terminado.

—¿Por qué son tan horribles? —le pregunta.

—No son horribles —dice ella. Antes de que Ryan pueda discutir, ella alza la mano—. No, escúchame. Tengo amigos que crecieron con padres horribles. Tus padres se equivocan muchas veces, pero no son horribles.

—Pero ¿por qué son así? —pregunta Ryan—. Has conocido a Avery. ¿Acaso te parece alguien a quien temer?

Caitlin sonríe.

—No.

—Entonces, ¿por qué no me permiten verlo? ¿A qué le tienen tanto miedo?

La sonrisa de Caitlin desaparece. Con cautela, pregunta:

—¿De verdad quieres que te responda?

—Por supuesto.

—Está bien, pero escúchame, ¿sí? No estoy diciendo que tengan razón. ¿Entendiste?

—Sí.

—No estoy justificando su manera de ser. Pero hay motivos.
—Soy todo oídos.

Caitlin retrocede un poco. El tono tenso de Ryan es una advertencia. Él no entenderá porque no querrá entender. Al mismo tiempo, tiene dieciséis años. Debería saber que esto pasaría.

—Tienen miedo, Ryan.
—¿Por qué? ¿Porque soy gay?
—No —dice Caitlin—. Porque no fue hace tanto que te lastimabas.

Ahí aparece de nuevo. El Mal Año.

Caitlin continúa.

—Sé que fue más difícil para ti y sé que fue más aterrador para ti. Pero igual fue difícil y aterrador para el resto de nosotros.

Ryan retrocede, atónito.

—¿Qué quieres decir?

—Lo sabíamos, Ryan. Te estoy diciendo que sabíamos mucho más de lo que tú creías que sabíamos.

Séptimo grado. Él sabía que era gay, pero no tenía intenciones de decírselo a sus padres. Solo a sus amigos. Ese no era el problema. El problema era que se le metió en la cabeza (por culpa de los realities, las páginas web, el porno que miraba a escondidas) cómo debía lucir un cuerpo gay. Y pensó que su cuerpo de trece años podía lucir así, podía soportar lo que fuera necesario para convertirse en eso. Intentó ejercitar. Correr con capas de ropa, para sudar más. Comer batidos de proteína en vez de comida.

No lo convirtió en un dios sexual. Lo enfermó y lo agotó.

Sus padres no lo notaron. O si lo notaron, se lo adjudicaron a la "adolescencia", una excusa demasiado fácil para todo tipo de cosas. Para responder mal. Para cerrarse. Para comer muy poco en la cena solo para ser "difícil".

Uno de sus profesores se dio cuenta y lo envió a la enfermería de la escuela, donde estaba el enfermero Tiernan, el hombre más dulce que jamás haya caminado sobre la Tierra. Al enfermero Tiernan le tomó quizás cinco minutos entenderlo todo. Lo que Ryan estaba haciendo y por qué.

—Venimos en todas las formas y tamaños —le dijo a Ryan

Ryan no estaba listo para aceptarlo. Ni siquiera la premisa. Porque si el enfermero Tiernan estaba haciendo un trabajo tan bueno siendo gay, ¿por qué estaba atrapado como enfermero en una escuela secundaria y no viviendo su mejor vida gay en alguna gran ciudad gay?

No le dijo esto al enfermero Tiernan. Pero igual el hombre notó su resistencia y llamó a la señora Simon, la consejera de Ryan.

Ryan pensó que tenía ventaja, así que la usó; les dijo que buscaría ayuda y que trabajaría para mejorar... siempre y cuando nadie más lo supiera. Especialmente sus padres.

Estuvieron de acuerdo. El enfermero Tiernan tenía un amigo que era terapeuta y estaba dispuesto a hacer una "visita a domicilio" en la escuela. Así que una vez a la semana durante seis semanas, Ryan faltaba a gimnasia para hablar con el doctor Lindsay. Ryan se dio cuenta de que había estado experimentando lo que él percibía como una mejora personal sin comprometerse de verdad con ello. Ahora, con la ayuda del terapeuta, lo abandonó por completo. Lo ayudó a enfocarse en la parte de salir del clóset (que él llamaba "invitar a entrar"). Con el tiempo, Ryan estuvo listo para invitar a Caitlin a entrar. Luego ella lo ayudó con sus padres. Ellos no estaban ni cerca de ser felices con la invitación.

—La escuela se los dijo —le cuenta ahora Caitlin—. No tuvieron opción. Pero todos acordamos que, si ir a la escuela era lo que mejor te hacía, seguiríamos la corriente.

—Estás diciéndome que cuando te conté por primera vez que era gay... ¿ya lo sabías?

—Sí, también sabíamos que te habías estado lastimando con el trastorno alimenticio y el ejercicio. Y sabíamos que habías mejorado. Tengo entendido que fue un tambaleo más que una caída. Pero tus padres sentían que habías tomado un mal camino cuando ellos no habían prestado atención. Y creo que aún les preocupa que estés en ese camino, aunque ahora es evidente que estás en otro, en el que debías estar.

Repito, no estoy intentando justificarlos. Solo trato de explicarte por qué tal vez tienen miedo. Lo desconocido siempre asusta, y cuando se trata de tu hijo, es exponencialmente más aterrador.

Más que nada, Ryan sabe que la tía Caitlin lo ama. Y usa cada gramo de esa certeza para permanecer en el sofá, para no gritar, para no llorar. La historia de su vida durante los últimos tres años no ha sido la historia real. Él no ha conocido la historia real de su propia vida.

Lo que dice a continuación le sorprende incluso a él mismo.

—¿Por qué no puedo vivir aquí? —pregunta, el grito y el llanto se combinan en una súplica—. ¿Por qué no puedo vivir contigo?

Caitlin abre los brazos para abrazarlo y él lo acepta.

—Tu cuerpo es más largo que este sofá —susurra ella—. Y no creo que quieras ser el chico de la escuela que comparte cama con su tía vieja.

—No me importaría —susurra, asfixiado.

—Si llega a eso, lo haremos —dice ella, abrazándolo fuerte—. Pero no debería llegar a eso.

Permanecen abrazados un rato. Después, Ryan es quien se aparta, quien continúa la conversación.

—Te agradezco que me lo contaras —dice.

—Te prometo que no estoy ocultándote nada más. No hay más revelaciones importantes.

—Entonces ¿mis padres son mis padres de verdad? ¿No tú?

Caitlin ríe y resopla a la vez.

—Me temo que sí.

Ryan se pone serio de nuevo.

—Por favor, no les digas que me lo contaste, ¿sí? Si quiero algún día que sepan que tuvimos esta conversación, yo se los diré.

Caitlin asiente.

—Gracias. Y ¿Caitlin?

—¿Sí, Ryan?

—Sabes que ahora nunca me lastimaría. ¿Cierto?

—Lo sé. Pero igual es lindo oírlo.

—Te lo prometo. Ese fue un mal año, pero ya parece de otra vida. Es decir, conozco a Avery hace unas semanas y *eso* ya parece hace años.

—¿Buenos años?

Ryan sonríe.

—Sí, buenos años.

Tengo mucho que contarte, le escribe Ryan a Avery en cuanto sube a la furgoneta.

No puedo esperar, responde Avery de inmediato.

Una vez más, llega a su cuarto antes de que sus padres puedan interceptarlo. No quiere hablar ahora mismo con ellos.

Llaman a su puerta. Su padre dice que está actuando como un mocoso y que más le vale abrir. Su madre dice que preparó postre y que le guardó una porción. ¿No quiere comer postre?

—El soborno no funciona si la amenaza viene primero –le dice Ryan a la puerta.

Luego, dos horas después, comete un error estúpido. Hace demasiado ruido yendo al baño y no cierra la puerta de su habitación con llave al salir. Así que su cuarto queda desprotegido, y cuando regresa en pijama, su padre está esperando.

—Vamos a hablar, te guste o no –dice su padre–. No toleraremos este tipo de comportamiento en esta casa.

—Vete de mi cuarto –dice Ryan, aunque sabe que solo empeorará las cosas. Luego, grita–: ¡VETE DE MI CUARTO!

Despeja la puerta para su padre. La señala. Insiste.

—Solo quiero hablar –dice su padre.

—No hay nada que hablar. Estoy bien. Estoy perfecto. Solo necesito que salgas de mi cuarto.

Su mamá aparece en el pasillo y pregunta qué está pasando.

—Dile que salga de mi cuarto. –Ryan apela a ella–. Quiero dormir. Dile que se vaya.

—Está bien –responde ella. Luego, le habla a su esposo–. Hablemos mañana. Él necesita dormir.

—Dios –dice el padre de Ryan. Ryan en parte espera que él diga "¡No pienses que te has salido con la tuya!", como el villano de un cómic. O quizás algo que el héroe le dice al villano.

En cuanto su padre atraviesa la puerta, Ryan la cierra con llave. Pero igual despierta al menos doce veces durante la noche, por miedo a que la abran.

Ni siquiera las llaves bajo la almohada le consuelan.

Un día más, le escribe Ryan a Avery la mañana siguiente.

Tres exámenes, un ensayo con vestuario y un día, responde Avery pocos minutos después.

—¡Quiero ver la obra de Avery! —dice Alicia cuando Ryan le cuenta sus planes del fin de semana.
—Qué pena —responde—. ¡No quedan entradas!
—Hablo en serio —dice ella mientras le golpea el brazo.
—Lo sé. Y te lo agradezco. Pero quiero pasar tiempo a solas con él.
—Solo tienes miedo de que yo le caiga mejor que tú a sus padres.
—Es cierto —acepta Ryan—. Sin duda.

Oreos, escribe esa tarde, aunque sabe que es probable que Avery esté en medio del ensayo con vestuario y que no usará su teléfono como en un ensayo habitual.

Pizzas congeladas.

Agua gasificada.

—¿Ryan?

Ryan aparta la vista de su teléfono y ve a su madre, acosándolo en el pasillo tres.

—¿Qué haces aquí? —pregunta él. Ella no tiene un carrito o compras.

—Necesito hablar contigo.

—Mamá, estoy trabajando.

Ella mira el teléfono en mano de Ryan.

—¿En serio?

Guarda el teléfono en el bolsillo y empieza a quitar las botellas de Pellegrino de las cajas y a alinearlas en el estante, de modo que miren al frente a la perfección.

Su madre no entiende el mensaje.

—No podemos seguir así —dice—. No puedes seguir llegando a casa enfadado para encerrarte en tu cuarto. Tu padre quiere quitar la cerradura de tu puerta, pero le dije que no, que no es la manera de lidiar con esto.

Ryan quiere decir: "Sí, ¿por qué molestarse en cambiar la cerradura si solo esperará que vaya al baño para abordarme?".

Su madre sigue hablando.

—Sé que no eres un niño, pero te comportas como uno. Si quieres independencia, tienes que ganártela. Y esta no es la manera de ganártela.

—Mamá —dice Ryan con la mayor calma posible—, lo que estoy intentando ganarme ahora mismo es un cheque, y no me pagan por hablar contigo. ¿Podrías irte antes de que te vea mi jefe, por favor?

Su madre toma una de las botellas de agua del estante y la sostiene del cuello.

—Diré que soy una clienta y que me has ayudado.

—Mamá, no es el punto.

—Ryan. No me iré sin la promesa de que este comportamiento terminará. No queremos castigarte de nuevo, pero lo haremos.

—Por supuesto que lo harán.

—¿Qué quieres decir?

Ryan deja de llenar los estantes y la mira de modo fulminante.

—¿Es en serio? Lo que quiero decir es que son incapaces de entender que el modo de ayudarme, el modo de ser un padre como mínimo decente, no es confinarme en la casa, sino permitirme hacer las cosas para nada destructivas que quiero hacer fuera de la casa. Actúan como si estuviera saliendo a que me arresten. Cuando en realidad lo que hago es… Prepárate… tener citas con un chico que me gusta mucho.

Esto es lo máximo que le ha dicho a ella en lo que parecen años. Le ha dicho todo. ¿Y cómo responde ella?

—No sé si este chico con el que tienes citas es el motivo por el que actúas así.

Ryan sacude la cabeza de lado a lado.

—¿En serio?

—Mira la situación con mis ojos, Ryan. Antes de conocer a este chico, no desaparecías. No cerrabas con llave tu cuarto cada noche. No estabas enfadado todo el tiempo.

—Primero que nada, *estaba* enfadado todo el tiempo. Y segundo, estos días solo estoy enfadado cuando estoy con ustedes. No cuando estoy con él.

—Es que no sé qué tipo de influencia es él. Es lo único que digo.

Ryan quiere patear las cajas restantes o derribar con su brazo todas las botellas que ha acomodado con tanto cuidado. Pero quiere conservar su empleo. Quiere ser responsable.

No le dirá ni una palabra más a su madre. Ni una sola. Pero luego, ella dice:

—¿Qué? Dímelo. —Y él piensa: *Está bien. Suficiente.*

—Piensan que Caitlin es mala influencia. Piensan que Alicia es mala influencia. Y ahora piensan que Avery es mala influencia. ¿Por qué creen que todas las personas que tal vez me quieren son una mala influencia? ¿Qué significaría eso?

—*Nosotros* te queremos, Ryan.

Ryan hace una pausa y dice:

—Estoy seguro de que creen que me quieren.

No es su intención sonar cortante. De verdad piensa que está siendo generoso, que acepta que, a su modo retorcido, sus padres creen que lo que sienten es amor. Pero por un segundo, su mamá parece dejar de respirar. Casi suelta la botella en su mano. Luego se recupera y la guarda de nuevo en el estante.

—Volverás a casa en cuanto tu turno termine —le dice con tono inexpresivo—. Te sentarás a cenar con tu padre y conmigo. Ya no permitiremos tu comportamiento malhumorado. Y si no puedes tomarte la molestia de escucharnos, estarás castigado de nuevo. De verdad, no necesitas hacer esto, Ryan. Sea lo que sea.

Ryan se da cuenta de que hay otras personas en el pasillo y que lo miran de modo extraño y crítico. Se preguntan quién es ese empleado estúpido que hace llorar a su mamá en medio de la tienda.

No le importa lo suficiente para decir que le importa. Les da la espalda a todos, se enfoca de nuevo en los estantes. Trabaja hasta el final de su turno.

Solo entonces, se permite comprenderlo:

No puedo volver a casa.

Podría ir a casa de Caitlin. O de Alicia. O incluso de Miles, de ser necesario.

Pero la cuestión es que sus padres lo encontrarían en esos lugares.

Y si lo encuentran, sus llaves terminarán en manos de ellos y él nunca podrá ver la obra de Avery.

Así que le escribe a Avery y pregunta:

¿Qué te parece si voy una noche antes?

No espera una respuesta inmediata.

Pero igual empieza a conducir hacia Avery.

Mientras conduce, intenta perderse en la música y el camino. Se promete a sí mismo que no permitirá que sus padres le afecten, y rompe esta promesa de inmediato con el mismo fervor con el que la hace. Se repite que Avery entenderá, que no está llevándole demasiado drama a su casa. Luego, sucumbe ante la duda y pone más fuerte la música.

No puede apagar el teléfono, porque quiere ver si Avery responde. Así que debe permanecer sentado mientras su teléfono suena, su mamá está llamando. Y suena una y otra vez. Él ve que ella le ha dejado mensajes, pero no los escucha. Ella le escribe, pero él tampoco los lee. Está conduciendo. Ya se escucha a sí mismo diciéndole a ella: "estaba conduciendo. No quieres que use el teléfono mientras conduzco, ¿cierto?".

Tampoco revisa los mensajes cuando deja de conducir. Está a media hora del pueblo de Avery y dado que sin duda Avery aún está ensayando, Ryan va a un Target, porque necesitará ropa para mañana y tal vez para el día siguiente también. Y un cepillo de dientes.

Solo cuando está caminando por los pasillos del Target siente que está rompiendo de alguna manera con su hogar. Sabe que tiene dinero suficiente en su cuenta para pagar esas cosas. Sabe que él tiene el control de su propio tiempo. Sus acciones son puramente suyas.

Encuentra tres camisas que le gustan y decide comprar las tres. Está a punto de ponerse una cuando vuelve a la furgoneta, solo para coronar la sensación de que es un nuevo comienzo.

Cuando llega a Marigold, son pasadas las nueve y aún no hay noticias de Avery. Si no le hubiera dicho cuánto necesitaban ensayar esa semana, Ryan estaría más preocupado. En vez de conducir a casa de Avery, se dirige a su escuela. Dado que no hay muchos vehículos en el estacionamiento, es fácil encontrar su carro.

Ryan se detiene cerca del vehículo. Piensa en escribirle a Avery, *llegué*, pero luego vacila. ¿Y si Avery vio su mensaje anterior y no supo qué hacer? ¿Y si después de todo no es un buen momento para que esté allí? Los miedos de Ryan lo obligan a dejar margen para ese error potencial. Es probable que Avery vea su teléfono antes de salir del edificio. Así que si le dice que no es buena idea, desaparecerá del estacionamiento antes de que pueda notar su presencia.

Ese es el plan que Ryan espera no tener que usar.

Son casi las diez en punto cuando las personas empiezan a salir del edificio en dirección a los vehículos.

El teléfono de Ryan brilla.

Lo siento mucho, estaba en el ensayo, no permitían teléfonos. ¿Estás bien?

Ryan escribe:

Lo estoy.

¿Hablabas en serio con venir esta noche? ¿Es demasiado tarde?

No es demasiado tarde, responde Ryan. Luego decide correr el riesgo y escribe: **Estoy afuera.**

¡Oh! Estaré en el estacionamiento en tres minutos.

Genial, escribe Ryan. Pero todavía le preocupa que no sea, de hecho, genial. Y "*¡Oh!*" puede expresar alegría. Pero también, sorpresa.

Ryan exclama un "¡Oh!" cuando ve a Avery salir de la escuela con alguien que parece su abuela. Ryan asume que es una profesora que ayuda con el vestuario. Luego, se acercan y ve que no, que solo es alguien vestido de anciana.

Baja de la furgoneta y cuando llegan a él, Avery dice:

—Ryan, ¿recuerdas a Pope? Estaba conmigo en el baile.

—Por supuesto —dice Ryan aunque el disfraz hace que sea muy difícil reconocerle—. Un gusto verte, Pope.

—Uuh, igualmente —responde—. Ignora mi aspecto actual. El vestido no me queda como quiero así que le pediré a mi progenitor que le haga modificaciones antes de la función de mañana.

—Tengo que llevar a Pope —explica Avery—. ¿Quieres seguirme así llegamos a mi casa al mismo tiempo?

—Suena bien. —Ryan no sabe si Avery está feliz de verlo y se pregunta si hay cosas que no dice porque tienen audiencia.

—Me gustaría ir con Ryan —sugiere Pope—. Para conocerlo un poco mejor.

Avery interviene rápido.

—No se preocupe, señora Stranglehold. Puede venir conmigo.

—Qué pena —suspira Pope. Pero va con Avery al final.

Cuando Ryan sigue las luces de Avery es que las dudas empiezan a trinar. No solo la preocupación de no saber si Avery quiere que él esté allí. No, hay otra preocupación subyacente: ¿y si nadie lo quiere? ¿Y si, vaya a donde vaya, siempre será una molestia?

Cuando Avery deja a Pope en su casa, Ryan en parte espera que Pope se acerque con su disfraz de anciana para decirle que su timing es malo, que sus modales son aun peores, que sus expectativas son atroces. Pero en cambio, Pope se quita el calzado y camina directo a la puerta de la casa. Ni siquiera saluda en dirección a Ryan. Es como si no estuviera allí.

Cuando llegan a casa de Avery, Ryan está listo para dar la vuelta. Para escribirle más tarde a Avery diciendo que entiende que actuó como un tonto.

Pero Avery le escribe primero.

> No te preocupes. Mis padres saben que vienes. Todo está bien.

Ryan aparca detrás del carro de Avery. Baja y toma su bolsa de Target del asiento del copiloto.

—Bueno, qué linda sorpresa para esta noche —dice Avery, sonriendo. Luego abraza a Ryan.

Ryan suelta la bolsa, usa ambas manos para abrazarlo. No es su intención emocionarse, pero la bienvenida de Avery envía una señal a su cerebro, un permiso que logra comprender. Porque de pronto, las emociones que ha estado conteniendo brotan, y está jadeando en los brazos de Avery, llorando e intentando respirar.

—Está bien —dice Avery—. Todo está bien. Ya estás aquí.

Los padres de Avery están esperando cuando entran. Le dan la bienvenida a Ryan, pero también parecen mucho más confundidos que la última vez.

Apenas han intercambiado saludos (aún están en el vestíbulo) cuando Ryan comienza a contarles qué está pasando. Siente que les debe una explicación. Siente que ellos necesitan saber que él no cree que pueda dormir ahí sin una explicación. Y que Avery también necesita saber que él no aparecería la noche anterior a sus exámenes sin una razón. Y también, en muchos sentidos, la explicación es para sí mismo. Como cuando vuelcas el contenido de tu mochila, la limpias y ordenas todo en el suelo para ver qué has guardado y luego decides qué tirar, qué separar y qué deberías seguir llevando en ella.

Les cuenta a los padres de Avery algunas cosas que Avery ya sabe, como que lo castigaron después de la última visita en la nevada, que ni siquiera le permitían ver a su tía, que es la única persona en el pueblo a quien realmente él le importa. Luego les dice todo lo que no le ha contado a Avery esta semana, por no querer decirle nada que fuera a interferir con el estudio o los ensayos. Las discusiones con sus padres. La visita de su mamá a la tienda. Su amenaza.

—Sé que no debería haber huido —les dice—. Sé que debería haber intentado volver a casa y arreglar las cosas. Pero siento que era imposible que eso pasara, que solo quedaría atrapado de nuevo allí y me perdería la obra de Avery, algo que tengo muchas, muchas ganas de ver. Mi cerebro dijo "Ve allí, Ryan. Ve allí".

Luego, se detiene porque no sabe qué viene a continuación.

Avery lo abraza de nuevo y le dice:

–Está bien. Todo está bien. –Y eso le alegra a Ryan, porque es lo que necesita. Y también le entristece porque es algo que nunca sucederá frente a sus propios padres.

–¿Por qué no vamos a sentarnos a la cocina? –dice el papá de Avery–. Suena a que no has cenado, Ryan, y dudo que Avery haya comido demasiado durante el ensayo. ¿Qué les parece si hago unos emparedados de queso grillado? ¿Prefieres el suizo, el cheddar o el americano, Ryan?

–¡Papá! –exclama Avery con indignación burlona–. ¡Son preguntas demasiado personales!

–Y todavía ni siquiera he mencionado el pan –responde el hombre–. Allí es donde *realmente* uno evalúa el carácter de una persona.

–Chicos –dice la madre de Avery, indicando que ahora no es el momento. Pero Ryan agradece sentir que parte de la pesadumbre a su alrededor desaparece.

–Cheddar. Pan de centeno, si tienen. Y jugo de naranja, si las cosas avanzan –responde Ryan.

Todos ríen.

Mientras se sientan en la mesa con sus emparedados de queso grillado, los padres de Avery no le hacen muchas preguntas más a Ryan. En cambio, le preguntan a Avery sobre su obra, sobre el último ensayo, sobre a qué hora deberían ir a la función de mañana. No le preguntan a Ryan sobre si irá a su escuela mañana. No asumen que se marchará después de terminar su emparedado. Luego, cuando están lavando los plantos y una cadena de bostezos pasa de persona en persona, la mamá de Avery le dice a Ryan que necesita escribirles a sus padres para decirles dónde está.

Estoy en casa de Avery, escribe. **Estoy bien.**

Luego, apaga el teléfono.

A Ryan no le sorprende cuando Avery dice:

—Buscaré las sábanas para el sofá… Creo que lo mejor será dormir separados esta noche.

Nada le gustaría más que abrazar y que lo abracen esa noche… pero sabe que sería excederse.

Así que espera en la sala de estar mientras Avery va al armario de las sábanas. Sus padres asoman la cabeza para desearle a Ryan las buenas noches. Le dicen que se irán a la misma hora que Avery por la mañana y que Ryan puede comer lo que quiera de la cocina. Volverán a las cinco y luego todos cenarán algo antes de la obra.

—Genial –dice Ryan– Gracias.

Avery tiene los brazos llenos de almohadas, sábanas y toallas cuando ve que sus padres salen por la puerta de la sala de estar. Los tres se encuentran a mitad de camino en el pasillo.

—Pobre chico —dice el papá de Avery.

Luego, la mamá de Avery, con la cabeza apenas inclinada, le dice:

—Sabes que esto es una solución temporal, ¿no? Podemos darle asilo el fin de semana, pero tendrá que volver a casa el domingo, después de la fiesta del elenco. No puede dejar de ir a la escuela. ¿Hay alguien más con quien pueda quedarse?

—Su tía —dice Avery—. Tal vez.

—Bueno. Si necesitas nuestra ayuda para tener esa conversación, solo dilo. Él siempre es bienvenido aquí, pero…

—No, entiendo —dice Avery—. Les agradezco mucho que hagan esto.

—Asegúrate de dormir un poco —dice el papá de Avery, dándole una palmada en el hombro—. Mañana es un día importante.

Aunque ya se ha quedado allí antes, Ryan no puede evitar sentir que no conoce para nada la casa… y que la casa tampoco lo conoce. No se siente como un intruso, entiende ahora que es bienvenido. Pero se siente más como un invitado que como un novio. Se pregunta cuándo cruzas ese límite, y dejas de ser un invitado en la vida de alguien.

Cuando Avery regresa, Ryan ríe porque apenas puede verle el rostro sobre la pila de almohadas, sábanas y toallas que carga.

–Te ayudaré –dice, pero Avery inclina los brazos como si fueran la parte posterior de un camión de basura y todo cae junto al sofá.

–¡Tarán! –canturrea.

Ryan sonríe... pero luego sacude la cabeza y dice:

–Lamento que esto no sea una cita. Mi timing no podría ser peor.

–¿No crees que comer emparedados de queso grillado con mis padres sea una cita?

–¿Quizás lo es en algunas culturas? Pero no sé si cuenta en la nuestra.

–Mmm. –Avery exagera que piensa–. Tengo una idea. Te llevaré a una cita a otro lugar.

Antes de que Ryan pueda preguntar si necesita calzarse de nuevo, Avery quita los cojines grandes del sofá, los coloca en posición de L en el suelo en contacto con uno de los apoyabrazos del sofá. Luego, toma una manta y la coloca en forma de U sobre los cojines y el sofá. Toma dos almohadas de la pila y las introduce en el recinto que ha creado.

–¿Qué es esto? –pregunta Ryan.

–Es mi escondite. Vamos.

Avery entra y Ryan lo sigue. El techo de manta roja es demasiado bajo y no les permite sentarse, y las piernas de Ryan son demasiado largas para encajar dentro. Así que colocan las almohadas bajo sus cabezas y permanecen recostados como si compartieran una cama. Avery mira la luz atravesando ciertas partes de la manta, como estrellas de tela. Ryan está a su lado, observando mientras Avery mira.

–Es genial –dice Ryan–. Aunque no es el escondite más sutil, ¿no?

–Para eso tenemos el polvo de la invisibilidad –responde Avery–. Que está junto a tu codo.

–Por supuesto. –Ryan extiende la mano y vierte un polvo imaginario en el aire–. ¿Lo hice bien?

—A la perfección.

—Y cuando usabas el polvo de la invisibilidad de niño, ¿tus padres no podían encontrarte?

—Em… la mayoría de las veces. Dependía del motivo por el que usaba el escondite.

—La verdad no puedo imaginar a mis padres haciendo eso. Respetando un escondite.

—Los míos son buenos en ese sentido. Y en general —dice Avery—. Pero igual hay muchos motivos por los que necesito un escondite.

A Ryan le resulta difícil de creer.

—¿Por ejemplo? —pregunta.

Ahora Avery voltea hacia él.

—Cosas estúpidas. Mis padres siempre me decían que no corriera por los pasillos, pero no había nada que amara más que deslizarme por ellos en calcetines, así que continué haciéndolo y, claro, una vez me golpeé contra la pared tan fuerte que el cuadro que estaba colgado allí se cayó. El vidrio estalló. Yo tenía siete u ocho años; no tenía nada de perspectiva. Pensé que me enviarían a la cárcel. Así que entré a la sala, construí el escondite y esperé.

—Imagino que el polvo de invisibilidad no funcionó en ese entonces, ¿cierto?

—Funcionó un tiempo. Creo que mis padres me dejaron tranquilizarme un poco antes de hablar conmigo sobre lo que había pasado. Es probable que yo estuviera más molesto que ellos.

—Tantas cosas parecen el fin del mundo cuando no lo son.

—Exacto. E incluso con las cosas más graves… Sé que te dije que mis padres tomaron bien toda la cuestión del género, y así fue. Pero eso no significa que no hubo momentos difíciles. Ahora lo entiendo:

los chicos cambian de opinión todo el tiempo sobre varias cosas, así que cuando tu hijo dice "soy un varón y necesitan ayudarme a lograr que mi cuerpo coincida con eso" es lógico que haya incertidumbre. Ellos nunca lo expresaron de modo directo, pero mi papá en especial siempre estaba lleno de preguntas. Sobre todo "¿estás seguro?". Y la verdad siempre lo estuve. Para mí era obvio. Pero de todos modos necesitaba de mi escondite mientras debatían el tema, mientras decidían si *mi* decisión sería *su* decisión. No me parecía nada justo que tuviera que ser ambas. Es decir, todo salió bien. Pero no siempre quise estar presente para los debates porque solo me frustraban o peor, me hacían sentir que era posible que dijeran que no y que quedara atrapado.

—Repito, tienes suerte de tener tus padres y no los míos —dice Ryan.

—Nunca se sabe. Cuando me haga mi primer tatuaje, creo que será una cita del libro de Virginia Euwer Wolff *True Believer* que dice "Estaremos a la altura de la situación que es la vida". Quizás tus padres se han puesto a la altura de la situación.

Ryan sabe que Avery quiere que él concuerde. Y ¿quién sabe? Si bien a sus padres no les fascinaba que fuera gay, tampoco habían intentado detenerlo. Pero Ryan aún está intentando descifrar cómo interpretar lo que la tía Caitlin le contó. ¿El silencio de sus padres era una muestra de respeto por su deseo de privacidad? ¿O solo estaban felices de que el enfermero escolar y la consejera fueran los que tuvieron que lidiar con ello en vez de ellos?

—No tienes permitido esconderte dentro del escondite —dice Avery, lo que interrumpe los pensamientos de Ryan—. ¿En qué piensas?

—Solo estoy muy feliz de estar aquí —responde Ryan.

Avery extiende el brazo y acerca más a Ryan. Pronto, están

besándose en silencio en el escondite, besándose como si los besos fueran un secreto que comparten.

Ryan pierde noción del tiempo, pero Avery no. Después de besarse durante unos quince minutos, retrocede y dice:

—Debería irme a dormir.

—Lo sé, lo sé —dice Ryan, acurrucándose en su almohada.

Avery lo mira de nuevo bajo la luz de las estrellas de tela.

—¿Qué? —pregunta.

—Solo quiero saber cómo ayudarte —responde—. Eso es todo.

Las palabras de Avery son como la llave de un candado que Ryan no sabía que tenía dentro. Y cuando lo abre, las emociones brotan. Emociones poderosas. Porque Ryan se da cuenta de algo: él no está acostumbrado a querer que un chico desee tanto escuchar la verdad para estar de su lado.

—Te lo agradezco —dice, intentando controlar la mezcla de gratitud y confusión en su voz, intentando no abrumar a Avery con lo abrumado que se siente—. Te agradezco que me dieras asilo. Te agradezco por invitarme a ver tu obra. Te agradezco que me construyeras un escondite. Te agradezco todo lo que hiciste.

—No te mereces nada menos —le dice Avery. Luego, lo abraza y lo besa de nuevo, hasta que las obligaciones de mañana se interpongan otra vez.

Avery es el primero en salir del escondite. A regañadientes, Ryan hace lo mismo. Ayuda a Avery a desarmar la fortaleza, a convertir el sofá de nuevo en sofá y luego en cama. Avery lo ayuda a acomodar los artículos de aseo personal y se cepillan los dientes juntos.

Cuando terminan, Avery dice:

—Probablemente no te veré en la mañana. Debo irme antes de las siete. Y no quiero ver cómo reaccionarías si te despertara tan temprano solo para despedirme rápido.

–Podrías hacerlo.

–No lo haré. Y tú tampoco deberías hacer eso por mí, nunca, jamás.

–Entendido.

Comparten un beso de buenas noches. Luego, dicen las palabras que en general usan solo en mensajes.

–Dulces sueños.

–Dulces sueños.

Ryan cruza el pasillo sin hacer ruido, no sabe si los padres de Avery aún están despiertos o si tienen sueño liviano. Vuelve al sofá, no puede evitar sentir que aún está en un lugar que Avery ha construido, un refugio ofrecido, una recámara con muros blandos. Aunque no están en la misma habitación, Ryan imagina a Avery respirando a su lado. Se siente mejor estar cerca de él. Es mucho mejor estar mucho más cerca.

Así debe ser enamorarse, piensa.

Luego se corrige.

No.

Así debe ser estar enamorado.

RÍO, SÉ MI AMIGO
(La segunda cita)

Ryan no ha experimentado esto desde que era un niño que creía en Santa Claus la víspera de Navidad. Pero los síntomas son claros, como la causa.

Está demasiado entusiasmado para ir a dormir.

Este chico que acaba de conocer, Avery, apenas se fue hace unas horas.

Y en unas horas más, regresará.

La segunda cita.

Cuando abandonó el baile, quiso llamar de inmediato, continuar la conversación a pesar de que Avery estaba conduciendo. Intentó con cautela mantener la calma, ir despacio... pero eso solo duró dos horas máximo. Llamó. Y cuando oyó a Avery decir hola del otro lado, flotó en las nubes, una sobrecarga eléctrica dentro de su sistema nervioso. ¿Cómo más explicar por qué invitó a Avery a volver a Kindling el día siguiente? Y la respuesta de Avery fue tan acogedora, tan entusiasta.

—Te lo advierto —dijo Ryan—. No hay mucho que hacer aquí.

Luego él siguió hablando sin parar sobre lo poco que había. Podría haber seguido aún más, pero Avery interrumpió y dijo:

—Mientras estés allí, será suficiente.

¿Quién dice eso? Específicamente: ¿quién se lo dice a él?

Nadie. Ryan está seguro.

La parte irreal no es que haya encontrado a alguien maravilloso.

La parte irreal es que alguien maravilloso quiera volver a verlo.

Esto es lo que lo mantiene despierto la mayor parte de la noche: no tiene ni idea de lo que hizo bien en el baile de graduación, y porque no puede entenderlo, no sabe cómo volver a hacerlo. Está seguro de que será una decepción para Avery, porque en el fondo cree que ha sido una decepción para todos los demás, incluido él mismo. No se le ocurre cuestionar por qué algo que causa emoción también proporciona una razón para castigarse a sí mismo. Las dos cosas deberían ser separables, pero en su mente no lo son.

La única razón por la que invitó a Avery de vuelta a Kindling fue porque no había forma de que pudiera invitarse a sí mismo a la ciudad de Avery. Pero ahora está atrapado, tan atrapado, porque no hay nada sobre Kindling que quiera compartir.

Puede sentir que su corazón late más rápido y sabe que no es el amor, sino el miedo pisando el acelerador.

Cálmate, se dice a sí mismo. *Tienes que calmarte.*

Como otras noches en las que no puede dormir, se imagina lejos de su cama. Se imagina flotando boca arriba, flotando lentamente por un río. Siente que sus miembros se relajan. Siente que su mente toma el control de su corazón. Continúa, continúa… y cuando está a punto de quedarse dormido, ya sabe lo que harán.

Avery conduce hacia Kindling a la mañana siguiente con el fervor de alguien que está volviendo sobre sus pasos para recoger algo importante que dejó atrás. Sin embargo, no es su billetera lo que está volviendo a buscar, ni una maleta. No, se siente un poco como si su futuro se hubiera caído del bolsillo mientras conducía lejos anoche, y ahora necesita volver para recuperarlo.

En un nivel, se siente ridículo, trastornando su domingo para ver a un chico que apenas acaba de conocer. Hay tareas que necesita hacer. Hay líneas que se supone debe aprender para el ensayo de mañana. No está siendo responsable en absoluto.

Pero, la verdad, no le importa nada de eso.

Está tratando con desesperación no darle vueltas, no anticipar lo que sucederá o no escribir de antemano lo que dirá. No. Está siguiendo una corriente espontánea, una corriente que anoche los acogió a ambos, los llevó a la pista de baile y luego a la conversación.

Lo que siente es fe. Fe en que Ryan también gusta de él. Fe en que Ryan es un alma gentil que no lo lastimará con juegos o mentiras. Fe en que cuando llegue a Kindling, el futuro estará allí, justo donde lo dejó.

Está nervioso por tener esperanzas. Nervioso por esperar.

Pero debajo del nerviosismo está la corriente, y la corriente le está diciendo que está conduciendo en la dirección correcta.

Es necesario ganarse la esperanza. Pero uno no sabe si se la ganó hasta no entregarse a ella y ver qué sucede.

Ryan no sabe qué tipo de carro conduce Avery, pero está bastante seguro de que nadie más con cabello rosa estaría estacionando en su entrada.

Sus padres están en la iglesia, lo cual es suficiente para hacer que Ryan crea en Dios. No ha habido nadie que haya presenciado su vigilia en la ventana, la cantidad de veces en un minuto que podría revisar su teléfono para asegurarse de que aún no ha pasado un minuto. Y ahora él solo está aquí para darle la bienvenida al auto, darle la bienvenida al conductor.

Se acerca mientras Avery sale. Ambos están demasiado felices para darse cuenta de que están sonriendo.

—Estaba de paso por el vecindario... —dice Avery.

—Me alegra que hayas pasado por aquí —responde Ryan.

Entonces titubean, porque ahora están frente a frente, y ninguno está seguro del protocolo para una segunda cita. Es Avery quien extiende su brazo, haciendo que la sonrisa de Ryan sea aún más amplia, porque sí, aquí está: el abrazo de bienvenida, el abrazo de reunión, el abrazo que significa algo. Han superado el punto de anticipación.

—¿Te molestaría conducir? —pregunta Ryan.

—Para nada —dice Avery—. Me encanta conducir.

No hay lógica clara detrás de la decisión por parte de Ryan. Quizás en el carro de Avery serán más anónimos, más libres. Y también, Ryan admite en secreto que si Avery conduce, Ryan puede observarlo a él en vez del camino.

–¿Hacia dónde nos dirigimos? –pregunta Avery una vez que ambos están asegurados en sus asientos–. ¿Qué es lo mejor que ofrece Kindling?

Tendría sentido comenzar el día con café, ir al Café de Kindling. Pero seguramente habrá otros chicos de la escuela allí, y Ryan no quiere ver a ninguno de ellos, amigo o enemigo.

Avery espera que Ryan sugiera café, o tal vez un restaurante de carretera. Así que se sorprende cuando Ryan dice:

–El río. ¿Qué te parece dirigirnos al río?

–Me parece genial dirigirnos al río –responde–. Muéstrame el camino.

Ryan le dice a Avery dónde girar, y también se disculpa, porque hay una llamada que necesita hacer.

–Está relacionada con nuestros planes –le asegura.

Avery aprecia lo sincero que es esto.

–Está bien. Adelante.

Ryan sabe que su tía Caitlin es mala para revisar los mensajes de texto. Ahora que el plan ha sido santificado por el entusiasmo de Avery, está bien hacer una llamada.

–¡Hola, querido sobrino! –responde Caitlin–. ¿Qué pasa?

–Estoy con mi amigo Avery, y esperaba que pudiéramos aparcar en tu patio y llevar el canoa al río. Si no la usarás hoy.

–Por supuesto. ¿He conocido a este amigo Avery?

–Um... no.

–¿Es de Kindling?

–Nop.

–Ryan... ¿Estás en una cita?

Ryan podría decir solo "sí". Pero en cambio, lo dice completo para que Avery escuche.

—Sí, es una cita.

—Vaya, que emocionante. Cuando termines, si quieres pasar a comer o algo así, por favor hazlo. Estaré aquí.

—Claro.

—Te quiero.

—Yo también te quiero.

Avery está completamente abrumado por el sonido de la voz de Ryan diciendo eso. Él no tiene idea con quién está hablando Ryan, pero el afecto que le tiene a esa persona es evidente en abundancia.

Si uno espera estar con alguien afectuoso, comprender que tienen la capacidad de ser afectuosos siempre es un buen inicio.

—Era mi tía —explica Ryan cuando cuelga—. Nos prestará su canoa.

—¿Son cercanos?

—La verdad, no sé qué haría sin ella.

—Eso es genial.

—Lo sé. Ah, tienes que doblar a la derecha en la siguiente calle.

Cuando Avery imagina ríos, se imagina Misisipis y Hudsons, o tal vez rápidos de aguas blancas que desafían a la muerte en cada giro.

El río que Ryan está ofreciendo no se parece en nada a ninguno de esos. Esos son autopistas y este es un camino de campo; Avery le cree que es un río, pero a sus ojos, es más como un arroyo.

Aun así, aunque la corriente no es fuerte y el espacio entre las orillas no es ancho, la presencia del agua se registra, esa interacción alquímica donde tu cuerpo se siente como un afluente y tu corazón se adapta al ritmo de las olas suaves.

Avery comprende de inmediato por qué este es un lugar que Ryan ama, y está feliz de que lo haya traído aquí.

Ryan sigue demasiado nervioso para leer el contentamiento de Avery mientras los lleva hacia la canoa, un bote bastante grande para dos. Juntos lo llevan hasta el muelle improvisado que Caitlin ha puesto en el borde de su patio, y luego Ryan supervisa mientras lo bajan al agua y entran a la embarcación.

—¿Sin chalecos salvavidas? —bromea Avery.

Ryan, sin darse cuenta de que es una broma, parece consternado y dice:

—Realmente no es ese tipo de río. Pero si te sientes incómodo, puedo ir a ver si Caitlin tiene uno.

—No hace falta —le asegura Avery—. Confío en ti para esquivar los rápidos.

—Esquivar los rápidos. Listo —dice Ryan, anotándolo en una lista imaginaria y, sí, marcándolo.

Avery se sienta en la parte delantera, Ryan en la parte trasera. Hay dos remos en el fondo de la canoa. Avery está emocionado por sentir uno en sus manos.

—¿Prefieres la izquierda o la derecha? —pregunta Ryan.

—Iré a la izquierda —responde Avery, metiendo el remo en el agua.

—Excelente. Vamos.

Ryan ha ido río arriba para comenzar; a esta hora no hay mucha resistencia, y siempre es mejor tener la corriente a su favor en el camino de regreso a casa.

Se alejan y adoptan con facilidad un ritmo. Avery se deleita en guiar el remo a través del agua, la forma en que puede sentir sus brazos trabajando, el tirón que se requiere para hacer palanca contra el agua y la liberación cuando el bote se desliza bajo su liderazgo.

Ryan es quien mantiene el ritmo, midiendo sus golpes contra los de Avery para mantenerlos sincronizados. Mientras Avery mueve su remo como una cuchara, Ryan dirige el suyo más como un cuchillo. La luz golpea el cabello de Avery de maneras fascinantes, a veces creando un halo, otras veces una nube.

Al principio no hay mucho que ver. Principalmente, la parte trasera de las casas, los desechos de los patios traseros. En los últimos años, el río ha subido por encima de sus orillas algunas veces; no fue una inundación, pero definitivamente fue una advertencia. Algunas personas como Caitlin se han alejado del río para asegurar sus posesiones. Otros dejan que las cosas caigan donde caigan, así que no puedes saber si el río las llevó allí o si es el desperdicio de la pereza humana.

Ryan siente que no está siendo un muy buen guía turístico, así que le cuenta un poco a Avery sobre el crecimiento del río. Luego él dice:

—¡Guau! ¿Qué es eso? —Ryan mira hacia su izquierda y ve el único patio por aquí que parece cultivado, cuidado.

—Es la Casa de la Jardinera —explica—. Para mí, es una bruja porque puede hacer crecer cualquier planta, incluso después de que el suelo se inunde.

—Es una bruja buena entonces.

—Sin duda es una buja buena.

—¿Y la llamas la Jardinera?

—Sí. No sé cuál es su nombre real.

Avery alza su remo para señalar otro patio.

—¿Quién vive allí?

—No sé. No es mi vecindario.

—Bueno. *Yo* sé quién vive ahí.

—¿Sí?

—Sí, tiene que ser la Casa del Tipo de la Carretilla.

Bueno, sin duda hay al menos cinco carretillas en varios estados de destrucción en el césped abandonado.

—Por supuesto, el tipo de la carretilla —dice Ryan.

Así empieza. Pronto, empiezan a hablar de las vidas de el Fanático de Tender Ropa, el Adicto a los Gnomos, el Ladrón de Bicicletas, el Gruñón del Montículo y el Gobernador Indiferente de los Juguetes Abandonados. Cuando las casas se vuelven menos interesantes, Avery alza la cabeza y ve el Castillo de los Pájaros flotando blanco y esponjoso en el cielo sobre ellos. Ryan no está seguro, cree que podría ser el hogar del Barquero Anguloso.

Es un paseo encantador, pero Ryan siente que no cuenta como conversación. Agradece cuando el río entra al bosque y se convierte en una ensenada poco profunda.

—Deja de remar un segundo —le dice a Avery. Lleva la embarcación a un sitio donde el agua se asienta en un murmullo, así que ellos también se asientan.

—Mira —dice Ryan—. Un punto de flotación.

Deposita su remo en el fondo de la canoa y Avery hace lo mismo. Ahora están frente a frente. Avery está muy sudado y contento. Le sonríe al chico de cabello azul que lo mira con sinceridad.

—Hola —dice Ryan.

—Hola —responde Avery.

—Hubiera traído equipo de pesca, pero es una crueldad para los peces.

Avery se inclina, extiende los dedos en el agua. Se siente bien crear una corriente, por más pequeña que sea. El aire es liviano y el agua está tranquila, los árboles se mecen en la orilla para escuchar las olas diminutas. La canoa se mueve con suavidad.

—Pues, ¿cuál es tu historia? —pregunta Ryan.

Avery lo mira, con la mano aún en el agua.

—¿Mi historia?

—Sí. Todos tienen al menos una.

Durante unos segundos incómodos, a Avery le preocupa que Ryan piense que es un mutante, que piense que es un farsante y que quiera que confiese. Pero luego, entiende al ver la expresión de Ryan que no, no se trata de eso. Ryan está intentando sacar conversación, y quiere que sea una charla significativa. Porque ¿qué es más significativo que escuchar la historia de una persona?

—Puedo empezar si quieres —sugiere Ryan.

—Sí —dice Avery—. Empieza. —Porque es un poco menos arriesgado así. Avery no sabe cómo contar una historia sin *la* historia, y quiere estar seguro de que Ryan realmente buscaba una charla profunda cuando hizo la pregunta.

—Bueno —dice Ryan—. Aquí va.

Inhala, nervioso de forma tierna, y luego empieza.

—Supongo que todo comienza aquí, en Kindling, aunque Dios sabe que espero que no termine aquí. Toda mi familia es de aquí y con la gran excepción de mi padre biológico, ninguno de mis parientes se ha ido de este lugar.

Ahora, Ryan se detiene. ¿De verdad quiere contar esta historia? ¿De verdad quiere mostrar tanto de sí mismo tan rápido?

Mira a Avery, que no lo apresurará, quien está cómodo solo flotando.

Continúa.

—No hablo mucho sobre estos temas porque no hay muchas personas con quien hablar al respecto. La mayoría de mis amigos también crecieron aquí, así que no es una historia que deba contarles porque estaban presentes. Y porque no pienso demasiado en esto y ellos tampoco. ¿Tiene sentido?

—Por supuesto —dice Avery.

—Bueno. Entonces... Papá 1.0 se fue cuando yo tenía tres años, así que no lo recuerdo mucho. Solo sé que era un idiota con todos. Cuando crecí lo suficiente, la tía Caitlin me contó que yo fui lo mejor que le sucedió a mi mamá, que lo segundo mejor fue que papá 1.0 se fuera y que lo tercero fue que papá 2.0 apareciera. Papá 2.0 es Don, quien llegó y mejoró todo en todo sentido. La verdad, no pienso en él como Don o como papá 2.0. Es solo papá. Y al igual que con todos los padres, yo no lo elegí. No es malo, pero él y mamá son bastante rígidos. En ese aspecto están sincronizados. Así que yo soy el diferente. Suena a broma, pero así es. ¿Te estoy aburriendo?

—Para nada.

Ryan se da cuenta de que ha estado toqueteando sus cutículas mientras habla e intenta detenerse.

—Así que esa es mi historia. Crecí aquí y discuto a veces con mis padres. Caitlin salva mi vida todos los días. Bueno, estoy exagerando. Salva mi vida todas las semanas. Supo sin que dijera nada que era gay. Mi madre estaba demasiado perdida en sí misma para notarlo y papá no quería verlo, así que lo ignoró. Caitlin esperó a que yo llegara a la misma conclusión que ella. Al principio, tenía otras cosas de las que ocuparme, más que nada intentar encajar, ¿sabes? La liga infantil y esas cosas. Pero con el tiempo noté a quién miraba y no era a las chicas. Seré sincero: me asustó mucho. Intenté que me gustaran las chicas. De verdad.

–¿Cómo te fue con eso? –pregunta Avery, y se permite adoptar un tono apenas bromista.

Ryan suspira.

–Bueno… salí con Tammy Goodwin casi todo cuarto grado. Algo muy serio. Es decir, nos regalamos animales de felpa el día de San Valentín. Es prácticamente un matrimonio, ¿no? En la secundaria, sabía quién era. Y cuando se lo conté a Caitlin, ni siquiera me sorprendió que no se sorprendiera. Me trajo a este río, en esta canoa y conversamos. No es tan vieja, está a punto de cumplir treinta y tres, y ha tenido tanta suerte con los hombres como yo. Ella es quien me convenció de que no debería intentar esconderme. Dijo que esconderse nunca funciona. Me dijo que papá 1.0 pasó tanto tiempo escondiéndose que fue imposible para él ser feliz aquí. No es gay, creo que sonó como si lo fuera. No lo es. Pero no quería quedarse aquí. Nunca quiso quedarse. Solo que no tuvo la fuerza suficiente para decírselo a mi mamá hasta que fue demasiado tarde.

–¿Tienes relación con él ahora? –pregunta Avery.

–No. Quizás porque era muy pequeño cuando él se fue, pasan períodos de tiempo largos en los que me olvido incluso de que existe. Simplemente él no es parte de la ecuación, ¿sabes? A veces llama para mi cumpleaños. Y cuando empecé la secundaria, me agregó a un grupo de correos electrónicos al que envía bromas a sus amigos y yo pensé que *era demasiado raro,* así que le pedí que me sacara. Nunca respondió… pero me eliminó del grupo. Lo visité una vez en California, y fue un desastre. Fue uno o dos años antes de los correos electrónicos. Yo tenía doce, pero él planeó todo como si tuviera siete años. De verdad pensaba que me entusiasmaría conocer a Mickey, Donald y Pluto en vez de ir a los juegos para "grandes". Notaba que él estaba haciendo un esfuerzo, pero del modo equivocado. Pensó que Disneylandia haría todo mejor. Que yo podría pasar por alto su ausencia básica en mi vida y que volvería corriendo con mamá a contarle el gran trabajo que él había hecho. Nos quedamos sin cosas que decir bastante rápido. Le escribí un correo electrónico cuando salí del clóset ante todos y su reacción fue una de las mejores que recibí. Me dijo que hiciera lo que yo quería hacer. Pero parte de mí sentía que era fácil para él aceptarlo porque había renunciado a mí hacía mucho. No estaba tan involucrado como los demás.

Ryan se da cuenta de que no ha estado mirando a Avery o a nada en realidad. Ha tenido la mirada perdida, los ojos ausentes del paisaje mientras su cabeza regresa a Disneylandia, regresa a ese momento frente al a computadora, leyendo el correo de su padre.

—Cielos —dice Ryan—. Estoy hablando demasiado. —Estuvo a punto de añadir: "¿Qué me has hecho? Nunca hablo tanto", porque la expresión de Avery… La única otra persona que lo mira de un modo tan alentador es Caitlin. Y vaya que lo alienta.

—No —dice Avery—. Continúa. ¿Cómo reaccionaron los demás?

Esta vez, Ryan casi pregunta "¿a qué?". Luego recuerda lo que estaba diciendo.

—Ah, ya sabes. Mamá lloró. Mucho. Papá estaba enfadado. No conmigo en realidad. Sino con el creador por darle un hijo defectuoso. Pero la mayoría de mis amigos reaccionó bien. Bueno, algunos fallaron un poco en las primeras reacciones: algunos chicos se preguntaron si estaba enamorado de ellos en secreto. Lo cual solo era cierto en *un* caso… pero no llegó a nada. Las chicas lo tomaron bien, incluso las más religiosas. Bueno, con una excepción también. Los rumores inevitables aparecieron y decidí que solo podía confirmarlos, así que teñí mi cabello y empecé a usar pins de *Steven Universe* en mi mochila. No me resistí cuando la Alianza Arcoíris prácticamente me reclutó para su club. El consejero, el señor Coolidge, es muy genial y ha logrado muchas cosas, incluyendo el baile de ayer. Fue su idea. Un baile de graduación gay. Contactó todas las alianzas de la zona. ¿Así fue como te enteraste?

—Un amigo publicó algo sobre el baile —dice Avery—. No tenemos una Alianza Arcoíris, pero tenemos una obra escolar. Varios de los que estamos en la obra decidimos ir.

—Bueno, sin importar qué te llevó a asistir, me alegra que lo hayas hecho. Creo que es el giro más nuevo en mi historia, ¿cierto?

Avery asume como una responsabilidad ser parte de la historia de alguien. Sabe que Ryan lo dice con tono bromista, no con seriedad. Sabe que Ryan lo dice para mostrar que ha terminado con su propia narración, lo que significa que es el turno de Avery para empezar. Avery no sabe con certeza todavía si Ryan es parte de su historia, pero podría ser porque siente que nadie puede ser realmente parte de su historia hasta no haberla escuchado y aceptado.

Flotan en el agua, no mucho, a un ritmo gradual. Avery siente que flota hacia una parte pequeña de la historia de Ryan, una imagen que permaneció como una boya en sus pensamientos. Sabe que Ryan lo observa, esperando ver qué dirá a continuación. Va a la boya y empieza allí.

—Estaba pensando en tu tía contigo en la canoa —dice—. Lo lindo que debe haber sido hablar aquí. Para mí, fue como un consejo de guerra en la mesa de la cocina. Nosotros contra el mundo. Armando un plan.

—Suena estresante.

—Sí, pero al menos todos en mi casa están del mismo lado. Sé que tengo mucha suerte por eso. Y que soy desafortunado en otros aspectos.

—¿En cuáles?

Y llega el momento. Cuando Avery debe decidir cuánto contar, cuánto para permitirle a Ryan entrar. Como todos los demás, Avery considera que su mundo interno es un lugar aterrador, convulsionado e inescrutable. Una cosa es mostrarle tu mejor versión a alguien, tu versión más pulida. Es muy diferente mostrarle tu versión más profunda y enredada.

Allí bajo la luz del día, ¿acaso Ryan ya lo ve? ¿Ya lo sabe? Si lo hace, no parece importarle. O quizás esa es la esperanza de Avery.

Suficiente, se dice Avery a sí mismo. *Solo habla con él.*

—Nací siendo un chico en un cuerpo que muchas personas veían como el de una chica —empieza a decir Avery. Luego, se detuvo para asimilar la reacción de Ryan.

Ryan está sorprendido. No por la información que Avery comparte. Si bien hay detalles que aún son un misterio para él, no es novedad que Avery es un chico trans. Lo que ha sorprendido a Ryan es que Avery lo haya mencionado tan rápido, que confíe en él con tanta inmediatez para explicarle algo que nadie más necesita saber. A Ryan le sorprende que Avery ya sienta que él es merecedor de esa historia. Y de este modo, él también siente una responsabilidad.

Avery nota la pausa de Ryan, nota que Ryan lo mira y se siente un cuerpo en exhibición. Es un nivel superior de autoconciencia: la diferencia entre que la otra persona tenga visión normal o visión de rayos X.

—Continúa —dice Ryan. Su tono es alentador.

—Creo que fue obvio para todos desde el inicio. Y mis padres son muy… liberales, creo. Prácticamente hippies. Así que intentaron que pareciera que no estaba atravesando nada fuera de lo común. Ahora veo el esfuerzo, y cuánto más fácil hubiera sido para todos que no hubiera nacido con el género equivocado. Pero ellos nunca me hicieron sentir mal. Fueron todos los demás. Bueno, no todos. Hubo personas que fueron geniales. Pero muchas otras no lo fueron. Me educaron mucho en casa. Vivimos en algunos lugares, intentando encontrar los médicos adecuados. Con el tiempo lo logramos y encontré otros miembros de mi tribu. Más que nada en internet. Pero mis padres y yo también asistimos a conferencias. Empezaron temprano con las hormonas para evitar en cierto modo que tuviera la pubertad equivocada. ¿Es demasiada información? Seguro no quieres todos los detalles.

Ryan se acerca a Avery, la canoa se mueve cuando lo hace. Avery se sujeta al borde y Ryan coloca una mano sobre la de él.

—Cuéntame lo que sea que quieras contarme —dice—. Está bien.

Avery se estremece y siente que el temblor recorre la canoa, el agua, hasta que el agua se tranquiliza de nuevo, hasta que siente que sus nervios se han tranquilizado lo suficiente para poder continuar. Es demasiada información demasiado pronto, pero ahora que está hablando, no puede parar. Está hablando de los tratamientos que han ocurrido y los tratamientos que ocurrirán y todo el tiempo, lo único que ocupa su cabeza es la pregunta de si Ryan lo ve como un chico o una chica. Ahora que Ryan lo sabe, ¿Avery sigue siendo un chico a sus ojos?

Ryan mide con cautela sus próximas palabras; de hecho, ha estado masticándolas, probándolas en su cabeza, incluso mientras Avery ha estado hablando.

Por fin dice:

—Me gusta lo que sea que te hace la persona que eres. Y aunque estoy seguro de que fue muy difícil, me alegra mucho que encontraras un modo de serle fiel a la persona que eres. —Es algo parecido a lo que la tía Caitlin le había dicho cuando él estaba descifrando las cosas—. Mientras tanto... ¿Qué más? ¿Tienes hermanos?

—No —dice Avery—. Soy solo yo. —Valora lo que Ryan acaba de hacer; en vez de cambiar de tema, Ryan lo ha expandido. No está despreciando para nada lo que Avery acaba de contarle, sino que reconoce que hay más por saber sobre Avery que su historia de género.

Hablan sobre sus experiencias como hijos únicos, incluso sobre lo raro que es no compartir a sus padres con nadie. Tanto Ryan como Avery han deseado tener hermanos, aunque sea solo para compartir la atención, para fraccionarla.

Mientras la conversación continúa avanzando, la canoa también. Avery expresa cierta preocupación al respecto, pero Ryan le asegura que todo está bien; no hay aguas peligrosas que cruzar, no hay amenazas esperando si flotan demasiado lejos. Así que Avery se relaja en la flotación, quizás no con tanta naturalidad como Ryan, pero cerca. El sol hace que sienta la piel un poco brillosa. La brisa y el agua parecen seguir el mismo metrónomo lánguido. Es tanto más fácil no tener ni una preocupación en el mundo cuando al mundo tampoco parece importarle nada.

—Disfrútalo —aconseja Ryan. Cierra los ojos y se entrega a los sentidos. No es una paz perfecta: a lo lejos, alguien corta el césped o usa una barredora de nieve, el sonido de la maquinaria sube y baja, y el sol no se aparta de las nubes que proyectan una obra de sombras que hace que la temperatura sea indecisa. Desearía que Avery estuviera de su lado de la canoa, con la espalda sobre el pecho de Ryan, con sus brazos a su alrededor.

Avery observa la luz jugando con el cabello de Ryan, ve el cambio de azul diurno a cielo nocturno, ve atisbos de raíces como el suelo bajo esos cielos.

Cuando Ryan abre los ojos, ve que Avery lo observa.

—Tu cabello —dice Avery, sabiendo que lo han descubierto—. Estaba mirando tu cabello.

—Yo antes miraba el tuyo. Es divertido bajo la luz. ¿Por qué es tan rosa?

¿Cuántas veces le han hecho esa pregunta a Avery?

Muchas.

Y la mayoría de las veces, la hacen con un hacha por detrás o al menos con cierto filo. Ryan no la pregunta así, pero la respuesta instintiva aparece.

—Lo sé, es un color extraño, ¿verdad? —dice Avery—. Para un chico antes visto como chica que quiere ser considerada chico. Pero piénsalo: solo muestra cuán arbitrario es el género. El rosa es femenino, pero ¿por qué? ¿Las chicas son más rosas que los chicos? ¿Los chicos son más azules que las chicas? Es algo que nos han vendido, más que nada para poder vendernos otras cosas. Mi cabello puede ser rosa porque soy un chico. El tuyo puede ser azul porque eres una chica. Si te liberas de toda esa mierda arbitraria y estúpida con la que nos controla la sociedad, te sientes más libre, y si te sientes más libre, puedes ser más feliz.

—Mi cabello es azul porque me gusta el azul —dice Ryan.

—Y el mío es rosa porque me gusta el rosa. Y no era para nada mi intención darte un sermón. Solo me molesta. Toda esa mierda arbitraria y estúpida.

—Hace que quieras derrocar al mundo.

—Todos los días —dice Avery. Luego mira el río, mira a Ryan del otro lado de la canoa, lo observa en detenimiento mientras el agua los mece—. Pero el mundo aquí no es tan malo. Este mundo, en este instante, es uno en el que puedo vivir.

—¿Exploramos un poco más? —pregunta Ryan.

—Sí —responde Avery—. Hagámoslo.

Ryan toma el remo de Avery en el suelo de la canoa y se lo entrega antes de tomar el suyo. Lamenta que Avery tenga que voltear para que la embarcación se mueva de nuevo, pero deja de hacerlo cuando aparece el movimiento, cuando se deslizan al ritmo de la velocidad verdadera. Ahora no hay conversación, solo sus brazos sincronizados, el placer compartido de su esfuerzo. ¿Qué mejor que una carrera sin competidores, sin espectadores más que los árboles, las casas y los recuerdos que se forman? El tiempo se suspende. El pensamiento le da lugar a sentir. Avery, quien rara vez se permite sentirse fuerte, se siente como un deportista olímpico mientras su remo lucha contra el agua. Ryan, que rara vez se permite sentir que tiene el control, observa la punta de la canoa y corrige el curso cuando es necesario. Cuando percibe que es hora de volver, le dice a Avery que reduzca la velocidad y luego los alinea con la corriente. Emprenden la vuelta a casa, con el mismo fervor que usaron para iniciar el viaje.

Cuando regresan al muelle improvisado, el sol está bastante más allá de la mitad del cielo. Solo cuando dejan de remar sienten el cansancio causado por el esfuerzo.

Cuando vuelven al patio de Caitlin, los dos deben secar el sudor de sus frentes. Ryan desembarca primero y le ofrece una mano a Avery. Aunque es un desastre acalorado, Avery la acepta. Ryan lo ayuda a desembarcar y no suelta su mano. Permanecen allí, cara a cara, pies a pies.

—Fue divertido –dice el chico de cabello azul.

—Lo fue –dice el chico de cabello rosa.

Ambos sienten que son palabras inadecuadas.

Durante horas, Avery ha estado pensando en besar a Ryan. Algo imposible de hacer en una canoa sin tambalearse incómodo antes de lograrlo. Pero ahora... Ahora...

Ryan piensa que es como si nunca se hubieran ido del baile. Es como si aún estuvieran bailando.

—¡Hola! –exclama una voz; la tía Caitlin se acerca a ellos desde la casa–. ¿Cómo estuvo el río? –Se acerca un poco más, ve que ellos se han separado un poco, pero que aún están tomados de las manos. Ahora no se miran; la miran a ella.

—Dime, Ryan –comenta ella–, ¿me presentarás a tu amigo? Supongo que tienen sed, chicos. Tengo justo lo necesario. Dejen la canoa donde estaba, ¿sí?

La canoa. Ryan se siente como un idiota; la dejaron en el agua, y por suerte la corriente era tan suave que no se la llevó. Después de que Ryan hace una presentación rápida entre su tía y su cita, Caitlin vuelve dentro de la casa y Avery y él alzan la canoa y la depositan en el recinto donde Caitlin la guarda.

—¿Quieres beber algo? –le pregunta Ryan a Avery.

Avery está secando de nuevo el sudor de su frente.

—Claro que sí –dice.

Si bien perdieron la noción del tiempo en el río y no sabían cuándo volverían, Caitlin de algún modo lo sabía. Porque no solo hay limonada rosa lista en una jarra, sino que hay galletas de avena con pasas a punto de salir del horno. Cientos de veces, Ryan ha estado sentado a la mesa en esa cocina cuando el mundo le parecía demasiado, cuando quería estar en una casa que se sintiera como un hogar. Esa mesa, piensa, ha visto mucho de su angustia. Pero ahora, con Avery, es testigo de lo opuesto a la angustia. La presencia de la mesa lo hace más real, porque la hace más parte de la vida de Ryan.

Avery quiere causar una buena impresión y está demasiado nervioso para darse cuenta de que no será difícil. Cuando Caitlin pregunta cómo se conocieron, Avery narra la historia más larga en la historia de la humanidad, le cuenta todo, hasta prácticamente cuánta gasolina quedaba en el tanque después de que él y sus amigos volvieran a Marigold. En la mitad, sabe que está hablando demasiado, pero Ryan y Caitlin no parecen notarlo tanto como él, así que continúa. Cuando termina, Caitlin pregunta:

—¿Y hace cuántas semanas fue esto?

Ryan es quien sonríe y responde:

—Fue todo anoche.

—Tiene sentido —dice Caitlin—. Con algunas personas, en cuanto empiezas a hablar, sientes que las has conocido por años. Solo significa que debían haberse conocido antes. Sientes todo el tiempo en el que deberían haberse conocido pero que no lo hicieron. Ese tiempo igual cuenta. Sin duda se siente.

Avery sabe que debería intentar apartar a Ryan, estar a solas con él, acercarse lo suficiente para besarlo. El tiempo se agota en silencio, acercándose al momento en el que tendrá que irse; le prometió a su madre que volvería antes de que oscurezca. Pero está disfrutando de la compañía, la limonada, las galletas. Siente que tal vez está mal pensar que esto es más valioso que besarse. Pero en este momento, lo es.

—¿Quieres ver unas fotos vergonzosas de Ryan disfrazado de Britney Spears para Halloween? —pregunta Caitlin.

—Tenía seis años y estaba jugando —aclara él—. No fui a pedir dulces vestido como Britney.

—Porque si lo hubieras hecho…

Ryan gruñe.

—¿Hubiera descubierto mi identidad antes?

Avery ríe y dice que quiere ver las fotos.

Caitlin corre a su cuarto y vuelve con un par de imágenes, algunas vergonzosas, otras tiernas. Avery disfruta esto, pero también siente la punzada que a veces aparece cuando sabe que, si la situación fuera a la inversa, él no opinaría lo mismo de que Ryan viera fotos de su infancia.

No siente ningún tipo de escrutinio por parte de Caitlin. Tampoco de Ryan, después de todo lo que dijo en la canoa. Si bien a nivel intelectual entiende que es posible, a nivel emocional aún no está preparado y debe aceptarlo gradualmente en vez de inmediato.

Lo que tiene en claro, mientras los tres comen galletas y dos sienten el dolor satisfactorio en sus músculos, es algo simple y extraordinario a la vez, algo que existe más allá de la duda: anoche, Ryan apareció en su vida… pero hoy, sin duda entró a ella. y Avery también ha entrado a la vida de Ryan. El resto aún no está definido.

Avery intenta ignorar el reloj, pero es más difícil ignorar el sol poniéndose fuera. Pregunta dónde está el baño y, una vez que entra, llama a sus padres y pide una extensión. Pero le dicen que obtuvo su licencia hace poco y que ya volvió tarde anoche.

—Creo que pronto tendré que volver a casa —dice cuando regresa a la cocina.

—Ha sido maravilloso conocerte —dice Caitlin—. Te daré unas galletas para el viaje. ¿Quieres también llevarte una soda para tener un poco de cafeína?

Avery le agradece un par de veces, acepta las provisiones. Ryan y él la abrazan y luego van al carro de Avery para que pueda llevar a Ryan a su casa.

El viaje pasa demasiado rápido. Siente que lo único que han podido hacer es resumir el día, hablar sobre lo lindo que fue, sin oportunidad de añadir nada. Ryan le pide a Avery que se detenga a unas cuadras de su casa. Él volverá desde la dirección de la casa de Alicia, que es donde dirá que estuvo, si sus padres se molestan en preguntar.

–Aquí está bien –le dice a Avery–. No quiero despedirme frente a mi casa, ya sabes.

Avery piensa que sabe lo que Ryan quiere decir, que sabe lo que Ryan quiere hacer, y de inmediato, todos sus sentidos despiertan. La radio suena baja, el tablero brilla tenue en el crepúsculo.

–La pasé muy bien –dice, porque siente que necesita repetirlo.

–Yo también –susurra Ryan.

Es la diferencia en ese susurro lo que marca el cambio. De pronto, Avery siente que respira electricidad y que Ryan atraviesa ese mismo aire al inclinarse hacia él. Avery hace lo mismo, se inclina por completo, y entonces sus labios se tocan por primera vez, la consagración de todo lo que ya sabían. Cada beso serio dice al menos diez cosas a la vez: *Te deseo* y *tengo miedo* y *quiero esto* y *espero que esto no sea todo* y muchas otras emociones. Todas ellas presentes en este beso, pero una palabra se sobrepone a todos ellos, una palabra se mueve de los labios de un chico a los del otro, una y otra vez.

Bienvenido, dice el beso.

Una y otra vez. Ida y vuelta.

Bienvenido.

LA FIESTA DEL ELENCO
(La novena cita)

Mientras Avery hace su examen de Cálculo, y hace de nuevo su examen de Historia, intenta no distraerse por el hecho de que en este instante Ryan está solo en su casa. Siente que está conociendo bien a Ryan y sin duda conoce bien su casa, pero su imaginación falla cuando intenta unir a ambos en su mente.

Ryan aún dormía cuando se fue, y Avery no quiso despertarlo solo para despedirse. En cambio, hizo lo que cualquier amante joven haría: permaneció en la puerta un instante muy breve y observó al objeto de su afecto soñando en calma. Incluso dormido, Ryan tenía cierta expresión de sorpresa, los ojos cerrados, pero la boca parecía a punto de hablar. Tenía los brazos hacia un lado (como si recogiera algo) y las piernas hacia el otro (como si saltara). Su cabello azul estaba enmarañado en infinitas direcciones.

Cuando hablamos de ternura, a veces la causa la vulnerabilidad cruda de ver a la persona, y a veces la fuente es la vulnerabilidad cruda del espectador. Idealmente, es una combinación de ambas, donde la debilidad expuesta en una inspira la debilidad expuesta en la otra. Así se sintió Avery al ver a Ryan dormir en su sofá, el invitado sorpresa que quería que se sintiera como en casa.

Pero ¿era eso posible? Mientras Avery avanza en Cálculo e Historia, sabe que el respiro de Ryan es solo temporal. Al final del fin de semana, tendrá que volver a casa. Y ahora Avery siente la exasperación que impregna los rincones del amor, la frustración de que incluso si le brinda a Ryan todo el afecto que tiene para ofrecer, no puede controlar cuánto afecto brinda cualquier otra persona. Puede darle a Ryan un hogar por un fin de semana, pero cuando se trata del hogar real de Ryan, Avery es impotente. Y eso le afecta.

Sus amigos ven que está distraído y asumen que es por la obra. En el almuerzo, Avery envía mensajes de texto a Ryan y descubre que ha estado recibiendo tareas de sus amigos, que ha empezado a hacerla para no tener que hacerla el resto del fin de semana. Ryan le pregunta si está nervioso por la actuación, y Avery se sorprende al darse cuenta de que la respuesta es no. Posiblemente esto se debe a la negación: le parece increíble que en unas pocas horas estará en un escenario con una audiencia real. Pero también se siente listo. Listo para estar allí arriba. Listo para que Ryan en particular lo vea, para dar este paso adicional en su mundo ridículo.

—¿Cuándo vendrá Romeo Ryan? —pregunta Pope.

—Esta noche —responde Avery—. Estará en la audiencia esta noche.

Ryan le envía mensajes de texto a Alicia durante todo el día. Además de contar lo que sucedió en sus clases, ella está llena de consejos.

> Lo que sea que hagas, no busques su diario. Eso nunca termina bien.

y

> Aunque te digan que te sirvas lo que haya en la nevera, no tomes demasiado y no consumas nada que sea caro, porque lo más probable es que lo estén guardando para ellos mismos.

e

> Incluso si vas a dormir allí de nuevo esta noche, asegúrate de quitar las sábanas del sofá antes de que lleguen a casa, así si miran, parecerá su sala de estar y no tu campamento.

Él no tiene idea de cómo sabe estas cosas, pero los consejos parecen buenos, así que los sigue.

También hay mensajes de texto de su madre. No los lee.

Cuando los padres de Avery llegan a casa, Ryan sabe que tiene que guardar su teléfono. Le dicen que saldrán a cenar a las cinco y media, ya que el espectáculo comienza a las siete y media. Ryan se reconforta con el hecho de que cuando solo están los tres en el carro, no parecen más acostumbrados a la situación que él. Años de compartir viajes en carro han hecho que la mamá de Avery esté más tranquila, o al menos que sea más capaz de proyectar tranquilidad detrás del volante. Sin embargo, el papá de Avery no puede evitar inspeccionar a Ryan cada vez que voltea para hacer una pregunta inocua.

A Ryan le alegra haber comprado una camisa nueva para usar, porque irán a un restaurante italiano mucho más bonito que cualquiera al que sus padres los llevarían a él y sus amigos. Es una mesa para diez personas, y pronto se les unen la tía y el tío de Avery y dos primos jóvenes, así como tres amigos de la familia. Cuando la mamá de Avery lo presenta diciendo "Este es el novio de Avery, Ryan", Ryan tiene que esforzarse mucho para mantener la compostura. No es solo que al decirlo ella lo hace más real (lo cual sucede), sino que tampoco puede imaginar un universo en el que su madre presente a Avery de la misma manera. Es mucho. Y tal vez la mamá de Avery lo nota, porque después de estrechar manos y terminar las presentaciones, ella reitera: "Es maravilloso tenerte aquí, Ryan".

Él sabe que este es el debut de Avery en el escenario, pero ver la reacción de todos los demás ante ese hecho realmente lo hace sentir en casa. La mamá de Avery, tan tranquila en el coche, está más nerviosa ahora. Los primos, de siete y nueve años, están rebosantes de emoción. Los otros adultos dicen que todo va a estar bien, que Avery supera cualquier desafío que se propone. No le preguntan a Ryan su opinión, y él no la ofrece; está de acuerdo, pero ese acuerdo se basa en conjeturas, no en la experiencia.

Ryan nota que el primo más joven lleva calzado de *Pokémon*, así que eso abre un camino conversacional, y para cuando llega su plato principal, Ryan se siente seguro de haber ganado el afecto de al menos dos miembros de la familia de Avery. Uno de los amigos de la familia le pregunta a Ryan si también es actor, y Ryan se ríe en respuesta, luego explica rápido que actuar frente a otras personas es lo último que querría hacer.

—Apenas puedo hablar cuando son mis propias palabras —le dice a la mesa—. Como pueden ver.

Uno de los amigos de la familia dice:

—Solía pensar lo mismo de mí, pero... —y luego se lanza a relatar su "florecimiento" durante una producción teatral comunitaria de *El Milagro de Ana Sullivan*. Ryan escucha con educación, pero disfruta de cómo la mamá de Avery revuelve los ojos, claramente ha escuchado esta historia muchas, muchas veces antes. El papá de Avery pregunta si alguien ha visto *¡No te olvides tus zapatos!* antes.

—Creo que nuestra tatara tatara tatara tatarabuela participó en una producción cuando era niña —bromea el tío de Avery.

—¿No hubo una película? —pregunta uno de los amigos de la familia—. Con... ¿Cómo se llama? Ya sabes. El que no es Clark Gable.

—Estoy seguro de que va a ser maravillosa —dice la tía de Avery.

—*Yo* soy Clark Gable —proclama el primo menor de Avery.

Ryan disfruta su comida, feliz de escuchar el resto de la cena.

Es un caos detrás del escenario. Un caos controlado, pero caos al fin.

A solo media hora de levantar el telón, no encuentran la peluca de la viuda de Pope, el sofá del salón se niega a rodar con suavidad, Tara James está memorizando líneas porque Sara Lane tiene gripe, y

Dennis está volviendo locos a todos con sus "ejercicios vocales", que suenan bastante parecidos al coro de "La granja del viejo MacDonald" pasado por un procesador de carne. El señor Horslen, que nunca grita, está gritando. Solo Liz Macy parece imperturbable por todo el alboroto, así que Avery se acerca a ella.

–Es aún peor con el musical de primavera –le dice después de que ambos echen un vistazo–. La gente está aún más insegura sobre su canto. Pero no te preocupes, todo se resolverá. Solo tenemos que apartarnos del caos y dejar que el reloj se encargue de ello.

Terminan de vestirse: Liz se pone los calcetines, y Avery se abrocha la corbata. (Él también quiere ponerse su sombrero, pero no lo necesita hasta la escena de croquet). Fiel a las palabras de Liz, el reloj arregla las cosas, porque aunque la hora del telón puede retrasarse siete minutos para que la gente llegue a sus asientos, no pueden esperar mucho más que eso.

Avery piensa un instante en quién está en la audiencia, y espera que Ryan haya sobrevivido a la cena. Pero su teléfono está en su casillero y su mente ahora está metida en la obra. El telón se levanta, y la familia en la audiencia ya no es su familia. No, este conjunto de inadaptados, desde Lavinia Stranglehold hasta Bebé Winston, es su familia. Ahora él, piensa, está comprometido felizmente con una mujer que terminará en un ático.

Consiguen risas. A veces intencionales, a veces por error. Pero qué buena sensación es escuchar a la gente reír en la oscuridad. Mientras la cabeza de Avery está en la obra, su corazón se alimenta de esta risa, y de la satisfacción cuando el diálogo resuena como se suponía que debía resonar, y la comedia física se lleva a cabo sin que nadie pierda un ojo.

El único punto débil es Dennis, que continúa enfureciéndose como una plaga dramática. La risa lo empeora, porque la risa nunca ha sido el objetivo de Dennis. Cuanto más se ríe la audiencia, más enfadado está. Cuando llega la escena de confrontación y Lucius y Laurent descubren que ninguno de los dos está comprometido con Betty Lou, Dennis canaliza toda la furia de Medea, a tal grado que Avery quiere decirle a Bebé Winston que se esconda, aunque Bebé Winston no sea el objeto del volcán onanista *actuado* de Dennis. Avery debe mantenerse firme mientras Dennis escupe, desgarra y aúlla. Solo se salva cuando Pope, en su papel de viuda, entra corriendo y dice: "¿Qué demonios es todo este alboroto?". Esto provoca una gran risa, y Avery espera que Dennis arranque el sofá del escenario y lo lance al público.

De alguna manera se contiene.

Ryan no sabe qué hacer con lo que está sucediendo frente a él. Cuando era niño, siempre fue mucho más divertido disfrazarse que ver a otras personas disfrazarse... ¿Y esto no es disfrazarse? No está del todo seguro de por qué una escuela secundaria presentaría una obra de teatro en la que nadie tiene ni remotamente la edad de secundaria. Hay risas, seguro, pero cuando Ryan ríe, es sobre todo cuando las cosas van mal, o cuando Pope hace una versión tan espectacular y extravagante del disfraz que invoca a los dioses del espectáculo.

De vez en cuando, Ryan mira a escondidas al resto de su grupo, para ver si es el único que se siente así. El padre de Avery parece feliz y la madre de Avery parece una mezcla de nerviosa y feliz. El tío de

Avery parece aburrido y su tía parece encantada. Los más entusiastas son los primos de Avery, porque piensan que todos los estudiantes de secundaria son adultos, por lo que tiene sentido absoluto que se disfracen de otros adultos. Cada vez que Pope añade un poco de crema batida y cerezas a una línea de diálogo, los primos lo disfrutan al máximo.

Lo único que realmente le gusta a Ryan es lo queer que es la obra. Sin faltar el respeto a Avery o a su actuación, está muy claro para Ryan que todo el asunto, la prometida, la herencia, incluso Bebé Winston, debería ser entregado a la tía lesbiana sarcástica. (La siguen llamando damisela, y como nunca había oído la palabra "damisela" antes, Ryan imagina que en su tiempo libre juega a las damas o algo así).

Es divertido ver cuánto se divierte Avery. Pero le empieza a parecer una mala idea estar presente en las cuatro funciones.

Tan pronto como la ovación de pie termina, tan pronto como el telón se cierra después de las últimas reverencias, todos en el elenco comienzan a abrazarse, eufóricos. Lo han logrado. De alguna manera, todas las piezas, todos los engranajes, estaban en funcionamiento. No se olvidaron líneas importantes. No se perdieron entradas importantes. No se cayó el escenario, y a Dennis no se le estalló ninguna arteria.

Es un éxito, y todos están emocionados de hacerlo de nuevo mañana, dos veces.

Se cambian rápido de nuevo a su ropa de calle, le entregan las partes más sudadas de sus trajes a los padres de Penny, quienes están a cargo de limpiar el vestuario. (Penny no ha podido hacer nada para detener los rumores de que el negocio de tintorería de sus padres fue la razón por la que la eligieron para el papel de Bebé Winston, y la presencia de sus padres detrás del escenario hace que las cosas sean aún peores).

Más de la mitad del público está esperando junto a la puerta del escenario. Aunque el cabello de Ryan lo hace destacar, Avery encuentra primero a sus padres, gracias a que tiene más experiencia localizándolos entre la multitud. Luego ve a Ryan junto a ellos, hablando con sus primos. Como es la noche de estreno, se están entregando muchas flores y se están tomando fotos. Los primos de Avery lo asedian como si fuera una celebridad, y pronto su mamá, papá, tía y tío lo felicitan también, y su madre le transmite las felicitaciones de sus amigas. (No tenían deseos de quedarse más). Finalmente, Avery llega a Ryan, quien le da la sonrisa más amplia y le dice lo increíble que fue. Avery, todavía eufórico, lo abraza como a un compañero de reparto y luego lo besa como a un novio. Otras personas a su alrededor lo notan, seguro. Pero por primera vez, Avery no nota que lo notan, al menos no hasta que su primo menor, asqueado por los besos de cualquier tipo, le grita que pare. Esto, a su vez, horroriza a la tía y al tío de Avery, quienes les aseguran a él y a Ryan que el comentario de Johnny no tiene nada que ver con su género. Avery abraza a Johnny con fuerza y le dice que lo sabe, luego castiga a Johnny con falsos besos húmedos y babosos hasta que Johnny está prácticamente orinándose de la risa.

Ryan intenta sentirse parte de esto.

No es hasta que Avery está en el asiento trasero del carro que el agotamiento se posa sobre el interruptor, y siente que su nivel de energía pasa de *encendido* a *apagado*. Él y Ryan están tomados de la mano, algo que Avery nunca ha hecho con un chico antes en el carro de sus padres. Se siente algo monumental y silencioso, algo importante y casual. Ryan está mirando por la ventana más allá de su reflejo mientras Avery lo observa. Cuando Ryan voltea de nuevo hacia él, aprieta su mano, como si dijera "estoy de vuelta". Pero luego dice:

–Acabo de recordar que tengo que trabajar mañana. Tengo un turno, y olvidé organizar un reemplazo. Pero la buena noticia es que terminaré a las cuatro, así que puedo volver para la función de la noche, si te parece bien.

–¿A qué hora tendrás que irte?

–¿Temprano? Supongo que alrededor de las seis. Pero está bien. Supongo que tienes que ir temprano por la obra, ¿verdad?

–No hasta el mediodía.

–Oh.

Avery aprieta otra vez la mano de Ryan.

–Está bien. Aún tendremos la mayor parte del domingo. Y puedes venir a la fiesta del elenco, ¿verdad?

–Por supuesto.

Avery está demasiado cansado para poner demasiada resistencia. No quiere que Ryan pierda su trabajo. Y también siente que nadie, ni siquiera la familia, debería ver la obra las cuatro veces.

Cuando llegan a casa, Ryan prácticamente tiene que llevar a Avery adentro, está muy somnoliento. Ha bostezado unas ochenta veces, y sus párpados son cortinas que se cierran. Después de informar a sus padres sobre el nuevo plan de Ryan (no parecen ni molestos ni complacidos por el hecho de que no pasarán mañana con él), Avery va al salón con la total intención de quedarse despierto con él... pero ochenta bostezos más tarde, Ryan lo deja ir a su propia cama, diciendo de nuevo cuánto disfrutó el espectáculo y cuánto espera verlo mañana.

Una vez que Avery se ha ido a la cama, Ryan desdobla todo lo que había doblado con tanto cuidado esta mañana y vuelve a crear todo lo que había desmontado. Se arrastra para volver a dormirse, luego se sobresalta con la alarma antes del amanecer. Vuelve a convertir la habitación en una sala de estar y sale sin hacer ruido por la puerta. Está agradecido de no haber despertado a nadie. Está agradecido de poder irse sin decir una palabra.

No es que no sienta el impulso de quedarse. Mientras conduce alejándose en la tranquilidad de una autopista un sábado por la mañana, anhela volver, desayunar con Avery y su familia. Pero de esta manera, se dice a sí mismo, no agotará su bienvenida, y podrá regresar esta noche sin que horas interminables se extiendan y les hagan comprender cuánto les está pidiendo.

No envía un mensaje a sus padres para decirles que volverá a la ciudad; está esperando que su madre no decida hacer ninguna compra esta mañana, aunque siempre es un riesgo. Cuando llega al supermercado, está lleno de cafeína y habla con sus compañeros de trabajo como si hubiera dormido en su propia cama la noche anterior. Una vez que es una hora aceptable, envía un mensaje a Alicia para decirle que volvió, y ella pasa durante su hora de almuerzo. Se sientan en el carro de su amiga con emparedados, y él habla sobre cómo fue estar allí, ser presentado y aceptado como el novio de Avery y verlo pasando un buen rato en el escenario. Alicia pregunta si Ryan ha hablado con sus padres, y él niega con la cabeza.

—Sabes que vas a tener que hacerlo, ¿verdad? —dice ella.

—Después del fin de semana —le dice él.

—De acuerdo. Después del fin de semana. Quiero verte en la escuela el lunes. No te voy a permitir que te escapes, no importa lo agradables que sean los padres de Avery. Y la verdad, yo soy más agradable.

Ryan jura que estará en la escuela el lunes. Ni siquiera se ha permitido pensar más allá de eso. Una vez que su turno termina, desea poder pasar por su casa por más ropa y una ducha, pero eso no es una opción. (Ha recibido más mensajes de texto de su madre, preguntando cuándo va a estar en casa. Todavía no ha respondido). Se arregla en el baño de los empleados lo mejor que puede, tira su chaleco de trabajo en el cesto comunal y regresa a la ciudad de Avery. Ahora hay un poco más de tránsito, más que nada camiones en viajes largos, pero también algunas personas que van a lugares un sábado por la noche. El plan es que él se encuentre con la mamá de Avery en la escuela. (El papá de Avery fue a la función de la tarde). Ryan llega a Marigold temprano, así que come algo en Chipotle. Mientras está allí, ve algunas mesas de chicos de su edad. Algunos de ellos podrían estar yendo a la obra de teatro. Otros, está seguro, ni muertos los verían volviendo al edificio escolar en un fin de semana, por cualquier razón que sea. Algunos de ellos podrían ser amigos de Avery. Algunos de ellos podrían haberle dado problemas a Avery. Ryan se da cuenta de que sabe mucho sobre las personas en la obra de teatro, y no tanto sobre nadie fuera de ella. Nadie en el Chipotle parece haberlo notado en absoluto. Como está sentado solo, es como si no existiera.

Fue demasiado incómodo siquiera pensar en pedirle a Avery el número de teléfono de su mamá, así que Ryan escanea el estacionamiento en su búsqueda, y luego hace lo mismo cuando llega al vestíbulo. Finalmente, la encuentra hablando con dos chicos que deben ser amigos de Avery. Claramente son pareja; no solo porque están tomados de la mano, sino porque parecen consultar entre ellos antes de responder cualquier cosa que pregunte la mujer.

La mamá de Avery sonríe cuando Ryan entra en su campo de visión.

—¡Ahí está! —dice—. Me alegra mucho que hayas venido, me di cuenta demasiado tarde de que no tengo tu número, y creo que el teléfono de Avery está guardado en algún lugar en este momento. ¿Conoces a Aurora y a Dusty?

La pareja gira como si fueran uno y le dicen hola a Ryan al unísono. Él se da cuenta de que este tiene que ser el par de amigos de los que Avery le habló, que siempre hacen todo juntos como pareja. Aurora tiene un cabello propio de un comercial de champú y una sonrisa amistosa. Dusty parece extrañamente familiar para Ryan, tiene frente amplia y hombros anchos. Mientras estrechan las manos, Ryan concluye que Dusty tiene un aspecto genérico y que probablemente le recuerda a cualquiera de sus compañeros de escuela.

—¡Estamos tan emocionados de ver a Avery por fin en el escenario! —exclama Aurora—. ¡Siempre ha sido tan bueno actuando!

¿Qué significa eso?, se pregunta Ryan. Ve la pregunta cruzar también el rostro de la mamá de Avery.

–¿No es así? –le pregunta Aurora a Dusty. Pero Dusty ha estado ocupado mirando a Ryan.

–Sin duda –dice, volviéndose hacia su novia. Pero no antes de que Ryan note la atención que ha estado recibiendo. Casi como si Dusty lo reconociera de algún lugar.

No tiene mucho más tiempo para pensarlo, porque Aurora y Dusty dicen que necesitan ir a buscar sus asientos, no como parte de un grupo más grande, solo los dos. Eso deja a Ryan con la mamá de Avery, quien le pregunta sobre el viaje, sobre el trabajo, sobre todo excepto la parte por la que probablemente tenga más curiosidad: los mensajes sin respuesta de su mamá.

–Gracias por dejar la sala en tan buenas condiciones –dice ella mientras caminan hacia sus asientos–. Solo quería que supieras que te lo agradezco.

–Fue un placer –responde Ryan, y sus propias palabras el resultan de inmediato bastante tontas. ¿Un placer? ¿De verdad?

Pero parece ser el único al que le resulta una respuesta extraña. La mamá de Avery dice:

–Es maravilloso que pudieras venir aquí este fin de semana. Sé que Avery y tú no han pasado demasiado tiempo juntos, pero estoy segura de que él lo valora. Y espero que vuelvas otro fin de semana cuando no sea necesario ir tanto al teatro.

–Lo haré –dice Ryan mientras la mamá de Avery lo lleva a una fila–. Gracias.

Nota que aquí no hay ninguna oportunidad para que él pregunte si puede quedarse más tiempo, para ser aceptado como algo más que un invitado. Pero eso coincide con sus expectativas. Piensa que es notable tener una invitación para regresar, dada con tanta facilidad.

Deben hacer algún anuncio en el vestíbulo, porque pronto todos se están dirigiendo a sus asientos. Ryan mira alrededor y ve que no está ni cerca de estar tan lleno como anoche, pero supone que eso es de esperar, ya que la noche de apertura es el gran atractivo. Ve a Aurora y Dusty unas filas más adelante, al otro lado del pasillo. Como si lo llamara, Dusty gira la cabeza y hacen contacto visual por un segundo, hasta que Aurora dice algo y Dusty vuelve a ella. La música de cortina pregrabada comienza y las luces en el auditorio se atenúan. El telón se levanta para mostrar la planta baja de la residencia LeFevre. Ryan mira a Dusty una vez más, y es entonces cuando se produce el reconocimiento.

Después de que Ryan se dio cuenta de que era gay, pensó que este descubrimiento le permitiría darse cuenta de quién más era gay también, pero en Kindling, esta teoría no funcionó. Después de su relación relámpago con Isaiah, decidió que necesitaba ampliar su radio de búsqueda para encontrar a alguien más en su misma sintonía. Así que a los dieciséis años se unió a Tinder y dijo que tenía dieciocho años (eligió Tinder porque parecía ser sobre citas, no sobre sexo). Fue deprimente la poca cantidad de peces que esta red atrapaba. Sus ajustes eran solo para ver otros de dieciocho años, pensando que algunos de ellos también podrían estar en la escuela secundaria. Configuró su radio para ocho kilómetros Nada. Dieciséis kilómetros. Nada. Cuarenta kilómetros. Algunas fotos. Ochenta kilómetros. Unos pocos más. Ciento sesenta kilómetros; con algunas ciudades pequeñas involucradas, de repente había unas pocas docenas de niños de su edad (o algo así). Se convirtió en un experto en comprobar información con otras redes sociales, para asegurarse de que no fuera un adulto disfrazado. Y una de las primeras personas con las que hizo match e intercambió mensajes fue sin duda Dusty, usando sus iniciales, DB.

Las cosas no llegaron muy lejos. DB no había salido del armario con nadie, y Ryan acababa de pasar por eso con Isaiah. Aun así, DB era normal, en un momento en que Ryan realmente necesitaba a otros chicos gays normales en su vida. Mandaron mensajes sobre sus flechazos por Troye Sivan y Timothée Chalamet, y crearon una teoría conspirativa de que Troye y Timothée en realidad eran la misma persona. Ryan le contó lo difícil que fue compartir su identidad con sus padres, y DB simpatizó, insinuando que la reacción que obtendría de sus propios padres sería similar. La foto completa de DB no estaba en Tinder, pero él se la había enviado a Ryan al principio, como una muestra de confianza. Ryan no sintió una chispa romántica, pero pensó que se reunirían en algún momento para lamentarse en persona. Luego, un día, revisó la aplicación y DB había desaparecido, por completo.

Y ahora, aquí estaba.

Si Ryan está distraído en el público, Avery también lo está en el escenario. No se siente bien acerca del hecho de que, si tuviera la oportunidad de matar a Dennis Travers, probablemente lo hiciera. *¡No olvides tus zapatos!* está a solo un punto de trama de convertirse en un misterio de asesinato, así que ¿por qué no abrir una trampilla en el escenario para que Dennis caiga y haga la transición oficial?

No es el único que se siente así. Mientras esperan tras bambalinas, Liz Macy informa que el señor Horslen parece estar listo para meter a Dennis en un armario y dar por terminado el día. Dennis bebió exceso de café antes y después del espectáculo de ayer por la noche, lo que lo dejó casi sin dormir para la primera función del día y luego revigorizado por otro impulso maníaco (una cantidad de Red Bulls digna de un elefante) antes de la actuación en curso. Como resultado, parece haberse adentrado en la farsa a través de *El largo viaje hacia la noche*, y nadie puede mitigar sus exageraciones descontroladas. En una escena ligera donde se supone que Lucius debe entretener a Bebé Winston jugando al caballito, Dennis logró evocar *El Padrino*. Penny, interpretando a Bebé Winston, tuvo suficiente y se lanzó sobre él con más fuerza de la necesaria (lo que le ganó el apodo de bebé infernal, que perdurará durante años).

Cuando Avery y Dennis llegan a la gran escena de confrontación esta noche, Dennis se mueve tanto que Avery debe esquivar sus gestos, lo que provoca una gran risa en el público. Dennis no parece escucharla, y cae al suelo después de su monólogo sobre la pérdida de su prometida. Esto no está en el guion, ni se ha ensayado. Se supone que Avery debe salir al mismo tiempo que Dennis, pero después de esperar unos segundos, da un paso con delicadeza sobre Dennis, hay más risas, y el equipo de control apaga las luces para darle a Dennis la cobertura necesaria para arrastrarse fuera del escenario.

Avery supone que la confrontación ha terminado, pero cuando termina la función, Dennis se acerca furioso. Avery no sabe si todavía está en personaje o no, hasta que Dennis estalla:

—¡Eso fue trabajo de un *aficionado*! ¡Cómo te atreves! Esto puede que no signifique nada para ti, pero es mi futuro con el que estás jugando, y *no* me agrada nada.

Liz Macy, que está cerca, dice:

—Guau, Dennis. Necesitas calmarte.

Dennis voltea hacia ella.

—¡No necesito calmarme! Son ustedes los que necesitan despertar. Soy el único aquí dispuesto a darlo todo al cien por ciento. Y el público lo nota.

—Desde luego que lo hacen —murmura Emerson Crane, que tiene un pequeño papel como el mayordomo. Dennis no escucha esto o lo ignora. Avery está tentado a repetirlo... pero luego ve que Dennis está molesto de verdad. Se le ha hecho quedar mal frente a la multitud del sábado por la noche.

—Escucha —dice Avery—, lo siento. Estaba improvisando para conseguir la risa, pero probablemente había otra forma de recuperarnos. No volverá a suceder.

Dennis no usa el tono conciliador de Avery.

—¡Más te vale! —proclama Dennis. Luego se marcha furioso de la misma manera en que entró, como una tormenta sin centro.

Avery recrea esta escena para Ryan más tarde esa noche, en su dormitorio.

—¡Eres un aficionado! —lo regaña Ryan, riendo, cuando Avery termina.

Están flotando en medio de la habitación, conscientes del hecho de que los padres de Avery todavía están despiertos, todavía caminan por ahí, y podrían asomar la cabeza en cualquier momento para sugerir que es hora de dormir. Avery se atreve a rodear con sus brazos la cintura de Ryan, sonriendo. Ryan hace lo mismo.

–¿Qué estamos haciendo? –pregunta Ryan–. ¿Bailando?

–Meciéndonos –responde Avery–. Solo nos estamos meciendo.

Su postura es lejana al principio, luego se acercan más.

–Bueno, hola –dice Avery.

–¿Cómo estás, compañero? –dice Ryan. No tiene idea de dónde saca eso. Pero hace que Avery sonría un poco más, así que debe ser lo correcto que decir.

La puerta está abierta. Ryan no puede creer que Avery no esté al tanto de eso, o que no le importe lo que puedan ver sus padres. Avery apoya su mejilla contra el pecho de Ryan, escucha sus latidos, la música debajo del balanceo.

–No quiero irme mañana –dice Ryan en voz baja.

–Volverás –responde Avery, sin abrir los ojos.

–Lo sé. –Ryan respira hondo, y Avery puede sentirlo, el sube y baja–. Pero aun así, desearía poder quedarme.

A la mañana siguiente, los padres de Avery hacen un desayuno tan grande que Ryan asume que más personas los acompañarán.

–¡Tenemos que celebrar el gran final! –dice el papá de Avery mientras lleva un plato de gofres a la mesa.

–¿Quieres decir que estamos celebrando mi logro o el hecho de que nunca más tendrás que ver la obra? –pregunta Avery.

–¡Ambas! –responden su mamá y su papá al unísono.

Luego los tres ríen a carcajadas.

Ryan intenta recordar la última vez que rio con sus padres. Sabe que debe haber sucedido; sus padres no son ogros ni robots. Pero es como si hubiera perdido su risa natural tan pronto como su cabello perdió su color natural.

–Oye –dice Avery.

Ryan levanta la vista de su plato y los ve a los tres mirándolo.

–Si prefieres tener tu sándwich de huevo en un croissant en lugar de un bollo, eso se puede arreglar –dice el papá de Avery.

–No, no. Lo siento –responde Ryan.

–No hay necesidad de disculparse –dice la mamá de Avery–. Por nada. Estamos felices de tenerte aquí, Ryan. Estamos felices de alimentarte y darte un sofá cama. Es lo menos que podemos hacer por alguien dispuesto a enfrentar una obra escolar tres veces.

–¡Mamá! –protesta Avery. Pero está sonriendo.

Recién cuando Ryan está de nuevo a solas con los padres de Avery conduciendo a la primera función del día, recuerda lo que ha olvidado. Su primer impulso es dejarlo ir, pero su segundo impulso mejorado es como mínimo preguntar.

–Disculpen –dice, inclinándose hacia los asientos delanteros–. ¿Tenemos tiempo para hacer una parada?

El padre de Avery lo mira en el espejo retrovisor.

–Estamos a unos cinco minutos de la escuela –dice–. ¿Puedes aguantar?

–¡Oh! No. No se trata de eso. Yo, eh... ¿Hay algún lugar donde pueda detenerme a comprar flores? Para Avery. Quería comprarle flores.

La mamá de Avery, en el asiento del copiloto, gira la cabeza y dice:

—Qué idea tan encantadora. Todavía tenemos mucho tiempo. —Luego se vuelve hacia su esposo—. Cariño, ¿puedes hacer una parada rápida en la florería?

—Claro, pero... eh...

La mamá de Avery voltea otra vez hacia Ryan, esta vez hacen contacto visual.

—Ahora eres mi testigo: no tiene ni idea de dónde está la florería. Siempre lo sospeché.

—¡Te compro flores!

—Lo sé, querido. En el mismo lugar donde compras tu cereal y tu cerveza.

Ryan no sabe con certeza si están bromeando entre ellos o no. Siente que el padre de Avery podría no saberlo tampoco.

—Gira a la izquierda —dice la mamá de Avery, guiándolos hacia un estacionamiento frente a una florería.

—Volveré enseguida —dice Ryan.

—¿Quieres que vaya contigo? —ofrece la mamá de Avery.

—No, gracias.

El interior de la tienda es más elegante de lo que espera... pero no está seguro de por qué esperaba algo, porque no está seguro de haber estado alguna vez en una floristería. Una mujer con un vestido prácticamente triangular sale de detrás del mostrador y le pregunta si necesita ayuda.

—Necesito flores —responde. Luego, al darse cuenta de que esto no es suficiente, agrega—: Es para alguien en la obra de teatro de la escuela. Es su última función.

La mujer sonríe.

—¿Es esta persona alguien especial?

—Sí.

—¡Qué chica afortunada!

Por un segundo, Ryan piensa en dejarlo pasar. La vida será mucho más fácil si deja que pase, si simplemente le sigue la corriente a la suposición de la vendedora. Las flores son flores, y lo que sea que ella sugiera para la "chica afortunada" seguro también estará bien para Avery.

Pero... también es incorrecto. Y se siente mal dejar que esta mujer imagine una cosa cuando otra es verdad. Si no dice algo ahora, las flores serán inútiles, porque incluso si Avery nunca lo sabe, Ryan sabrá que los decepcionó a ambos porque era más fácil hacerlo así.

—Chico afortunado —corrige.

La sonrisa de la mujer vacila por un segundo, y Ryan no sabe si es por sorpresa o desaprobación. No está seguro si lo echará con cortesía de la tienda o no, hasta que ella dice:

—Bueno, ¿sabes qué tipo de flores le gustan? Las rosas nunca fallan.

Ryan piensa por un segundo, luego dice:

—Tiene el cabello rosado. ¿Cuáles son las flores más rosadas que tiene?

Prepararse para la última función es extrañamente emocional para Avery. Se ha acostumbrado a ser Laurent LeFevre, y no está listo para dejar de serlo durante un par de horas cada día. Pero más que eso, se ha acostumbrado a este nuevo elenco de apoyo en su vida. Es difícil imaginar no verlos después de la escuela todos los días.

Sin duda no es el único que se siente así; hay algunos abrazos, algunas lágrimas. El único que no sucumbe a los arrebatos de nostalgia previa es Dennis, quien se ha encerrado en un cubículo en el baño de chicos para poder "encontrar completamente" a su personaje y "bloquear las distracciones infantiles" tras bambalinas.

Antes de que se levante el telón, el señor Horslen reúne a todos y les dice que se diviertan y, con la excepción predecible, lo hacen. Las líneas chisporrotean y el lenguaje corporal hace muecas, causan más risas que nunca antes. Avery se está divirtiendo mucho... excepto cuando tiene que compartir una escena con Dennis, quien tiene la ligereza de un tanque y el humor de una cloaca.

Avery se dice a sí mismo que no permitirá que esto le afecte. Y no lo hace, no hasta la escena de confrontación. Quizás consciente de su caída durante la presentación anterior, Dennis viene con fuerza, escupiendo sus líneas y actuando como si el robo de Laurent de la amada de Lucius fuera la traición más atroz desde Judas.

—¡¿Cómo puedes simplemente quedarte ahí mientras mi amor pasa ante mis ojos?! —se lamenta. Luego avanza y se detiene justo en la cara de Avery—. ¿Cómo. Te. Atreves? —Lo señala de modo acusador—. ¡Cómo! —Le clava el dedo a Avery en el pecho.

Esto hace que Avery retroceda. Está harto de Dennis y su mierda furiosa. No va a quedarse delante de una audiencia que incluye a su novio y padres permitiendo que algún idiota lo golpee en el pecho. Si Dennis quiere improvisar, que así sea.

—Necesitas calmarte de una puta vez —responde Avery—. Necesitas mantenerte alejado de esta familia porque todos te odiamos. Betty Lou nunca iba a casarse contigo. La *agotas*.

Hay algunas risas, y algunas personas menos gentiles en el teatro aplauden. Dennis parece por un momento a punto de darle un puñetazo a Avery frente a la audiencia. Pero en lugar de eso, se aleja hecho una furia antes de sus líneas finales.

—¡Betty Lou! —llama Avery—. ¡No hay moros en la costa!

Kim Elias sube al escenario, y ella y Avery retoman la escena.

Espera que nadie pueda ver lo mucho que está temblando.

Ryan quiere aplaudir: según él, Avery acaba de robarse el espectáculo. Tan pronto como Dennis señaló a Avery de manera tan ofensiva, Ryan sintió que se tensaba, y pudo ver a los padres de Avery tensarse en los asientos junto a él. Solo cuando Avery se retiró pudieron exhalar de modo conjunto. Y luego Avery liquidó a Dennis con algunas frases. De repente, Ryan está disfrutando, hasta que se da cuenta de que los padres de Avery no se ríen o aplauden, y que el sentimiento colectivo anterior ahora se ha desenredado, y lo que están sintiendo no es lo mismo que lo que él está sintiendo. Está orgulloso de Avery, pero ellos no parecen estarlo.

Por suerte, el personaje de Dennis no está en la escena final. Ryan no quisiera ver esta obra nunca más, pero al mismo tiempo se siente casi nostálgico por el hecho de que llegó el final de la temporada. Todos en el escenario parecen sentirlo también, dicen sus líneas con más sentimiento del que merecen.

Cuando llegan a la última línea (Bebé Winston, dando sus primeros pasos y alejándose del escenario mientras Lavinia Stranglehold le dice, "¡No olvides... tus zapatos!"), la mitad de los miembros del elenco está sonriendo y la otra mitad tiene lágrimas en los ojos. La ovación de pie comienza incluso antes de que caiga el telón. Cuando es el momento de los aplausos finales, Dennis y Avery están lo más separados posible, Avery se deleita cuando recibe un coro estruendoso de vítores por su reverencia, y Dennis se muestra imperturbable ante los aplausos que también recibe. El elenco hace una reverencia una vez, dos veces, tres veces, y luego, cuando el telón cae por última vez, el público los ve voltear hacia los demás para abrazos y felicitaciones y el lanzamiento de pelucas como si fueran birretes de graduación.

El profesor de teatro anuncia que para evitar demasiada congestión en los pasillos, se les pedirá a amigos y familiares que se queden en sus asientos para esperar a que el elenco salga.

–Vaya, eso fue... Vaya –le dice el papá de Avery a la mamá de Avery.

–Un poco improvisado en todos los frentes –comenta la mamá de Avery. Ella mira a su alrededor en el teatro por un momento–. No veo a la mamá de Dennis. De lo contrario, creo que tendría que ir a disculparme.

–Sí, espero que ella se haya perdido esta función –dice el papá.

Ryan quiere defender a Avery; después de todo lo que ha sucedido en todas las funciones, lo que hizo Avery fue prácticamente defensa propia. Pero la idea de que la mamá de Dennis podría haber estado en la audiencia mantiene su boca cerrada. De todos modos, no quiere discutir con los padres de Avery.

Los asientos entre Ryan y el pasillo han sido desocupados, y ahora una chica de su edad se está deslizando por ellos hacia él.

–Eres Ryan, ¿verdad? –dice cuando llega.

Ryan quiere preguntar *¿te conozco?*, pero no quiere ser grosero, así que simplemente dice:

—Sí.

—Me dijeron que buscara cabello azul, y eras el único candidato —responde ella–. Soy Hannah. ¿La novia de Liz? Ella es la que interpretó a la tía. Vine sola, y Liz y Avery me enviaron un mensaje de texto para decirme que te buscara, porque todos íbamos a ir juntos a la fiesta del elenco. ¿Quizás no te lo dijeron?

—No, pero es genial. No conozco a nadie más aquí además de los padres de Avery. ¿Conoces a los padres de Avery?

Hannah se inclina alrededor de Ryan y dice:

—¡Hola, padres de Avery!

Ryan está a punto de presentarlos mejor, pero hay un alboroto cuando algunos de los artistas salen al escenario en su ropa de calle; bajan de un salto para recibir a sus admiradores. Avery y Liz salen juntos y se dirigen directamente hacia ellos. Hannah salta a los brazos de Liz; mientras tanto, Ryan extiende la mano debajo de su asiento y le ofrece su extraño ramo de flores rosadas a Avery.

—¿Qué son? –pregunta él.

—¡Antirrinos! –responde Ryan–. Un ramo de antirrinos.

Sacude un poco el ramo y parece que las flores están aplaudiendo.

—Me encantan –dice Avery, luego besa con dulzura a Ryan.

—Fue una función peculiar –dice la mamá de Avery.

—Sí –responde él, tomando los antirrinos de Ryan y mirándolos–. Probablemente eso no debería haber pasado.

—¿Qué quieres decir? –pregunta Ryan–. Estuviste increíble. Él se lo merecía.

—Gracias por decir eso –le dice Avery–. Pero de alguna manera me convertí en el aficionado que me acusó de ser.

—Sobrevivirá –dice el papá de Avery.

La mamá de Avery cambia de tema a la fiesta del elenco, y Avery explica que todos irán a la casa de Anna Anderson, y que sus padres estarán allí para "controlar que no ocurra ninguna travesura inapropiada" (esta es una cita de la obra).

–De acuerdo –dice la mamá de Avery–. Solo vuelvan a casa para las ocho. Ryan necesita volver esta noche y no quiero que llegue demasiado tarde a su casa.

Avery le asegura que estarán bien mientras la frase "llegar a casa demasiado tarde" resuena dentro de Ryan como una bocina de concurso que indica que se acabó el tiempo.

Por suerte, Hannah y Liz aparecen con su energía sáfica de *vamos a movernos*. Avery le entrega sus flores a su madre para que las guarde, y Liz, Hannah, Avery y Ryan deciden amontonarse en el vehículo extraño de Hannah, un Mazda Miata rojo de 1990 que ella dice que ganó en una apuesta. (En realidad, lo compró usado con el dinero ahorrado cuidadosamente después de un año como niñera). El asiento trasero solo tiene suficiente espacio para las piernas de un niño o un perro de tamaño mediano, por lo que Ryan y Avery terminan acostados uno encima del otro como si hubieran sido apilados en algún barco de carga romántico. Avery asegura a Ryan que su destino no está tan lejos.

Ryan esperaba que Avery estuviera exaltado o exhausto una vez que terminara el espectáculo, pero en cambio parece preocupado. Ryan ahora lo conoce lo suficiente como para tener una sospecha de por qué, pero no lo suficiente como para hacer una suposición. Así que es una pregunta lo que hace:

–¿Sigues pensando en lo que pasó con Dennis?

–Sí.

Cuando empiezas a salir con alguien, sientes que las emociones son como una tirada de un dado de seis lados y consideras las básicas, las elementales. Pero cuanto más hablan, cuanto más tiempo comparten, más lados obtiene el dado y si bien nunca adivinarás la respuesta a cada tirada momentánea, empiezas a entender lo que significan los números. Ryan nunca ha visto a Avery así, atrapado en medio del arrepentimiento. Lamenta que se sienta así y a la vez le ayuda a entenderlo un poco más.

Desde el asiento delantero, Liz dice:

—No te preocupes por eso. Él se lo merecía.

Otro giro, y el dado de treinta lados se convierte en un dado de cuarenta lados. Avery no se enrosca, pero tampoco permite que Liz lo saque de ese estado.

—En cierto modo, se lo merecía —dice él—. Pero en otros aspectos, no.

—Él no estará en la fiesta, ¿verdad? —pregunta Hannah.

—Lo dudo —responde Liz—. No creo que ninguno de nosotros le caigamos bien.

Y ahora sabe lo que todos ustedes piensan de él, piensa Ryan, pero no lo dice en voz alta, porque sabe que es lo último que Avery quiere escuchar.

Pope ha decidido conservar el maquillaje y la peluca de Lavinia Stranglehold para la fiesta del elenco; la parte desconcertante es que no usa su disfraz, sino que ha encontrado un vestido hawaiano estampado con gatos bailando. Recibe a Ryan, Avery, Liz y Hannah como si fuera su propia casa, lo cual no es.

—Pónganse cómodos... pero no tanto como para que necesiten llevar los cojines a la tintorería después —dice. Luego, para horror de Avery, Pope le guiña un ojo a Ryan.

Ryan sabía que la fiesta del elenco no iba a ser una fiesta loca, pero aun así se divierte con la escena que descubre adentro: los refrigerios y el cartel de felicitaciones que vería en una fiesta de graduación de quinto año. Hay una "barra de bocadillos", donde los nachos y las patatas fritas aparecen en sus aparentemente infinitas variedades de cubiertas y formas. Hay un montón de sodas sin mezclar y jugo de naranja sin vodka. Las cajas de pizza esperan como perros falderos aplanados con bocas ansiosas. Una cafetera burbujea al borde de la mesa de bebidas, como el niño malo en la parte trasera del autobús.

A pesar de la falta de intoxicantes, hay cierto tipo de intoxicación en el aire. El elenco, los ensayos, la actuación... Ha sido una era muy pequeña, pero sigue siendo el final de una.

Ryan aquí todavía se siente como parte del público. Podría haber arrastrado una silla hacia la esquina de la sala de estar y ver lo que sucede. Espera que Avery se lance al ruedo y lo deje atrás... Ryan entendería a la perfección ese accionar porque él es un invitado, tal vez incluso un intruso.

La chica que interpretó al bebé está llamando a Avery desde el sofá, dando palmaditas en el cojín junto a ella. La aprobación está en los labios de Ryan. *Ve. Me quedaré aquí. Diviértete.*

Pero Avery no lo deja, no se aleja ni siquiera cuando lo llaman. En cambio, lleva a Ryan hacia la pizza, que es exactamente donde Ryan quiere ir. Cargan rebanadas en platos de papel que les dicen felicitaciones en letras rollizas. Liz y Hannah los siguen, y cuando los cuatro han conseguido refrescos, abandonan la sala de estar y van a una guarida adyacente y más tranquila, donde dos sofás están colocados en diagonal uno frente al otro. Avery y Ryan toman uno y Liz y Hannah toman el otro.

Es Hannah quien dice:

—¡Es como si estuviéramos en una cita doble!

A lo que Liz añade:

—Sí, en la casa de otra persona.

Avery se inclina y sacude su rebanada de pizza frente a Ryan. Ryan se da cuenta de que se supone que debe darle un mordisco. Con amor.

—Es muy romántico —dice Avery. Ryan le da un poco de pizza a cambio, a lo que él responde con éxtasis exagerado. Liz y Hannah ríen a carcajadas.

—¿Cuánto tiempo llevan juntas? —les pregunta Avery. Hannah y Liz se miran durante unos segundos. Luego Hannah dice:

—Cuatro meses, tres días y... dos horas.

Liz se aparta y la mira.

—¿¿¿De verdad?!?

Hannah finge estar herida.

—¿Cómo no lo sabías?

—Estás mintiendo.

—¿Estás muy segura?

Avery se ríe, pero Ryan está estresado porque parece una pelea real. Solo se tranquiliza cuando se da cuenta de que Liz y Hannah no parecen estar muy preocupadas por eso. Hannah comienza a hablar sobre cómo se conocieron, su incredulidad cuando un enamoramiento poco realista se convirtió repentinamente en un enamoramiento real durante un viaje largo en autobús de regreso de un partido de fútbol. Ryan está celoso de lo fácil que han dejado atrás el momento de tensión, de cómo parece ser la única persona en la habitación que todavía se pregunta si Hannah estaba inventando los cuatro meses, tres días y dos horas. ¿Es posible estar enamorado y haber olvidado el día en que todo comenzó? ¿Es diferente cuando es alguien a quien has conocido desde siempre, en lugar de alguien a quien acabas de conocer?

Avery se inclina un poco hacia Ryan, y los pensamientos de Ryan regresan a la habitación, a lo que se está diciendo. Hannah llega al final de su historia justo cuando Pope entra y exclama:

—¡Aquí están!

La fiesta los sigue hasta allí, como si hubieran encontrado la estantería que en realidad había sido una puerta secreta todo el tiempo. A medida que entran otras personas, Pope se sienta entre Ryan y Avery, prácticamente en sus regazos.

—Espero que no les importe, pero ¡me hace tan feliz verlos juntos al fin!

Pope dice esto como si Avery hubiera pasado la última semana trabajando mucho en la escuela mientras Ryan luchaba en una guerra en Austria-Hungría.

Ryan piensa que es un poco exagerado, pero Avery lo toma a pecho. Porque es solo ahora que se da cuenta: todo el tiempo que han estado saliendo, él ha estado yendo a ensayos de la obra. Ahora que ha terminado, recuperará mucho de su tiempo. Lo que significa que Ryan también tendrá más.

—Un mundo valiente y nuevo —dice Avery, maniobrando alrededor de Pope para tomar la mano de Ryan. Pope extiende los brazos y les da palmaditas a ambos, a Avery y a Ryan, al mismo tiempo. Luego se levanta y proclama para todos los que quieran oír:

—¡Esta viuda quiere bailar!

Con eso, Lavinia Stranglehold sale de la habitación. Menos de un minuto después, una mezcla disco de *Desafiar la gravedad* rebota contra las paredes.

El baile comienza.

Siempre es un desafío para una pareja cuando uno tiene la inclinación natural de bailar y el otro no. En el caso de las parejas en los sofás, las preferencias están divididas de manera equitativa. Hannah se levanta de inmediato mientras más personas siguen a Pope. Liz gime un poco, pero deja que Hannah la levante de su asiento.

Avery puede ver cómo Ryan se acomoda aún más en los cojines incluso cuando la música y la emoción se intensifican. En un nivel fundamental, lo entiende: esto no es una discoteca oscura o ni siquiera el salón donde se conocieron por primera vez. Esta es la casa de alguien y el sol aún no se ha puesto por completo. Las personas que están bailando lo hacen para continuar con la camaradería que construyeron durante meses de ensayo y funciones. Ryan no es parte de eso, y será difícil hacer que se sienta parte de eso.

Aun así, Avery quiere intentarlo. Sin presión, pero quiere intentarlo.

Ryan intenta. Aunque preferiría mucho, mucho más quedarse en el

sofá, ve que parte de Avery ya está en la otra habitación, y la parte restante le está pidiendo que lo acompañe. Ryan se levanta de los cojines, luego extiende la mano para que Avery la tome. Aunque Avery ciertamente puede levantarse solo, toma la mano y no la suelta mientras salen a la sala de estar. Ryan no tiene idea de qué canción está sonando, una versión disco de algo sobre perder la razón, pero la música casi no importa. Esto no es una pista de baile como en el baile gay, con luces de colores y la posibilidad de esconderse en las sombras. No, esto es una sala de estar con las luces encendidas, y un montón de amigos bailando lo más expuestos posible. Todos tienen los ojos bien abiertos mientras cantan y se balancean unos a otros y celebran el momento en el que están. Ryan intenta bailar a ese ritmo mientras Avery intenta enfrentarlo y enfrentar a todos los demás al mismo tiempo. Pero no está funcionando. Ryan todavía se siente como el espectador que ha tropezado en el escenario durante el saludo final.

Él dura una canción, pero luego cuando comienza la siguiente (el megamix de *Seis: el musical*), suelta la mano de Avery y dice que solo va a salir al patio por un momento.

—¿Estás seguro? —Avery grita sobre la música.

—Sí, quédate aquí y baila. Necesito aire. Volveré en unos minutos.

—¡De acuerdo!

Ryan toma una lata de refresco de la mesa de refrigerios y luego desliza una de las puertas que conducen al patio trasero. Cuando la cierra detrás de él, la música se convierte en una versión más tranquila de sí misma, la alegría parece reproducida a través de una almohada. Después de caminar unos metros, voltea para ver la escena adentro de la casa. Pope se proclama a sí mismo como el rey del castillo, y Avery es uno de los miembros de su corte que se inclina con alegría

Ver esto al otro lado del vidrio lo hace a Ryan mucho más feliz de lo que lo entristece. No es su alegría, pero se alegra de que exista, de que pueda existir junto a ella, de que pueda conocer a alguien que esté participando en ella. No se siente excluido, porque sabe que él ha salido por voluntad propia, porque eso es lo que sintió que era correcto hacer. No se siente separado de Avery aquí. En todo caso, se siente un poco más cerca al poder ver cómo sería la situación si él no estuviera allí, al saber que su felicidad no depende de Ryan, solo se complementa con Ryan.

–¿Quién eres? –pregunta una voz detrás de él.

Voltea, y después de que sus ojos se acostumbran a la luz, ve dos sillas de jardín más alejadas en el césped. Dennis está sentado en una de ellas.

Antes de que Ryan pueda responder, Dennis se inclina hacia adelante, entrecerrando los ojos, y dice:

–Oh, espera, eres el novio de Avery, ¿verdad? He oído hablar de ti. Quiero decir, nadie realmente me ha *hablado* de ti, pero he oído cosas. –Hay una botella de vodka a los pies de Dennis, y cuando ve que Ryan lo nota, la levanta y la ofrece–. ¿Quieres un poco? Puedo echarlo directamente en tu lata. Los Anderson tienen demasiada confianza cuando se trata de su licorera.

–¿No están aquí? –pregunta Ryan.

–Están arriba. No van a interrumpir. Como dije, tienen confianza. Confiar en *actores*... ¿te lo imaginas? Ven, siéntate. Acompáñame.

Ryan no puede pensar en una razón convincente para no hacerlo, así que se adentra más en las sombras y toma asiento en la segunda silla. Ahora la sala de estar parece una escena en una pantalla, con el volumen bajo.

Deja su lata por un momento, lo cual Dennis interpreta como una invitación, y añade un poco de vodka a la Coca-Cola. Dado que Ryan sabe que conducirá más tarde, Dennis acaba de hacer que su refresco sea imbebible. Pero no dice nada.

—Dime ¿qué te pareció nuestra pequeña producción? Te vi en la audiencia en varias ocasiones. Seguro que tienes opiniones al respecto.

—Me gustó —dice Ryan, tratando de no añadir más.

—Te *gustó* —repite Dennis, como si Ryan acabara de darle una epifanía.

—Me reí —agrega, luego instantáneamente se arrepiente al recordar con quién está hablando.

—¡Te reíste! Bueno, por supuesto que te reíste. Pero dime, novio de Avery, ¿*sentiste* algo?

Ryan sabe que "Me sentí orgulloso de Avery" no es lo que Dennis está buscando. Así que se queda callado, asumiendo bien que, de todos modos, Dennis seguirá hablando.

—Lo sospechaba —dice. Ambos están mirando hacia adelante, mientras la música sigue desplegándose en un rectángulo de luz—. *¡No olvides tus zapatos!* es, para casi cualquier parámetro, una obra horrible. Hay docenas, si no cientos, de otras obras que podrían hablar realmente sobre lo que está sucediendo en nuestro país. Pero no. La escuela preferiría poner nuestros cerebros en naftalina. Si apostamos a lo seguro, si no hacemos que la gente sienta nada, en especial que no sienta incomodidad, entonces nadie se quejará, y si nadie se queja, bueno, esa es la definición de victoria en la mente del gobierno, ¿no es así? Pero aquí está la cosa: no acepto eso. Sé que es pretencioso para los estudiantes de secundaria considerarse a sí mismos artistas. Pero ¿sabes qué, novio de Avery? Soy un artista. O al menos un aspirante a artista, porque uno de los primeros pasos para ser un artista es apropiarse de ello, dedicarse a ello. Cuando se nos da basura como *¡No olvides tus zapatos!*, ¿qué hace un artista? Te lo diré: lo ve como un desafío. Toda la obra fue diseñada para alejar a la gente de sus preocupaciones, de sus sentimientos. Entonces, ¿qué tal si lo transformamos de alguna manera para que se vean obligados a *enfrentar* sus preocupaciones y sus sentimientos? ¿No sería eso arte? ¿Me sigues?

—Más o menos.

—Lo acepto. Debes entender: la mayoría de las comedias podrían ser tragedias con facilidad. ¿Estás familiarizado con *Noche de Reyes*?

—La verdad, no.

—Es considerada por la mayoría como la mejor comedia de Shakespeare, o al menos una de las mejores. Termina con dos matrimonios. Uno implica a una mujer que se casa con un hombre que nunca antes había conocido porque pensó que era su hermana disfrazada de hombre. El otro implica a un hombre que se casa con una mujer de la que se enamoró mientras era su jefe, y mientras ella se hacía pasar por hombre. Entonces te pregunto, en términos realistas: ¿te parece prometedor alguno de estos matrimonios? ¿O crees que tal vez la dinámica en juego y la sublimación del deseo homoerótico llevarán al desamor, la recriminación y la hostilidad? Lo mismo ocurre con *¡No olvides tus zapatos!* Un joven pierde a su prometida, su fortuna y su dignidad en las garras de miembros de la familia que siempre pensó que estaban de su lado. ¿Te suena *gracioso* eso?

—Solo si no eres ese joven —dice Ryan.

—¡Exacto! —exclama Dennis, tan alto que Ryan espera que las personas dentro se vuelvan hacia la ventana y miren. Pero siguen bailando y riendo—. Intenté decirles esto a los demás, pero no hicieron caso. Lo que solo me hizo entender aún más la ira de Lucius. Ahora se ha acabado, y todo lo que puedo decir es *menos mal*. ¿Tu novio quería que me calmara? Estoy más que tranquilo ahora. Y mira, él te está buscando.

Efectivamente, Ryan puede ver a Avery saliendo del baile, mirando por la ventana, sin verlos del todo. Ryan intenta hacer un gesto de saludo. Dennis llama:

—¡Aquí estamos!

Avery no está seguro de qué hacer con la escena en las sombras, Ryan y Dennis sentados como viejos amigos fuera de la fiesta. Está demasiado oscuro para leer la expresión de Ryan, pero su postura no es relajada.

—¿Qué está pasando? —pregunta Avery. Intenta sonar relajado, pero no es convincente.

—Tu novio me ha estado dando el gusto —responde Dennis—. Y lo agradezco.

Ryan se levanta de su silla mientras Dennis enfatiza su aprecio con un trago de vodka.

—Me sorprende que estés aquí —dice Avery.

Dennis ríe.

—A mí también. Pero pensé que estar aquí y ver a todos volver a la normalidad podría ayudarme a salir de la piel de Lucius.

Avery se da cuenta de que esta es la conversación más informal que Dennis ha tenido desde que empezaron los ensayos. Se pregunta si él es así normalmente.

Dennis continúa.

—Mira, no hay resentimientos por lo de antes. Yo estaba en una zona mental, tú no estabas en la zona, y como resultado nos sacaste a todos fueeeera de la zona. Dentro de esta obra pequeña y mansa que nos entregaron, hay una obra de Sam Shepard esperando salir... pero realmente no pude liberarla yo solo. Hubo momentos en los que pensé que te estaba llevando allí: tú también tienes la rabia dentro de ti, y pude verla brillando en tus ojos. Pero ahora entiendo que estabas enfadado conmigo, no con Lucius. Fue justo. ¿Te ofrezco un trago? No tengo vasos, pero con gusto te doy el mío.

—Estoy bien —dice Avery. Ryan está ahora a su lado. Intercambian una mirada. Dennis se pone de pie con más firmeza de lo que Ryan o Avery hubieran anticipado.

—¿Sin rencores? —pregunta.

Y Avery piensa, no, los sentimientos que tiene hacia Dennis ya no son rígidos como el rencor. Ahora son líquidos, son fáciles de digerir. La obra ha terminado; ¿qué sentido tiene estar enojado o molesto?

—Sin rencores —dice Avery.

Dennis toma esto como una invitación para abrazarlo. En lugar de retroceder, como lo haría en el escenario, Avery lo acepta.

—Algún día —dice Dennis—, todo esto quedará en el olvido. Pero tal vez recordaremos parte de ello.

Luego se da la vuelta y señala un lugar a la izquierda, más allá del patio trasero.

—¿Ven eso? Eso, señores, es mi casa. Creo que volveré allí ahora, sin esta botella en la mano. Mi tiempo aquí ha terminado. —Luego se vuelve hacia Ryan y Avery—. Creo que ustedes dos son una buena pareja. Ambos son buenos.

Con eso, coloca la botella en el césped y camina suavemente hacia la noche. Cruza la cerca del patio trasero como si fuera de utilería, sin esperar ver si su salida recibe algún aplauso.

Ryan es honesto con Avery.

—No quiero volver adentro todavía —dice—. Quiero quedarme aquí afuera contigo.

Avery parece preocupado.

—¿Estás pasándola mal?

—No, no es eso. La estoy pasando bien, y realmente quiero pasar más tiempo con Liz y Hannah. Es solo que... me gusta poder estar a solas contigo.

La preocupación de Avery desaparece.

—No puedo discutir con eso. —Hace un gesto hacia las sillas—. ¿Vamos?

Ryan vuelve a sentarse en la silla en la que estaba antes. Avery mueve la silla que Dennis había ocupado para que los apoyabrazos se superpongan, toma asiento y los brazos de Ryan y de él también se superponen, sus palmas se besan, sus dedos se entrelazan.

Dentro, el baile se ha convertido en un canto a todo pulmón. Ryan no puede distinguir qué canción es, pero observa cómo los amigos de Avery corean entre ellos, cantando con exageración y alegría desinhibida.

Avery observa junto a él, imaginando cómo debe ser ver esta escena siendo casi un extraño.

—Nunca nos van a confundir con los chicos populares —dice—. Y no puedo decir que me moleste en absoluto.

Pope está de pie en una silla, usando un palito de pretzel como si dirigiera una orquesta.

—Nunca he tenido un grupo —dice Ryan—. Tengo amigos y todo. Pero nunca un grupo, no así. Hay grupos con los que me llevo bien, pero no soy parte de ellos, ¿sabes? Tú sin duda tienes un grupo.

Avery frota su pulgar sobre el pulgar de Ryan. Solo un pequeño gesto para mantener su corazón cálido.

—También soy nuevo en los grupos —le dice—. ¿Y la verdad? No creo que me haya dado cuenta de cuánto nos habíamos convertido en uno hasta ahora. No puedo entender que no los veré todos los días después de la escuela. Todo pasa tan rápido.

—Estaba pensando en cómo apenas estabas comenzando los ensayos cuando nos conocimos. Esa fue una de las primeras cosas que supe sobre ti, que estabas en esta obra.

—Y ahora aquí estás en la fiesta del elenco. Diría que es un avance.

Ryan se inclina hacia adelante y Avery se acerca. Todavía no han encontrado el ángulo exacto, pero están cerca.

—¿Sabes? —dice Ryan—. Nunca he ido a una fiesta como el novio de alguien.

—Un descuido por parte del universo —observa Avery. Luego pregunta—: ¿Cómo va todo?

—Bien. Creo que nunca había imaginado alguna vez estar aquí así. Y ahora no puedo imaginarme no estando aquí.

Esta es la verdad más honesta que puede decir. Avery aún no es un lugar al que pertenece. Pero Avery es sin duda un lugar al que podría pertenecer, algún día. Porque las personas a las que amas te llevan a lugares a los que no habrías ido normalmente. Las personas a las que amas se convierten en lugares a los que no habrías ido normalmente.

Ryan no quiere asustar a Avery con su gratitud.

Alcanza bastante con tomarse de las manos, alcanza bastante con hablar un poco más sobre las personas de adentro. Alcanza bastante con haber olvidado lo que lo espera en casa. Alcanza bastante con sentir la respiración de Avery mientras se apoya imperfectamente en el hombro de Ryan.

Pope hace una reverencia desde su plataforma de dirección. Ryan y Avery observan cómo la música cambia a algo más conversacional. La pista de baile se dispersa, en su mayoría hacia la mesa de refrigerios. Pope desaparece en el salón, luego reaparece. Le pregunta algo a Bebé Winston, y Bebé Winston señala hacia la puerta trasera.

—No estaría tan feliz como ahora si tú no estuvieras aquí —dice Avery.

Pope abre la puerta con un movimiento exagerado y libera todas las voces de dentro de la casa para que se unan a Ryan y Avery en el patio.

Ryan mueve la mano libre y encuentra la mano libre de Avery. Las unen.

—¡Ahí están! —exclama Pope.

Tanto Ryan como Avery escuchan la intención en la frase de Pope.

Por primera vez, se refieren a ellos en la segunda persona del plural.

Les queda bien.

BIENVENIDO AL OCÉANO
(La primera cita)

Ryan nunca ha hecho algo así antes.

Casi se siente como si estuviera en el asiento del copiloto mientras conduce hacia el centro comunitario. No puede decir que sus acciones son espontáneas; ha estado indeciso sobre si ir o no durante semanas. Y aún ahora, incluso mientras conduce, en cualquier momento podría dar marcha atrás. Pero ¿volver a qué? Esa es la pregunta.

Así que deja que la furgoneta avance. Es lo que se siente. La furgoneta lo lleva allí, no al revés. Sí, está al volante, pero en verdad es un pasajero de algo más grande que su vida. Se está rindiendo ante la sensación, porque también quiere que su vida se vuelva más grande.

La radio intenta animarlo, las canciones tristes le recuerdan el momento actual, los himnos le recuerdan lo que es posible, las alturas vertiginosas y gloriosas de la certeza, del amor. Tiene la suerte de tener una banda sonora para la guerra dentro de él, un lado marchando bajo un estandarte sin bandera, convencido de que no vale mucho y, por lo tanto, merece menos; el otro lado llevando muchas banderas, algunas de ellas arcoíris, insistiendo en que el amor no solo es posible sino inevitable, y que lo cambia todo.

"Tu soledad no es tu culpa", canta este lado. "Estamos ahí fuera. Nos encontrarás".

La velocidad favorece a las voces de aliento; estar solo en tu habitación, mirando al techo y pensando que nada cambiará nunca es muy diferente a estar solo en tu furgoneta, dejando que todo a tu alrededor se difumine mientras escapas. Se permite pensar que tal vez su soledad *no sea* su culpa. El amor que quiere, la pertenencia que anhela, no crecerá en el suelo donde otras personas han plantado su vida. Pero ahora es lo bastante mayor para empezar el proceso de arrancarse de raíz. Eso hace. Está sacándose de la tierra a cien kilómetros por hora.

No tiene ningún objetivo en mente. Ni siquiera está seguro de que se vaya a divertir. Alicia estará allí, y algunos chicos del pueblo estarán allí, pero si esta noche termina siendo sobre ellos, lo considerará un fracaso. Quiere demostrarse a sí mismo que puede ser otra persona, que su vida puede ser algo más, que el mundo le ofrecerá otro lugar.

Aunque solo sea un baile en un centro comunitario en un pueblo pequeño, será un comienzo. O en realidad no. Esto comenzó hace mucho tiempo. No será un comienzo, sino un paso.

En Marigold, todos van a la casa de Liz Macy para empezar a calentar motores antes del baile de graduación gay. Todavía hay un amplio escepticismo de que esté sucediendo en absoluto; si Kindling es algo parecido a Marigold, Avery imagina que habrá algunas personas en el pueblo que preferirían incendiar el centro comunitario antes que permitir que albergue un evento queer. Pero al parecer, no son ellos quienes deciden. Avery atribuye esto al progreso... aunque señala que el progreso podría estar escrito con tiza.

Avery no está seguro de quién dijo primero: "Si vamos a ir a un baile de graduación gay, tendremos que mostrar nuestra homosexualidad al máximo", pero esta filosofía ha sido adoptada por la mayoría de los chicos en la casa de Liz. Liz y Hannah están vestidas con trajes de Elton John a juego, de lentejuelas azules neón, encargados especialmente en la tienda de alquiler de esmoquin local. Jesse Lukas encontró de alguna manera una chaqueta a rayas azules y rosas para reflejar la bandera trans-no binaria. Pope se ha adornado con un conjunto de terciopelo, y Lana Yip, quien se graduó el año pasado pero ha regresado desde la universidad para asistir, lleva un vestido de gala que usó su abuela en *su* baile de graduación.

Avery está emocionado de tener la oportunidad de usar su traje, una prenda de vestir de la que se siente orgulloso pero nunca tiene ocasión de usar. Cuando lo usa, se siente más él mismo, más formalmente él mismo. Todos en la tienda estaban seguros de que necesitaría ser adaptado para que le quedara bien, pero en el momento en que se lo probó, supo que no sería necesario. Le quedaba bien. Estaba destinado para él, y él estaba destinado a usarlo esta noche.

Se pone una camisa blanca y luego el traje negro. No tiene demasiadas corbatas, pero piensa que una negra funcionará. Le lleva varios intentos atarla para que no tenga una cola. Luego se dirige a la cocina para mostrarles a sus padres. Su mamá se emociona y va a buscar su cámara. Pero su papá... Su papá lo mira un instante y dice:

—No, no está bien. —Luego sale de la habitación.

Avery siente que sus emociones tambalean. ¿De qué está hablando su padre? Aunque está seguro del apoyo de sus padres, no puede evitar tener ese temor persistente de que hay algo que puede hacer que se derrumbe. Ser humano significa nunca estar completamente seguro de la opinión de otras personas, incluso si son tus padres.

Pero luego su papá regresa a la cocina con el extraño artefacto de su armario, la percha especial que sostiene sus corbatas en fila, como una estantería.

—Necesitas algo más festivo —dice—. Elige la que quieras.

De niño, a Avery siempre le había encantado ese organizador de corbatas. No solo por los colores y los patrones, sino también porque cada corbata parecía tener su propia historia, su propio lugar en la cronología de la vida de su padre. Las corbatas que Avery había elegido como regalos para el Día del Padre tenían su propia sección especial, al lado de la corbata que el papá de Avery había usado en su primera cita con la mamá de Avery, un estampado ambicioso que parecía, años después, provenir de otro mundo.

Los dedos de Avery tocan estas corbatas como un saludo mientras pasa por una serie de rayas y cualquier corbata que pudiera describirse como *náutica*. Su madre dice "esa", justo cuando encuentra la correcta: una corbata rosa con lunares blancos. El rosa combina a la perfección con su cabello, como si una década atrás, su padre o su madre hubieran caminado hasta el mostrador en Macy's y le hubieran dado al vendedor un mechón como muestra.

Así es como Avery está vestido ahora mientras él y sus compañeros de clase se amontonan en la furgoneta de Lana para conducir hacia un pueblo que ninguno de ellos ha visto antes, hacia un lugar que promete una bienvenida que rara vez reciben. Al principio, el vehículo está lleno de música y conversación: el asiento delantero llamando al asiento trasero y el asiento trasero respondiendo. Pero aproximadamente a la mitad del camino, todos se quedan en silencio. Hannah se inclina hacia Liz. Pope se reclina, estira las piernas. Lana se inclina hacia el volante. Jesse se inclina contra su cinturón de seguridad. Y Avery... Avery apoya su frente contra la ventana y mira hacia afuera, aunque no hay nada, absolutamente nada, que ver. Por alguna razón, esto le da esperanza, y la razón es esta: ya sabe que para obtener lo que quieres, a menudo tienes que cruzar un vacío extenso. Cuánto más agradable es cruzarlo en una furgoneta llena de espíritus afines, en lugar de cruzarlo solo.

Pope se sienta de forma abrupta y grita:

—¡Dios mío, sube el volumen!

Ha empezado a sonar una canción en la lista de reproducción, una canción grosera y estridente y lo opuesto a atemporal, porque estará siempre unida en la mente de todos al año en que la escucharon por primera vez. Solo pasará otro año o dos para que se avergüencen de su amor por ella, pero incluso cuando estén avergonzados, el amor prosperará en un lugar tierno en sus corazones. Aunque sea la canción de un cantante con un solo éxito sigue siendo un éxito, y aunque llegues al punto de renegar de él, un recuerdo como el que se está formando para Avery en este momento te hará valorarlo.

Lana y Jesse alcanzan el volumen al mismo tiempo; Jesse llega primero, pero solo porque Lana está pendiente de la carretera.

Avery se aparta de la ventana y se sumerge en la canción. El bajo retumba en la furgoneta, haciendo que parezca que están en el vientre de una bestia amigable y salvaje.

Así es como Avery quiere que sea la noche:

No ha venido en busca del amor de una sola persona. Ha venido a bailar con sus amigos.

El centro municipal se ve igual que siempre para Ryan: la encarnación de la insipidez. En realidad, en el exterior dice "CENTRO MUNICIPAL", no "CENTRO COMUNITARIO", como si quisiera recordar a la gente que pertenece al pueblo. La piscina está en el sótano, lo más lejos posible de la entrada, y sin embargo, cuando Ryan entra, todavía siente una ráfaga de cloro, un dejo de humedad. Un policía local lo observa mientras entra en el vestíbulo; Ryan imagina que es por su seguridad, pero todo lo que siente es una inseguridad instintiva. Hay una pancarta casera colgada sobre el mostrador que dice "BAILE DEL ORGULLO". Las letras arcoíris hechas con un rotulador mágico no significan mucho para Ryan; es surrealista que su pueblo esté haciendo este intento, pero es menos sorprendente encontrarlo presentado de una manera tan improvisada.

Ryan sabe que no está siendo generoso. No lo expresaría así en su mente, pero eso es lo que es: una falta de generosidad hacia las personas que trabajaron arduamente para hacer posible esta noche, una falta de generosidad hacia sí mismo por estar aquí.

Hay música rítmica que proviene del gimnasio, la promesa de un latido.

Hay adolescentes en el pasillo, y Ryan no reconoce a ninguno de ellos. Algunos jóvenes se han tomado muy en serio el tema del baile del orgullo, y lucen vestidos que no se ajustan a la década actual, algunos abullonados, otros elegantes; algunos rosa chicle, otros rayados como animales que han vivido para contarlo. El género ha quedado en segundo plano; la gente está vistiendo lo que quiere.

Es un universo alternativo. A Ryan le gusta y no le gusta, se siente alentado por ello y no siente que pertenezca aquí en absoluto. Solía gustarle este sitio cuando lo llamaban el centro de recreación. Él y otros seis o siete chicos nadaban, luego tenían tiempo para pasar junto a las máquinas expendedoras antes de que sus padres vinieran a recogerlos. Eran una manada. Él era parte de su manada. Hasta que crecieron un poco más, hasta que los chistes fueron menos graciosos, hasta que de repente él era diferente, y ellos lo reconocieron. Todavía tienen una manada, de alguna manera. Ryan no la extraña, pero sabe que su vida sería más fácil, quizás mejor, si hubiera permanecido dentro de ella en lugar de ser precavido. Sin miedo, nunca con miedo. Pero precavido. Lo que sucede es que ninguno de ellos está aquí ahora. No hay forma de que alguno de ellos se acerque a un baile del orgullo, excepto tal vez para tirar algunos huevos a las ventanas. En cambio, están todos estos desconocidos, moviéndose en sus propias manadas; los jóvenes en vestidos llamativos pasan el rato con los jóvenes en corbatas estrechas y jeans ajustados. Por primera vez desde que se lo tiñó, el cabello de Ryan no parece fuera de lugar.

Sabe que Alicia está aquí en alguna parte; ella le ha enviado algunos mensajes de texto para ver si ha llegado. Otros chicos que conoce también están aquí, probablemente bailando ya, o quietos a un lado haciendo comentarios sobre los que están bailando. No de manera homofóbica, sino como observadores de personas. Eso es lo que hacen.

Ryan sabe que están por ahí, pero no los busca, al menos no todavía. Primero hace un desvío al baño, sorprendido y luego divertido al encontrar que los letreros de hombres y mujeres con sus símbolos sin sexo han sido completamente cubiertos por letreros de cartulina que dicen con sencillez "QUIEN SEA". La magia de los marcadores está empezando a surtir efecto.

Finalmente, Ryan entra en el gimnasio, que en la penumbra nocturna no parece para nada un gimnasio. Las redes de baloncesto han retrocedido, como chaperones discretos. Se han tomado prestadas e instalado luces de colores, de modo que todo tiene un tono violáceo. Un DJ toca donde normalmente se sentaría un árbitro; los altavoces no son inmaculados, pero hacen su trabajo. Ryan ve a Alicia y a otros chicos bailando en un rincón, hablando entre ellos mientras saltan y se balancean. Debería acercarse a ellos. Sabe que debería acercarse a ellos. Pero se detiene. Se queda solo un poco más. No se siente perdido, pero aún está esperando sentirse encontrado.

Esta noche se supone que es diferente. Necesita que sea diferente.

Se queda allí esperando. No hace su próximo movimiento, porque no se le ocurre ninguno.

Avery y su grupo salen de la furgoneta riendo. La cantidad de vehículos en el estacionamiento ya es una especie de maravilla; cada uno de los chicos de Marigold pensó en algún momento durante el viaje que era posible que llegaran a Kindling y se encontraran con un baile de graduación vacío. Pero no, la diversidad está representada. Se puede ver en las calcomanías de los parachoques y en los objetos colgando de los espejos retrovisores. No en todos los vehículos. Ni siquiera cerca. Pero en suficientes. Más de lo habitual.

Al llegar a la entrada, encuentran un autobús escolar dejando a otros chicos. Un autobús escolar por la noche se siente como un autobús escolar en una misión secreta, y en este caso ha llevado a sus estudiantes más cerca de sus verdaderas identidades. Avery siente alivio al ver que no será el único chico trans en el baile; al menos dos, tal vez tres, han llegado en el autobús, luciendo elegantes o casuales, divas o nerds. El grupo está acompañado por dos drag queens de pueblo pequeño, completamente ataviadas.

—Increíble —murmura Pope, alargando la segunda i. Pope, Jesse y Hannah nunca han visto una drag queen en persona, y Avery, Lana y Liz solo las han visto un par de veces, principalmente de lejos en desfiles o rodeos. De cerca, los detalles más impresionantes. La ilusión se sostiene; no puedes imaginarte a nadie debajo, ni siquiera querrías hacerlo. Pero al mismo tiempo, tienes que apreciar lo que lograron, como el producto final ha eclipsado tanto a la versión previa. La drag queen no se ha borrado a sí misma para hacer esto, sino que se ha mejorado a sí misma en el personaje en el que se ha convertido.

Una de ellas, Noxema La Crème, los ve mirando, pero sabe que no es una mirada negativa.

—¡Qué bonito luces, rosado! ¡Como la película *La chica de rosa*! —le dice a Avery—. Ahora, no le rompas el corazón a Duckie, ¿me oyes? Ese pobre chico ha tenido suficiente.

Avery no tiene idea de qué está hablando, pero promete de todos modos ser un ciudadano del corazón ejemplar. (Esas no son sus palabras exactas. En lugar de eso, le dice a la drag queen: "¡Está bien!").

Antes de llegar a la puerta, Pope jala de la manga de Avery.

—¿Cómo me veo? —pregunta. Y en su rostro, Avery puede ver el fino hielo sobre el que patina su valentía. Solo han conducido a otro condado, pero a Pope le preocupa que de repente su actuación no funcione.

—Te ves divine —responde Avery.

Pope sonríe, un poco de su confianza regresa. Y Avery también se siente más seguro: tener que lidiar con la inseguridad de Pope un instante le hizo olvidar la propia.

Nadie va a usar las decoraciones aquí como argumento a favor del concepto del "ojo gay", pero Avery siente que son lo de menos. El punto es el número de chicos que se agrupan en el vestíbulo y los pasillos. El autobús ha traído un cierto bullicio al centro municipal que recuerda a una variedad de aves; casi es cliché pensar en los homosexuales como flamencos, pero aquí ve colibríes, palomas y tórtolas, y sí, flamencos. Avery mismo se siente como un oriol; no tan llamativo como los demás, pero aún con personalidad.

Hay música en la forma en que todos hablan entre sí, y también hay música derramándose por el aire que los rodea.

—¡Es un baile del orgullo! —proclama Pope a su grupo—. ¡Debemos participar en el baile!

Desde atrás, Noxema La Crème exclama:

—¡Aleluya y amén!

En este momento es cuando Avery lo siente: su corazón de repente tiene mucho más bajo añadido. Temblores nerviosos recorren su cuerpo. Él sabe que pertenece aquí. Jura que sabe que pertenece aquí. Pero su cuerpo quiere mostrarle las grietas en su pensamiento. *No te expongas. No te hagas notar. No pienses que serás feliz, porque eso solo te pondrá más triste cuando no lo estés.* Ni siquiera está escuchando estas palabras; es como si estuvieran en su sangre, en su sistema nervioso. Se obliga a mantenerse firme, a sentirse digno de este destino. *Solo diviértete,* se dice a sí mismo.

Ninguna de las personas con las que está nota que está vacilando.

Parte de él se siente aliviado por esto. Y otra parte de él desearía que lo conocieran mejor, que pudieran ver sus señales.

Pope guía a su grupo hacia adelante como si esta fuera una discoteca a la que hubiera ido mil veces antes. Avery entra por la puerta del gimnasio diez minutos después de que Ryan lo hace. El DJ acaba de comenzar una canción que desbloquea la pista de baile, y los chicos están empezando a convertir el silencio en un tumulto, moviendo sus cuerpos sin parar mientras el cantante emite un *tal vez*.

Tres cosas suceden en sucesión rápida. Pope toma la mano de la persona más cercana, que resulta ser Jesse, y empiezan a bailar. Hannah ve a algunos amigos de la escuela y lleva a Liz para presentárselos. Y Lana ve a un chico con quien solía salir y, está tan poco preparada para ello, que corre al baño. Avery podría seguir a cualquiera de sus amigos, pero en lugar de eso, se mantiene firme. La canción cambia de *tal vez* a *sí*, pasando de la indecisión a un sentimiento. La pista de baile estalla en una euforia de aplausos.

Avery mira a la gente en la multitud, luego mira a las personas que, como él, rodean la multitud. Ve a un chico cuyo cabello es tan azul como el de Avery es rosado. En lugar de bailar, está cantando, cerrando los ojos de vez en cuando y balanceando la cabeza. Debido a que ha estado observando a la multitud, no se le ocurre que alguien podría estar observándolo a él.

No está en la naturaleza de Avery acercarse a extraños, por más lindos que sean. Pero este no es un aspecto de su naturaleza que le guste particularmente, así que supone que ahora es tan buen momento como cualquier otro para cambiarlo. Está atraído por el chico de cabello azul, atraído por la curiosidad, atraído por la empatía, atraído por el hecho de que ninguno de los dos tiene su color de cabello natural.

Hay emoción en no saber quién es, y la emoción de posiblemente descubrirlo.

Es como si alguien hubiera tendido una alfombra roja entre ellos, un camino de ladrillos amarillos. Nadie se interpone en el camino de Avery mientras se acerca. La canción sigue y los bailarines desaparecen. Su corazón late fuerte, pero ya no es una alarma. Es un instrumento musical. Está escribiendo esta canción mientras sucede. Ha comenzado su historia antes de que Ryan siquiera sepa que existe.

Ryan voltea un poco, arrastrado por la canción, y ve a Avery caminando hacia él. No se da cuenta de que él es el destino de este chico, para nada. Pero nota el viaje, y al chico que viaja. Ve el cabello rosado y sonríe.

Avery sonríe de vuelta, aprovecha ese momento para entrar en la vida de Ryan.

—Hola —dice.

—Hola —responde Ryan, un poco confundido. No entiende lo que está pasando; ¿este chico de cabello rosado lo ha confundido con alguien?

Avery, sintiendo la confusión, dice:

—Te vi parado aquí y pensé que podría ser un buen lugar para estar.

Ryan no tiene idea de qué responder a eso.

—¿De qué pueblo eres? —pregunta Avery.

—Soy de Kindling. De aquí mismo.

—¡Oh! Soy de Marigold.

—Genial —dice Ryan. Luego—: No tengo ni idea de dónde queda eso.

—A unas dos horas de distancia.

—Guau. Es un viaje largo. ¿Valió la pena?

Avery está mirando directamente a Ryan cuando dice:

—Sí.

Y recién ahora Ryan se da cuenta... Este chico de cabello rosado está coqueteando con él. Esto nunca le ha pasado antes. Ningún chico se le ha acercado así. En internet, sí. Pero ¿en persona? No hay nada detrás de lo que esconderse, no hay una pausa segura para escribir las próximas palabras. No tiene control sobre el momento. Debe entregarse a él.

—¿Quieres bailar? —pregunta. Esta no es una frase que salga de su corazón. Es una frase que viene de películas, de fantasías, de cuentos de hadas, de él aferrándose a cómo llenar el espacio de una manera que continúe el coqueteo.

Avery lo hace bien cuando responde:

—Sí. Pero primero quiero saber cuál es tu raza de perro favorita.

—¿Mi raza de perro favorita?

—Sí. Solo di lo primero que te venga a la mente.

—¿Un pug?

—Excelente. Ahora hazme una pregunta al azar.

—Em... ¿cuál es tu forma favorita... para una nube?

(Ryan no tiene idea de dónde viene esta pregunta. Es como si fuera desbloqueada por la palabra *azar*).

—Un castillo —responde Avery con una sonrisa—. No, un dragón. ¡No, un castillo con forma de dragón!

—¿Esa es tu respuesta final?

—Sí.

—Está bien... ¿cuál es tu próxima pregunta?

—Me parece que estamos bien, ¿no crees? Ya nos conocemos a fondo. Creo que estamos listos para bailar.

Ryan no puede discernir si Avery está bromeando o no. Avery no puede discernir si Ryan está tan involucrado en esto como él. Hay un momento de incertidumbre, un brinco de ansiedad. Vuelven a ser conscientes de la presencia de todos los demás en la habitación; Ryan lo siente más, porque es su ciudad. Las interrupciones pronto llegarán. En menos de un minuto, Lana regresará del baño, decidida, y Pope buscará a Avery para reunir a su grupo. En menos de dos minutos, Alicia decidirá que Ryan es un fastidio y naturalmente intentará sacarlo de ahí. El chico de cabello rosa mira al chico de cabello azul y ve que no tiene idea de qué hacer.

El chico de cabello azul mira al chico de cabello rosa y le pide ayuda en silencio.

—Espera —dice Avery—. Olvidé algo.

Ryan piensa que significa que ha dejado algo en su carro. O que está buscando una excusa para no bailar, para no prolongar esto.

—Está bien —dice Ryan—. Si necesitas irte...

Avery ríe.

—¡No! Olvidé decir "hola, soy Avery".

Ryan siente cómo el sube y baja de su corazón se hunde y luego se estabiliza.

—Hola, Avery. Soy Ryan. Pero puedes llamarme Ryan.

De parte de Avery: esa sonrisa de nuevo. A nivel químico, Ryan ya ama esa sonrisa.

—*Ahora* nos conocemos bien —declara Avery—. Supongo que entonces deberíamos bailar.

La pista de baile, la misma que la pista sin baile, está a solo unos pasos de distancia. Ryan le da a Avery un *después de ti*, y Avery responde con un *no, después de ti*. Ryan siente el impulso de tomar la mano de Avery, de enlazarlas. Pero todavía no tiene esa confianza en sí mismo ni en el momento. Llegan juntos, por separado. Por separado, pero juntos.

Una canción ha estado sonando todo el tiempo, y es en la canción, más que la pista de baile, en la que entran.

Así es bailar con un chico que te gusta, incluso si te está empezan-do a gustar por primera vez: la capacidad de tu conciencia se expande, pero incluso mientras se expande, solo contiene tres cosas: tú, él y la música. Nada es fácil, y esto ciertamente requiere cierto esfuerzo, pero el esfuerzo contiene alegría. Incluso la incomodidad es jocosa, porque no hay lugar para la vergüenza. Solo para la esperanza.

Ryan es más alto. Avery conoce mejor su cuerpo. Son extraños y son una pareja al mismo tiempo. El cabello de Avery le cae en los ojos. Ryan puede sentir el sudor en su espalda. No pueden dejar de sonreír. Se acercan el uno al otro, sus manos encuentran una manera fácil de sostenerse. Avery canta algunas palabras, y Ryan canta otras como respuesta. Todo está de acuerdo. Sus cuerpos están de acuerdo. Sus sonrisas están de acuerdo. La música está de acuerdo. Es mucho más de lo que nunca habrían pedido, y también es justo lo que sus corazones merecen.

Una canción rápida lleva a la siguiente, que lleva a la siguiente. Luego, el DJ cambia el rumbo, los lleva a una canción lenta. Ryan vacila; es mucho pedirle a alguien un baile lento, y no sabe cómo empezar a pedirlo. Pero Avery sonríe. Avery dice: "ven aquí". Y Ryan se entrega. Deja que Avery lo introduzca a la cercanía. Deja que las manos de Avery les digan a sus manos dónde ir. Baja la cabeza para que su mejilla pueda descansar sobre el oído de Avery. Cabello azul sobre cabello rosa, cabello rosa sobre azul.

Esto.

Es...

Ryan se siente abrumado. Por el sentimiento. Por el abrazo. Por saber.

Cuando nunca has visto el océano, así se siente ver el océano. Solo puedes observar lo que está frente a ti, que es impresionante. Pero lo que altera tu vida, lo que te deja sin palabras, es saber lo que está más allá. Parado allí, viendo solo una fracción de una fracción de su rostro, sabes que solo puede llevar a algo enorme.

Solo se balancean. Es el movimiento más natural del mundo. El viento lo hace. La marea lo hace. Otras parejas lo hacen.

Ryan y Avery también lo hacen.

Ambos han encontrado algo, y ambos han encontrado a alguien.

Ambos al mismo tiempo.

–¡Ahí estás!

Al principio, Avery no escucha, pero luego Lana está a su lado, preguntando dónde han ido todos los demás.

Avery se aleja un poco de Ryan. Y Lana reacciona como si Avery estuviera ocultando a Ryan todo este tiempo, como si no estuviera allí en sus brazos.

–¡Oh! –dice ella–. ¿Quién es este?

–Este –responde Avery– es Ryan.

La pista de baile está demasiado llena para que Ryan se retire por completo, pero Avery lo ve retraerse con timidez.

–¡Hola, soy Lana!

–Hola.

Lana mira a Avery.

–¿Has visto a los demás?

Avery toma la mano de Ryan para que no se aleje demasiado.

–No –le dice a Lana–. He estado aquí. Y me voy a quedar aquí. Pero estoy seguro de que están por ahí.

Avery apenas conoce a Lana. Pero confía en que comprenderá.

Ve cómo entiende: la ve salir de su propia situación para ver la de Avery. Ella sonríe.

—Entendido. Si los veo, les diré que estás aquí. Te avisaremos si hay algo que necesites saber

—Gracias —dice Avery. Luego mira a Ryan, aprieta su mano, trata de devolverlos a la canción.

—¿Tienes que irte? —pregunta Ryan—. Es decir, está bien si tienes que irte.

—Pero es mejor si me quedo, ¿verdad?

—Creo que sí. O sea, si es mejor para ti, definitivamente es mejor para mí.

Vacilación. Vacilación. Emocionalmente, Ryan es el niño en su bicicleta apoyándose en sus rueditas auxiliares. No sabe qué pasará cuando las quiten. ¿Se caerá?

Avery toma la otra mano de Ryan. El DJ vuelve a una canción rápida, una que a todos les encanta. Hay un aplauso y una erupción de movimiento brillante a su alrededor. Se quedan mirándose el uno al otro, sus brazos forman un círculo imperfecto.

—Me alegra estar aquí —dice Avery.

Cuando quitan las rueditas auxiliares, lo que tienes que hacer es pedalear hacia adelante. Pedalea como si supieras que funcionará. De esa manera, no caes. De esa manera, vuelas.

Ryan se permite creer en Avery.

Dentro de la canción, vuelan.

El DJ no cede. Él sabe qué canciones tienen esa magia, las que te elevan a la cima de la montaña y te muestran la vista. Los bailarines ceden sus pulsaciones al latido mayor. Están envueltos en sonrisas, sudor y alma. La liberación más dulce es una liberación compartida, y en este centro municipal feo, alrededor de cien adolescentes de un radio de ciento sesenta kilómetros a la redonda están buscando la belleza y alcanzándola. Sus preocupaciones, sus miedos, sus pequeños dramas no pueden evitar desaparecer mientras la música los lleva a una elevación pura. Durante tres minutos, cinco minutos, pueden amar al mundo entero, porque el mundo entero está justo aquí frente a ellos, y es vibrante.

Ryan y Avery bailan estas canciones juntos. Su contacto, su cercanía, sus sonrisas, la apertura de sus ojos y el cierre, todo hace que estos momentos sean compartidos, hace que su experiencia del otro sea inseparable de su experiencia con la música.

No hay mejor lugar para estar.

El tiempo puede contarse en la cantidad de canciones que pasan... pero ¿quién está contando?

Finalmente, llega el momento de bajar, la canción que no alcanza del todo el nivel de las demás. Ryan se da cuenta del brillo en su frente, del goteo por su espalda. Avery recupera el aliento. Ambos lucen un poco agotados, pero no en un mal sentido.

—¿Quieres salir un segundo? —pregunta Avery.

—Claro —responde Ryan—. Puedo mostrarte el lugar.

De inmediato, le preocupa encontrarse con personas del pueblo, personas que querrán detenerse y hablar, que querrán presentaciones. (Él no sabe que Alicia, al ver lo que está sucediendo con el chico de cabello rosa, le ha dicho a todos los demás que les den espacio).

Se detienen en un bebedero. Después de que Avery bebe tanto como puede del agua tibia que ofrece, pregunta:

—¿Hay una piscina aquí? ¿Es eso lo que huelo?

—Sí —responde Ryan—. Te la mostraré.

Unos pocos giros bastan para alejarse de todos los demás, para que el sonido del salón de baile disminuya. La primera escalera a la que llegan está cerrada con llave, pero la segunda no, así que Ryan lleva a Avery al sótano.

—¿Has vivido en Kindling toda tu vida? —pregunta él.

—Sí. Así que he venido aquí desde que tengo memoria. Un par de las familias adineradas del pueblo tienen sus propias piscinas, pero la mayoría de nosotros usamos esta. Recuerdo venir de niño en invierno, y lo raro que era salir y sentir cómo mi cabello se congelaba. Estoy seguro de que no era saludable, pero lo hacía a propósito, ¿sabes? Dejaba mi cabello mojado, solo para ver si se formaba escarcha cuando salía. Era ese tipo de niño.

—Tiene todo el sentido para mí. —Avery puede percibir que la piscina está cada vez más cerca porque el olor a cloro es abrumador.

—Tenemos que entrar por aquí —dice Ryan, haciendo un gesto hacia una puerta que dice vestuario de hombres. Avery lo sigue y es inquietante: una iluminación mínima mantiene a raya la oscuridad total de los casilleros y las cabinas de ducha.

—¿Quién hubiera pensado que estos cuartos podrían ser aún más escalofriantes? —bromea.

—Lo siento —dice Ryan—. Ya casi llegamos.

Los apura hacia adelante hacia la fuente de luz escasa, una puerta batiente que por suerte se abre al empujarla. La piscina está iluminada desde abajo, así que al principio parece que todo el suelo de la habitación es de un azul suavemente ondulado.

—¡Tarán! —dice Ryan. Suena aliviado de encontrar que todavía está aquí, de no haberlo decepcionado.

—Contemplad —responde Avery.

No hay ningún lugar para sentarse; esta no es el tipo de piscina donde la gente se relaja al lado en sillas de playa. Ryan se siente cohibido. ¿Es esto realmente lo mejor que tiene para ofrecer? ¿Qué está haciendo?

—Lo siento —dice—. Solo es una piscina.

—Me gusta.

—¿Por qué?

—No sé por qué —dice Avery, riendo—. Me gusta que estemos solo nosotros aquí. Me gusta verte en esta luz.

—No es necesario que seas amable.

—¿Qué?

Ryan siente que sería mejor tirarse a la piscina.

—Soy tan malo en esto —confiesa. Luego mira hacia abajo, porque no quiere ver la reacción de Avery.

Avery se acerca.

—Creo que hemos llegado al punto en el que no puedes ser tú quien decida si eres bueno o malo en esto. —Toca el brazo de Ryan; Ryan levanta la mirada—. Creo que estamos teniendo una primera cita increíble.

Ryan está tan sorprendido que solo puede repetir:

—¿Primera cita?

Avery vuelve a tomar su mano.

—Sí. Y no olvides la otra parte. Una primera cita *increíble*.

—Pero vives a horas de distancia.

—Eso no es razón para detenerse, ¿verdad? Quiero decir, tiene que haber una segunda cita, ¿no?

Ryan no entiende por qué no puede aceptar esto, por qué no puede simplemente decir sí, por supuesto, por supuesto, por supuesto. Es como si no pudiera confiar en su propia felicidad. Es como si ya hubiera olvidado su capacidad para volar.

Pero.

Algo bueno debe haber sucedido, porque algo ha permitido que su esperanza sea más fuerte que sus dudas.

La presencia de Avery sin duda ayuda.

La respuesta tarda un poco más en llegar de lo que a ninguno de los dos le gustaría. Mientras el corazón de Ryan gana impulso, el de Avery comienza a desacelerarse.

Justo a tiempo, Ryan dice:

—Me encantaría una segunda cita. No sé, mañana. ¿Qué haces mañana?

Avery sonríe.

—Creo que tengo una segunda cita contigo.

En ese momento, dos cosas suceden: el teléfono de Avery vibra y una luz se enciende detrás de una puerta al otro lado de la piscina, que Avery asume que es el vestuario de mujeres.

—Tal vez deberíamos irnos —dice Ryan.

—Adiós, piscina —dice Avery. Y Ryan, sin contenerse, adopta una voz tonta y dice en nombre de la piscina:

–*Adiós, Avery.*

Avery ríe, y Ryan adora el sonido.

De vuelta en la escalera, Avery revisa su teléfono.

–¿Qué pasa? –pregunta Ryan.

–Son mis amigos. Creo que quieren irse pronto. Por el viaje de regreso.

–Oh.

–Les diré que vamos a tener un último baile.

Normalmente, la palabra "último" haría que Ryan se sintiera triste. Pero ya está sintiendo una extraña confianza en el futuro.

Esta vez cuando bailan, notan a todos a su alrededor. Reconocen que son un grupo de jóvenes queer bailando en medio de la nada, encontrando un lugar. Esto los conecta un poco más con todas partes.

**En dos minutos, intercambiarán números de teléfono. En ocho minutos, Avery estará de vuelta en la camioneta de Lana, todos preguntarán por cada detalle sobre el chico de cabello azul. En cinco minutos, Ryan por fin mirará su teléfono y verá que Alicia ha estado pendiente de él todo el tiempo. En doce minutos, ella se encontrará con él junto a su furgoneta, le preguntará cómo está. Al principio, simplemente negará con la cabeza, sin tener idea de por dónde empezar, pero agradecido de que ella, también, lo vio, de que no hay forma de que fuera solo un sueño. En quince minutos, Ryan enviará a Avery su primer mensaje de texto, diciendo lo mucho que disfrutó su compañía. En dieciséis minutos, Avery responderá al mensaje, reforzando la emoción.

Pero ahora...

Dentro de la canción que los lleva, encuentran la palabra "libre". Bailan al ritmo de esa palabra más que cualquier otra. En un momento, bailan como si fuera una canción lenta, aunque es una canción rápida. Luego vuelven al ritmo. Saltan juntos, giran juntos, se sostienen juntos. Todo se siente más ligero que el aire.

No se siente en absoluto como un último baile.

DERIVACIÓN
(La décima cita)

En su camino de regreso de la fiesta del elenco, Ryan se da cuenta de que no puede ir a casa. Tiene que ver si es posible ser feliz sin tener que pagar por ello con tristeza después. No puede pasar del compartir tiempo con Avery a compartir tiempo con sus padres. No puede ponerse en una posición de ser tan incomprendido constantemente. Se ha explicado lo suficiente. Ellos no quieren escucharlo. Por eso no hay vuelta atrás.

Conduce hacia la casa de Caitlin. Ella no ha leído los mensajes de texto que él le envió, así que llama al timbre y la despierta. Ella lo mira y sabe con exactitud cuál es la situación. Él es consciente de que ella ha estado tratando de evitar la posición en la que él la está poniendo. Sin embargo, la puerta se abre. Ella lo abraza antes de que pueda siquiera poner sus bolsas en el suelo. No hablan al respecto; ella no intenta persuadirlo de lo contrario. Simplemente toma las sábanas del armario y las deja en el sofá. Dice que lo quiere y que lo verá por la mañana.

Él le agradece. No dice por qué, pero ambos lo saben.

A las dos de la mañana, Ryan le envía un mensaje de texto a Avery:

¿Estás libre el próximo sábado para ayudarme a mudar mis cosas a lo de Caitlin?

La respuesta de Avery es instantánea.

Por supuesto.

Avery supuestamente pasaría el sábado con sus padres. Después de todos los ensayos y su tiempo fuera con Ryan, habían estado esperando pasar un tiempo en familia. Avery lo sabe. Pero también sabe que tiene que estar en Kindling. Ryan está haciendo algo trascendental y quiere que Avery esté allí. Eso importa más.

Avery asume que sus padres serán comprensivos. Aun así, espera hasta el viernes durante la cena para contarles lo que está sucediendo.

Explica tanto como puede sin invadir la privacidad de Ryan. Les dice que ha estado y hablando con Ryan toda la semana, preparándose. Ryan ha estado tratando de seguir todos los procedimientos habituales de la escuela sin pensar demasiado en lo que está a punto de pasar, pero incluso Avery puede oír su latido.

—Le dije que estaría allí —Avery les hace saber a sus padres—. Prometí que estaría allí.

Como respuesta, la mamá y el papá de Avery comparten una mirada larga, y él entiende que ha continuado una conversación que han estado teniendo sin él. Su papá deja el tenedor; su mamá lo mira con dulzura, pero también con preocupación.

—Cariño —dice ella—, hemos hecho planes para mañana, ¿recuerdas? ¿Para los tres? Vamos a dar un paseo y almorzar en ese lugar francés en Wickham que tanto le gustaba a Ramona, y luego pasaremos por el estudio de Donna para ver sus nuevas esculturas. Ella tiene muchas ganas de vernos.

Podrían dejarlo ahí. Es suficiente como argumento. En cambio, el papá de Avery toma el relevo de la conversación y agrega:

—No es solo eso, Avery. Tu madre y yo apreciamos mucho a Ryan, y estamos muy contentos de que ustedes dos se hayan encontrado. Pero como somos tus padres, también queremos asegurarnos de que tu relación no tome el control de tu vida. Sabemos lo absorbente que puede ser el amor a tu edad, especialmente con la persona adecuada. Pero no puedes permitir que *nada* sea tan absorbente en este momento. Debes mantener partes de ti mismo abiertas, darte un poco de espacio para crecer.

—Puedes verlo el próximo fin de semana —dice la mamá de Avery—. Puedes invitarlo aquí. Nos encantaría pasar más tiempo con él. Pero este fin de semana, necesitas tomar un descanso. Ya has hecho planes con nosotros, y aunque no lo hubieras hecho, seguiríamos sugiriéndote que tomes un descanso. Hará que las cosas mejoren a largo plazo, te lo prometo. Y un futuro largo con Ryan es lo que buscas, ¿verdad? Al menos eso nos ha parecido.

Avery sabe lo afortunado que ha sido de que sus padres siempre hayan estado de su lado. Aunque hubo momentos en los que tuvo que ser paciente con ellos, aunque hubo momentos en los que dijeron cosas equivocadas o incluso hicieron cosas equivocadas porque pensaban que eran lo correcto, nunca lo hicieron dudar de sí mismo a un nivel existencial, nunca lo hicieron lamentar ser quien era. Pero ahora, parece que le están diciendo que está yendo demasiado rápido.

—Sé que tenemos planes —concede Avery—. Y lamento mucho tener que cancelarlos. Ojalá pudiera estar en dos lugares a la vez. Pero podemos ir al lugar francés o ver el estudio de Donna cualquier día, ¡incluso podríamos hacerlo el domingo! Pero mañana realmente tengo que estar con Ryan. Él me necesita.

El tono suave de la mamá de Avery no cambia cuando dice:

—Sé que es difícil de entender, pero no se han conocido el tiempo suficiente como para necesitarse. O al menos no deberían necesitarse, no aún. No estoy diciendo que no vaya a suceder, de hecho creo que *sucederá* para ustedes dos. Pero con el tiempo. Con el paso del tiempo. A medida que se conozcan, a medida que conozcan las vidas del otro, llegarán a necesitarse mutuamente, hasta llegar al punto en que la necesidad será tanto una parte de sus vidas que la considerarán inseparable de quiénes son. Tu padre y yo sabemos cómo es eso. Pero esa necesidad, Avery, puede quitarte mucho. Da y da, pero también quita. Por eso te pedimos que te acerques a ella despacio.

Avery entiende lo que está diciendo, en abstracto. Pero lo que está pasando con Ryan no es abstracto. Es real.

–Mamá, Ryan no me está pidiendo que lo acompañe a una fiesta. Está recogiendo sus cosas para *irse de su casa*. Te guste o no, soy su novio, y debería estar ahí –insiste Avery.

–Nos gusta, Avery –dice su papá–. Escúchanos, ¿sí?

–Nos solidarizamos con lo que está pasando Ryan –continúa la mamá de Avery–. Obviamente. Pero lo que estamos diciendo es que con algo tan grande, es necesario que él pueda hacerlo estés tú allí o no. Está tomando el control de su propia vida, y eso es algo bueno. Pero no puede tomar el control total de su vida si está contando contigo para ayudarlo a hacerlo. Sé que es difícil para ti verlo, no serías tú si no quisieras acompañarlo, y ese corazón tuyo está exactamente en el lugar correcto. Pero necesitas a alguien fuera de ese corazón que te dé algo de precaución, algo de perspectiva. Y ese trabajo nos corresponde a nosotros.

Sería simple para Avery gritar. Dejar que todas las emociones se amplifiquen en una tormenta: incomprensión de que sus padres puedan estar tan equivocados, angustia de que pueda decepcionar a Ryan en tal momento, frustración por esperar tanto tiempo para amar a alguien solo para que le digan que frene. En un instante, Avery se da cuenta de que si él fuera Ryan, y estos fueran los padres de Ryan, eso es exactamente lo que haría: desatar la indignación y dejar que muerda lo que quiera morder.

Pero estos son sus padres, mirándolo con una preocupación que, al menos, es sincera. Así que no golpea la mesa. No empuja hacia atrás su silla. Ni siquiera levanta la voz cuando dice:

–Necesito estar allí. Si no lo entienden, está bien. Me disculpo de nuevo por arruinar nuestros planes. Espero que aún podamos hacerlos otro día. En cuanto a mañana... Creo que no van a intentar detenerme, ¿verdad?

Los padres de Avery no necesitan mirarse para consultar.

—No —dice el papá de Avery—. No vamos a detenerte.

—Simplemente esperaremos que nos escuches de todos modos. Queremos que tengas cuidado.

—Voy a tener cuidado —promete Avery, aunque no está seguro de con qué se supone que debe tener cuidado.

Sus padres están decepcionados de él; lo nota. Y él está decepcionado de ellos, como sin duda saben.

El tema se deja de lado, pero sigue siendo el único tema en la habitación.

Avery no le dirá a Ryan que esto sucedió.

No quiere que haya ninguna duda.

Regresa a su habitación, y cuando se sienta en su cama, lo primero que ve son las flores que Ryan le dio, un poco desgastadas, pero aún son especiales. Cuando se hayan ido, las reemplazará con una foto que tomó de ellas justo después de llegar a casa desde la fiesta del elenco. Junto a la foto estará la tarjeta que ahora está junto a las flores: POR MUCHOS MÁS. CON AMOR, RYAN. Avery no ha preguntado si Ryan se refería a muchos más espectáculos o muchos más ramos de flores. Nunca lo preguntará.

Siempre lo interpretará como ambos.

Durante años, Ryan sintió que su vida era en su mayoría una nego-ciación no verbal con sus padres.

Esta semana, la negociación se ha vuelto más formal.

Cuando la tía Caitlin lo acogió, dejó de ser una intermediaria buena; ya no hay duda para sus padres de qué lado está. Ha intentado mantenerse diplomática: no, no está diciendo que sean malos padres o que su hogar sea un mal lugar para Ryan, sino que en este momento su casa es un lugar mejor para él, etcétera.

La estrategia de supervivencia de Ryan ha sido el distanciamiento.

Le ha dicho a Alicia que se está quedando en casa de Caitlin, pero no ha dicho nada sobre mudarse, porque no quiere tener que lidiar con todas las preguntas inevitables. La escuela siempre ha parecido separada de la vida en casa, así que ahora se apoya en eso; no es que de repente esté feliz de estar en clase, pero le da suficiente razón para poner en pausa todos sus otros pensamientos, para creer como todos los demás que el futuro es algo que sucederá el próximo año después de la graduación, no mañana.

Solo en esos momentos en los que se queda consigo mismo (manejando, esperando dormir, reponiendo estantes en el trabajo) es cuando hace cosas como preguntarse sobre la diferencia entre rendirse y dejar ir. Siente que sus padres se rindieron con él hace tiempo, pero no lo están dejando ir. Ahora él se ha rendido con sus padres y está tratando de dejar ir. Pero una vez que suelte, ¿a qué se aferrará? ¿A Caitlin? ¿A Avery? No es lo mismo. Sabe que no es lo mismo.

Caitlin intenta hacerlo hablar. Dice que no es saludable quedarse tan callado. Pero en este momento, el silencio es su protección. Como una armadura, sabe que no puede llevarla para siempre. Solo quiere sobrevivir al sábado. Luego se la quitará.

Sábado. Caitlin dice que Ryan necesita hablar con sus padres, pero ha acordado que no tiene que ser el sábado. Ella se reunirá con ellos para almorzar en algún lugar, los mantendrá fuera de la casa. No va a mentir, les ha dicho que Ryan va a pasar a recoger algunas cosas. "Como ropa interior", escuchó Ryan que les dijo en el teléfono. Y pensó, *guau, esto es a lo que hemos llegado: mi tía y mis padres están hablando de mi ropa interior.*

Sería gracioso, solo que no lo es para nada.

Esa es la verdad que mantiene más oculta en el silencio: el hecho de que aunque sabe que está tomando la decisión correcta, no se siente en absoluto correcta. No puede dejar de dudar, a pesar de que siente que no tiene otra opción.

Avery se levanta antes que sus padres. O al menos eso cree; por todo lo que sabe, están despiertos detrás de la puerta de su habitación, todavía esperando que cambie de opinión y pase el día con ellos. No lo van a detener, pero tampoco le van a preparar el desayuno.

No hace ruido, y ellos no se mueven. Se sirve un poco de cereal, toma las llaves de su coche y se va.

Solo cuando está conduciendo se da cuenta de cuánto pensó en cómo vestirse, de lo tranquilo que está por volver a ver a Ryan. No tuvo que cruzar esa barrera de autoconciencia; la barrera ya no estaba allí.

¿Sería diferente si esto fuera una cita normal, si estuviera conduciendo hacia una película o un restaurante? Quizás. Es probable. Pero el hecho es que esta no es una cita normal es un indicador de lo lejos que han llegado en tan poco tiempo. Incluso aunque sus padres no lo vean así, o tal vez incluso aunque lo vean como algo negativo, Avery está seguro de que es algo verdadero, y es bueno.

Él sabe que el amor puede ser absorbente. Ha visto a amigos borrarse así. Pero el amor no tiene que ser definido por cuánto consume o qué. También puede ser proveedor. No proveedor de todo. Pero... proveedor.

Eso es lo que él quiere de Ryan. Eso es lo que él cree que Ryan quiere de él. Un amor proveedor, que otorgue apoyo.

Lo que está pasando Ryan no es algo sobre lo que Avery realmente sepa nada. Pero Avery es bastante joven como para reconocerlo y no estar demasiado intimidado por esto. Todavía piensa que construir una relación con alguien se trata de encontrar las cosas que tienen en común, no de sobrellevar constantemente las cosas que no comparten.

Ryan envía un mensaje para asegurarse de que Avery esté en camino. En un semáforo, Avery ve esto y responde con su tiempo estimado de llegada. Eso es para lo que sirve la aplicación de mapas en su teléfono ahora: predecir el tiempo. En cuanto a las direcciones, Avery lo tiene bajo control. Esta ruta se ha vuelto personalizada, familiar. Pase lo que pase, estas carreteras siempre le recordarán a Ryan, aunque muchas de las tiendas y restaurantes de cadena que está viendo se pueden encontrar en otras carreteras de otras ciudades. Incluso cuando las cosas se vuelven escasas mientras se acerca a la casa de Caitlin, sonríe con una profunda satisfacción cuando sabe qué camino tomar. Izquierda. Una curva. Una derecha repentina. Por un tramo de árboles, el agua se esconde detrás, pero se deja encontrar. Izquierda en la calle de Caitlin. Otra izquierda hacia la entrada.

Y allí está: Ryan esperando en los escalones del frente. Ahora se pone de pie para darle la bienvenida.

Ryan explica rápido que Caitlin acaba de irse y mantendrá ocupados a sus padres para que él y Avery puedan hacer lo que necesitan hacer.

–Ella manda saludos –agrega al final–. Está entusiasmada por verte.

–Estoy más entusiasmado yo por verla –dice Avery–. Pero voy a ser honesto, estoy más entusiasmado por verte a ti.

Es entonces cuando Ryan se da cuenta de que necesita salir de su mundo interior lo suficiente como para besar a su novio, disfrutar de su compañía durante unos minutos antes de abordar el asunto de sacarlo de su casa. Los besos son tan exitosos que su enfoque cambia por completo al mundo de los besos, y es Avery quien tiene que separarlos y decir:

–¿No tenemos que irnos?

Sí, recuerda Ryan. Tienen que irse.

Levanta la bolsa que espera junto a la puerta, y caminan hacia la furgoneta de Ryan. No es un viaje largo. Ryan tiene mucho que decir, pero no está seguro de querer decir nada de eso. Quiere disculparse por involucrar a Avery en su lío. Quiere agradecerle por estar aquí... pero tampoco quiere agradecerle demasiado, como si fuera algo importante. La cosa es que es algo bueno que Avery esté aquí, pero aun así no se siente natural que Avery esté aquí. Cuando están solos juntos, son los protagonistas de su propio espectáculo. Pero ¿poner a Avery aquí, en medio de todo este drama familiar?

Todavía siente que es una estrella invitada. Todavía siente que es imposible que Avery conozca a Ryan lo suficiente como para estar cómodo aquí. Entonces Ryan se siente incómodo al pensarlo.

Hace algunos cálculos en su cabeza.

Avery no está realmente prestando atención, solo deja que sus pensamientos vaguen en el asiento del copiloto, cuando de repente, Ryan dice:

—Lo siento. Supongo que esto no es lo que pensabas que haríamos en nuestra décima cita.

—Oh, vaya —dice Avery—. Cien por ciento.

—Quiero decir, cuando he estado en tu casa, ha sido muy agradable. Mi casa no va a ser tan agradable.

—No tiene por qué serlo. Y ya no es tu casa. No si no quieres que lo sea.

—Depende de a quién preguntes.

—No estoy preguntándoles a tus padres. Te estoy preguntando a ti —Ryan aparta la vista de la carretera, mira a Avery.

—¿La verdad? —dice.

—Sí —responde Avery—. La verdad.

—No tengo ni idea. Estoy tan enojado y triste en este momento que no confío en mí mismo para dar una respuesta definitiva.

—Entonces esa es la mejor respuesta por ahora.

—Está bien. Pero nada de eso hace que esta sea una cita divertida.

Avery extiende la mano para tomar la mano libre de Ryan.

—No todas las citas tienen que ser divertidas. No en este momento. Ahora tenemos otras prioridades.

—¿Como?

—Como prioridades reales.

—Bueno, esto sin duda contará como una real.

Avery siente alivio cuando no hay vehículos en el camino de entrada ni en el garaje. Cuando bajan de la furgoneta, Ryan carga la bolsa de tela en su hombro, pero no va a abrir la puerta del garaje. Avery puede ver cómo se toma esa pausa para fortalecerse por dentro.

Extiende el brazo, pero en lugar de toda la mano, le ofrece a Ryan su dedo índice y medio, presionados juntos. Ryan lo mira con curiosidad.

—Cien por ciento —explica Avery.

Misión cumplida: Ryan se ha fortalecido, pero no tanto como para perder acceso a su corazón. Él ofrece sus dedos y los enlaza con los de Avery. Así, entran en la casa.

La primera impresión que la casa causa en Avery es olfativa: tan pronto como entran, son recibidos por un aroma que es mucho más una aproximación de pino que pino real. El pino de la limpieza, no de la naturaleza. Esto coincide con la decoración, que es muy ordenada. Casi se siente para Avery como una serie de esas habitaciones que se ven en los museos, donde los muebles son correctos para la época, pero no parece que nadie haya estado usándolos. En este caso, la época podría ser hace treinta años, o tal vez sesenta. Si no fuera por la planitud del televisor en el estudio o la falta de cables en los teléfonos, no habría nada acorde al siglo actual.

Ryan suelta los dedos de Avery, se rasca la cabeza mientras mira a su alrededor.

—No creo que necesite nada de estas habitaciones —dice—. Solo de mi dormitorio. Casi todas mis cosas están allí. Lo cual es bastante extraño cuando lo piensas. Supongo que no confiaba en que estuvieran en otro lugar.

Esta declaración entristece a Avery en profundidad. Pero no dice nada. Está aquí para escuchar, no para comentar. No a menos que le pregunten. Ha entendido eso.

La puerta del dormitorio de Ryan está cerrada. Cuando lo ve, dice:

—Qué extraño. —Y cuando la abre, exclama—: ¡Jesús! —Avery espera mirar y ver que está hecho un desastre. Pero en cambio está... ordenado. Pulcro con ángulos rectos, sin desorden. Por la reacción de Ryan, Avery supone que ese no es el estado habitual de la habitación.

—No pudieron dejar mi cuarto en paz —dice Ryan—. En serio. Apuesto a que eso fue lo primero que ella hizo después de que me fui: hacer la cama, eliminar todo rastro de mí.

Avery piensa que aún hay muchos rastros de Ryan. Pero entiende cómo podría no sentirse así. Todos los juguetes antiguos están dispuestos con precisión militar, las camisetas están dobladas más allá del reconocimiento. Hay algunos pósteres en las paredes: un árbol de Ansel Adams, un Scott Pilgrim. Pero las paredes blancas crean grandes brechas entre ellos, como si fuera demasiado problema si se congregaran cerca.

—Bien —dice Ryan—. Hagámoslo. —Toma el bolso de tela de su hombro y le entrega a Avery dos cajas de bolsas de basura de adentro—. Te diré si algo debería ir en una bolsa verde o en una bolsa negra, ¿de acuerdo? Comencemos con la ropa.

Avery nota que no dice "mi" ropa. *La* ropa.

Avery es sentimental con su ropa. Hay algunas camisetas suyas que bien podrían tener sus propios nombres, ya que lo que Avery siente hacia ellas es casi como una amistad. Han pasado por mucho juntos, tanto cosas buenas como malas. Algunas camisetas marcaron su ascenso hacia la persona que estaba destinado a ser. Incluso le sucede con algunas camisetas de su vida anterior, aquellas que no regaló una vez dejó claro a sus padres lo que quería vestir y lo que no; siente un apego hacia ellas a pesar de que nunca las volverá a usar.

Ryan no parece tener ese apego. Revisa sus gavetas como si estuviera usando una máquina para quitar maleza. Saca cada camiseta, apenas la mira, y dice "bolsa verde" o "bolsa negra". Rápidamente, Avery se da cuenta de que negro significa *conservar* y verde significa *basura*. (Una o dos prendas también terminan en el bolso de tela, pero Avery no está seguro de qué significa eso). A veces, Ryan se prueba una camiseta para ver si aún le queda bien. Pero en su mayoría las juzga sin desplegarlas. Lo mismo con sus pantalones cortos. Calcetines. Ropa interior.

Sin duda va más rápido de lo que Avery esperaba. Y a Ryan ni siquiera le resulta extraño entregarle su ropa interior vieja a su nuevo novio. *Supongo que se siente cómodo conmigo,* piensa Avery. Y también piensa: *Ryan está tirando demasiadas cosas.*

Avery desearía que se detuvieran a hablar sobre algunas de las prendas. Tal vez Ryan le ofrecería a él una o dos camisetas. Avery ha visto un par que fueron a las bolsas verdes que definitivamente usaría. Pero al mismo tiempo, no querría usar algo que Ryan nunca quiera ver de nuevo.

Una vez que los cajones están vacíos, Ryan se vuelve hacia el armario. O, más precisamente, se vuelve contra el armario: saca camisas y pantalones de las perchas como si fueran papel higiénico que algún bromista ha arrojado a un árbol. Algunas claramente le quedan pequeñas ahora; esta es una limpieza de la infancia que ha esperado años para tener lugar. Cuando Ryan pone en una bolsa verde una camisa de franela increíblemente suave, Avery arriesga a decir "Oye, esto probablemente me quedaría bien". Al principio, no cree que Ryan lo escuche... pero luego Ryan encoge los hombros, diciendo que Avery puede quedársela la quiere. Avery la aparta. Ryan pone en la bolsa verde otras nueve o diez camisas frenéticamente. Avery recuerda cómo era esa sensación frenética, cuando el pánico le apretaba los nervios cada vez más. No se desquitaba con su ropa, pero sí consigo mismo y con las personas que lo rodeaban, porque sentía que si no lo veían bien en ese momento, si no se mostraba bien en ese momento, entonces nunca obtendría lo que quería.

Ryan se detiene. Mira el espacio casi vacío que ha creado.

Avery espera.

—¿Qué estoy haciendo?

Avery sigue esperando.

Ryan se da la vuelta. Lo que sea que lo haya estado alimentando está empezando a agotarse.

—Pensé que conservaría lo que quería conservar y me desharía del resto. Sin dejar rastro. Pero ahora eso tampoco se siente bien, ¿sabes? Se siente como si estuviera desquitándome con mi habitación, y mi habitación no hizo nada para merecer eso, ¿sabes? Así que ¿qué hago?

—Te detienes.

—¿Así de fácil?

—Sí. Estás teniendo lo que yo llamo un momento claustrofóbico.

Solía tenerlos todo el tiempo. Es cuando quedas tan atrapado en un momento que pierdes todo sentido de su tamaño real. Te encierra con paredes muy altas, así que es difícil ver más allá. Piensas que todo necesita ser decidido. Piensas que si no haces algo en ese mismo instante, nunca lo harás. Pero novecientas noventa y nueve veces de cada mil, en realidad tienes tiempo para detenerte. Para mirar por encima de esas paredes. O darte cuenta de que son fáciles de apartar. Como ahora. No sé mucho sobre tus padres, pero no creo que cambien las cerraduras en cuanto salgamos de aquí. No creo que vengan y quemen tu ropa. Aunque seguro la ordenarán. Pero no creo que necesites decidir todo hoy. Toma lo que quieras y deja el resto para otro día. No se va a ir a ninguna parte. Y solo te estás mudando al otro lado de la ciudad.

Ryan junta las palmas de sus manos y toca sus labios con sus pulgares. Luego baja las manos. Respira hondo, exhala. Sus ojos nunca se apartan de Avery.

—Gracias —dice—. Tienes razón.

—Dejemos todas las bolsas verdes aquí. Puedes revisarlas otro día.

—De acuerdo.

—Y centrémonos en lo que es importante para ti. ¿Qué necesitas?

Ryan levanta el bolso, se dirige a su estantería, baja un conjunto de cuadernos y los guarda cuidadosamente dentro.

No explica qué son, y Avery no necesita que lo haga. Luego toma su computadora portátil y todos los cables correspondientes. El cargador del teléfono. Algunos libros que estaban junto a su cama, y algunos libros más de la escuela de su escritorio. Un par de fotos de él y Alicia y sus amigos. Una de él y Caitlin. Deja la que tiene de él de niño con sus padres. Avery está bastante seguro de que antes habría terminado en una bolsa verde. Piensa que esto probablemente es mejor.

Ryan toma un oso de peluche de la misma mesita de noche de la que tomó los libros.

—Permíteme presentarte al oso Bartolomeo —le dice a Avery.

—Encantado de conocerte, oso Bartolomeo —responde Avery.

El oso asiente a Avery, luego Ryan lo gira para hablarle.

—Te dejo a cargo —le dice—. Si el tucán Charlie comienza a hacer de las suyas, sabes cómo comunicarte conmigo. Y no olvides alimentar a los calcetines. Sabes lo que pasa si no los alimentan.

El oso Bartolomeo asiente.

Avery observa mientras Ryan sonríe y vuelve a colocar al oso Bartolomeo en su lugar. Quiere detener el tiempo, sellar esta habitación, dejar que el día se disipe para que puedan estar juntos aquí sin presión, sin preocupaciones. Avery quiere el recorrido completo, el recorrido relajado. Quiere conocer al oso Bartolomeo y a todos los demás animales. Sabe que esto solo lo llevará a amar más a Ryan, porque conocerá más cosas de Ryan para amar.

—No todo fue malo en este lugar —le dice.

—No —concuerda Ryan—. No lo fue. Ni siquiera cerca de haberlo sido. Pero los mejores momentos fueron cuando estaba solo. O cuando estaban mis amigos.

—Bueno, soy un amigo. Y estoy aquí.

—Sí, bueno. —Ryan parece un poco avergonzado—. Hubo una cosa que nunca hice con ninguno de mis amigos.

Avery se acerca un poco más.

—¿Qué?

Ryan borra el resto de la distancia, se inclina y susurra:

—Esto.

Se besan y se besan y se besan. Luego Ryan se retira y, en un gesto profundamente enternecedor para Avery, se quita las zapatillas antes de bajar a la cama. Avery imita ambos movimientos. Ruedan por la cama y se besan un rato. Luego Avery se detiene, retrocede y dice:

—Sabes... eres un mentiroso.

Ryan levanta una ceja.

—¿Lo soy?

—Dijiste que solo había una cosa que nunca hiciste con tus amigos. Pero creo que hay muchas cosas que nunca has hecho en esta habitación.

Ryan levanta las manos en señal de rendición.

—Tienes razón. Mentí. Pero juro que fue solo para que vinieras a mi cama.

—Parece que tu plan funcionó.

Se besan de nuevo.

Hay una parte de Ryan que piensa: *ya era hora.*

Estar en esta cama con alguien a quien le importa. Que su habitación sea testigo de en quién se ha convertido, de lo que es capaz hacer, de a quién es capaz de amar.

Se siente increíble, y también se siente como parte de la despedida. Sí, hay una parte de él que puede estar aquí con Avery y disfrutar del calor de sus cuerpos, el humor de sus palabras, y el hecho de que el mundo por fin parece tener el tamaño adecuado.

Pero la otra parte de él... Bueno, la otra parte de él todavía está escuchando para percibir el primer indicio de la puerta del garaje

Los besos se vuelven intensos, pero luego se ralentizan. Se quedan allí mirándose el uno al otro, Ryan acaricia el brazo de Avery, sube para tocar su rostro, para confirmar que está, de hecho, aquí. Avery pasa su mano bajo la camiseta de Ryan, descansa su palma en el latido de su corazón mientras, también, vuelve a su ritmo cotidiano.

No hay música sonando, y no se necesita. Todo lo que Avery oye es la respiración y los pensamientos, la respiración y los pensamientos.

—Deberíamos llevar las cosas a la furgoneta —dice Ryan—. Antes de que regresen.

Avery dice que está bien, pero se toman otro minuto para quedarse allí, para existir en ese espacio dual, antes de sentarse, ponerse de nuevo las zapatillas y retomar su tarea. Cuando Caitlin envía un mensaje de texto diciendo que está por terminar pronto con los padres de Ryan, Ryan y Avery se mueven aún más rápido. En verdad, no lleva mucho tiempo, ya que dejan todas las bolsas verdes atrás. Solo toman las cosas que Ryan quiere llevar.

Una vez que la furgoneta está cargada, Avery le pregunta a Ryan:

—¿Estás olvidando algo?

Y Ryan sonríe y dice:

—Estoy seguro de que sí. Pero está bien, ¿sabes?

Durante toda la semana, cuando Ryan imaginaba este momento, era una gran división, él plantando su bandera en el lado de Después y desterrando todos los vestigios de Antes. Pero así no es como se siente ahora que ha llegado a él. Puede que nunca vuelva a vivir aquí, pero volverá. En este momento, es simplemente él cerrando la puerta, cerrándola con llave y conduciendo lejos.

Regresan a la casa de Caitlin casi a la misma hora en que ella llega. Los tres vacían la parte trasera de la furgoneta, y luego ella dice que necesitan sentarse en la mesa de la cocina y hablar. Ryan y Avery aprecian que automáticamente incluyan a Avery.

—¿Cómo fue? —pregunta Ryan.

—Fue mejor de lo que esperaba —informa la tía Caitlin—. Incluso podría decir que mucho mejor de lo que esperaba... aunque eso tal vez dice tanto sobre mis expectativas como sobre lo que realmente sucedió.

—¿Qué dijeron?

—Bueno, la parte extraña es que parecen más confundidos que enfadados. De veras no entienden qué hicieron para que quieras mudarte conmigo. Les dije que no me correspondía explicarlo, que eso es entre ustedes tres, y no es algo que se pueda resolver de manera indirecta. Pero les dije que no era un capricho o una fase, y no era que estuvieras "exagerando", que es una frase que le gusta usar a mi hermana para cualquier cosa que no se ajuste a sus estándares de comportamiento. Nada nuevo. Les dije que según lo que entiendo hubo un momento en el que podrían haber arreglado la situación, pero ese momento pasó sin que ellos hicieran ningún esfuerzo por reparar las cosas. Dicen que no lo vieron, que no estaban seguros... y no sé la verdad si me lo estaban diciendo a mí, o simplemente se lo estaban diciendo a sí mismos, ¿entiendes lo que quiero decir? Te quieren de vuelta, pero no hablaron de ningún cambio que ocurriría de su parte si volvieras. Solo quieren que sea como era antes.

—Según ellos.

—Por supuesto. Su versión de cómo era. Pero, para ser justos, también reconocen que eso no va a suceder, y dijeron que estaban agradecidos de que pudieras venir aquí, y de que no hayas ido más lejos ni hecho nada más. —Caitlin se dirige ahora a Avery—. No voy a mentir, sin duda piensan que tú tuviste algo que ver con esto.

—¡Fue un Gran Lavado de Cerebro Gay! —proclama Ryan con sarcasmo.

La tía Caitlin ríe, pero también niega con la cabeza.

—Estoy segura de que eso es parte de lo que piensan. Pero también saben que esta es tu primera vez. Y todos, sean gays o heterosexuales, pueden ser tontos cuando se trata de su primera vez.

Avery y Ryan se sonrojan un poco. Caitlin ríe de nuevo y le da palmaditas a Avery en la mano.

—No te preocupes —dice—. Me parece que estás del lado de los errores tontos buenos, no de los malos. A lo que digo: continúa.

—¿Te importa si esperamos hasta que te vayas de la habitación? —pregunta Avery.

Ahora Caitlin lo golpea con la mano.

—¡Respeta a tus mayores!

Ambos ríen, pero Ryan quiere terminar la conversación que estaban teniendo antes.

—Entonces, ¿cómo quedaron las cosas con ellos? —pregunta.

Caitlin se vuelve seria de nuevo.

—Les prometí que irías a la escuela todos los días, que cumplirías con tu trabajo y te mantendrías fuera de problemas... lo cual, por lo que he visto esta semana pasada, es una promesa bastante fácil de hacer. También prometí que intentaría conseguir que hablaras con ellos... y quiero intentarlo, no solo por ellos, sino por ti. También ofrecieron darme algo de dinero por tu alojamiento y comida, lo cual fue algo decente por su parte. Y lo acepté, porque seamos realistas, Ryan... yo soy una persona que se conforma con una porción de pizza y tú eres del tipo que solo deja una porción, y aunque nos complementamos, también significa comprar mucha más pizza de la que tenía planeado comprar.

—Sabes que colaboraré con mi dinero —dice Ryan.

—No, señor. No estabas pagándole a tus padres y no vas a pagarme a mí. Tu dinero sigue siendo tu dinero ganado con esfuerzo. Gástalo en algo que no sea alojamiento y comida.

Ahora Ryan se está emocionando, lo que hace que Avery también se emocione.

—Está bien, está bien —dice Caitlin, levantándose y mirando hacia otro lado antes de que sean tres emocionados—. Ve a desempacar tus cosas. Anoche, mientras dormías, limpié la cómoda junto a la lavadora. Puedes usar eso por ahora, hasta que podamos conseguirte algo más grande.

Ryan y Avery buscan la cómoda, que solía contener retazos de costura y otras cosas sueltas. No encaja del todo en el salón, cerca del sofá, pero Avery supone que todos están dispuestos a ser un poco tolerantes en este momento.

Ryan comienza a desempacar su bolso de viaje. El sofá todavía tiene sus sábanas puestas desde que durmió allí, hechas como si fuera una cama. Ahora, en lugar de mover las cosas a la cómoda o a cualquier otro lugar, Ryan saca los contenidos del bolso uno por uno sobre la sábana, como si estuviera haciendo un inventario. Su computadora portátil, los cables. Su cargador. Los cuadernos inexplicables. Los libros de su mesa de noche y sus libros escolares. Unos cuantos bolígrafos que Avery no notó que guardara. Luego algunas de las prendas que él consignó al bolso en lugar de a las bolsas negras o verdes.

Mientras hace esto, Avery se da cuenta de que dejó atrás la camisa de franela que apartó.

—Ay, no —dice en voz alta, y cuando Ryan le pregunta qué pasa, él explica.

—No importa —responde Ryan—. Hay algo más que quería darte.

Introduce la mano y toma una camiseta enrollada tan apretada que Avery ni siquiera la notó cuando la pasó a sus manos para meterla en el bolso.

—Es mi camiseta secreta —dice Ryan—. Siempre la guardé al fondo de mi armario.

Avery no tiene idea de qué encontrará cuando la desenrolle; desde afuera, parece una camiseta azul regular. Pero una vez que la abre y le echa un vistazo, se ríe de lo obvio que es: en el frente de la camiseta, hay un arcoíris saltando de una nube.

—Lo sé, lo sé, es muy cursi. Pero imagina esto: estoy en sexto grado, y mamá y yo estamos en Target. La estoy molestando para ir a la sección de juguetes, como siempre hago, y la he desgastado hasta el punto en que me dice que vaya, que nos encontraremos allí después de que termine de conseguir laca para el cabello o guantes para lavar platos o lo que sea. Así que camino relajado por los pasillos, y en el camino veo esta camiseta entre todas las camisetas de *La Guerra de las Galaxias* y las camisetas de *Pokémon* y... Bueno, ya conoces el tipo de camisetas que tienen en Target. Y mi primer pensamiento es que alguien ha cometido un error, que esta camiseta debería estar en la sección de niñas y no en la de niños. Me digo a mí mismo que tal vez debería volver a ponerla en la sección de niñas, así que la tomo... y me doy cuenta de que no, es una camiseta de chico. Y me gusta un poco. No estoy haciendo la conexión aquí entre el arcoíris y ser gay, ¿verdad? No conscientemente. Pero esa conexión está dentro de algún lugar, porque no puedo soltar la camiseta. Es una talla extra pequeña de hombre, así que me entra. Un poco grande, pero me queda. Pero con la misma seguridad que sé que es una camiseta que necesito, también sé que es imposible que mi mamá me la compre. Así que tomo un par de otras camisetas junto con ella, y entro en el probador. Y mientras estoy allí dentro... no estoy orgulloso de esto, pero tampoco no estoy orgulloso de ello, ¿sabes? Mientras estoy allí dentro, me quito la camiseta que estoy usando, me pongo la camiseta arcoíris, la meto en mis pantalones, y luego me pongo la camiseta original encima. Abrocho hasta el último botón para que no se pueda ver por debajo. Luego salgo y pongo las otras camisetas que traje en el estante de prendas descartadas muy despacio, para que nadie pueda darse cuenta de que falta una camiseta. La camiseta no es lo suficientemente bonita como para tener uno de esos sensores electrónicos.

»Corro hacia la sección de juguetes, donde mi mamá ya está buscándome. Como ella tiene ese "mirada láser" bien perfeccionada, supongo que notará lo que he hecho de inmediato. ¡Pero no lo hace! Ni entonces, ni cuando estamos pagando en la caja, ni cuando estamos conduciendo a casa. Llevo una camiseta extra y ni siquiera se da cuenta. Es como si, no solo la camiseta fuera invisible, sino que me hace invisible de una muy buena manera. Así es como se convirtió en mi camiseta secreta. De vez en cuando la usaba debajo de otra cosa; se parecía mucho a una camiseta de Superman que también tenía, así que creo que mis padres asumieron que era esa camiseta. Le dije a mi mamá que quería lavar ropa como una tarea, y ella pensó que estaba siendo un buen hijo, pero realmente era para poder lavar mi camiseta secreta de vez en cuando sin que ella se diera cuenta. Hubo algunos momentos de peligro, cuando me dijo que me ayudaría a doblar y eso. Pero ha seguido siendo un secreto hasta ahora. Con el tiempo, ya no me quedaba bien. Pero aún me gustaba saber que estaba allí, acompañando a todas mis otras camisetas.

—Guau —dice Avery—. Es una camiseta muy poderosa.

—Sí. Y supongo que lo que estoy diciendo es que me gustaría que la tuvieras. Creo que te quedará bien. Ya no tendrá que ser más una camiseta secreta. Simplemente puede ser una camiseta que amo.

La primera reacción de Avery es *No puedo quedármela...* y eso es exactamente lo que dice, intentando devolverle la camiseta a Ryan. Pero Ryan no la acepta.

—De verdad —dice—. Es tuya.

La segunda reacción de Avery es aceptarla, aceptarla por lo que es, por lo que significa. Aceptar todo. Y en lugar de rechazarla, estar agradecido.

—Gracias —le dice a Ryan. Luego—: Solo necesito que la sostengas por un segundo.

Ryan la toma, y Avery, justo allí en el salón de Caitlin, se quita la camiseta que lleva puesta, la pone en el sofá, toma la camiseta secreta de las manos de Ryan y se la pone. No le queda perfecta, pero a Avery le gusta aún más por eso, porque conserva algo de la forma de Ryan.

—Genial —dice él, observando a Avery con la camiseta puesta. No se dio cuenta de lo mucho que esto significaría para él también. Cuando llevas un secreto a la vista, deja de ser un secreto. Comienza a ser algo de lo que puedes sentirte orgulloso. Es cursi que esta camiseta en particular le haga sentir de esa manera, pero respeta que a su versión de sexto grado no lo parecía cursi en absoluto. Su yo de sexto grado estaría asustado y tal vez un poco avergonzado y sin duda un poco intrigado por este giro en la vida de Ryan. Pero sobre todo, en el nivel más esencial, estaría asombrado.

La tía Caitlin no ve el yo de sexto grado de Ryan mientras entra en la habitación. Al menos no por separado. Cuando ve a Ryan ahora, siempre está viendo a sus yo más jóvenes y cómo todos se han sumado para crear este hombre casi adulto. Lo cual, la verdad, produce su propio asombro.

Ha entrado para sugerir que todos salgan de excursión.

Ella se da cuenta de que Avery ha cambiado su camiseta, y que Ryan acaba de hacer algo que no estaba seguro de poder hacer. Ella lo sabe con una mirada. Pero el resto es un misterio para ella, y está bien que permanezca así. Quiere que Ryan tenga misterios bajo su techo, siempre y cuando no sean dañinos. Y este claramente es todo lo contrario a dañino. Arriesgado, sí, en términos de cuánto está entregando Ryan su corazón. Pero no dañino.

–Pensé –les dice a los dos chicos– que podríamos salir y comprar un sofá cama de verdad.

Ryan y Avery no necesitan elegir.

Pueden tener el destino y los desvíos.

Ninguno de ellos esperaba pasar parte de su tarde en un lugar que se autoproclamaba como "El imperio de sofás". Cuando entran, Avery le pregunta a Ryan: "¡¿Crees que el emperador de los sofás esté aquí hoy de verdad?!" y tanto Ryan como Caitlin se parten de risa. Cuando el vendedor le pregunta a Caitlin si estos son sus dos hijos, ella responde un simple no, y luego cuando el vendedor está fuera del alcance del oído murmura: "Incorrecto en. Tantos. Niveles" lo que hace que los chicos rían a carcajadas de nuevo.

Ryan no ha olvidado dónde acaba de estar ni lo que acaba de hacer. Es consciente del tipo de cheque que sus padres deben haberle dado a Caitlin si ella está en posición de comprar un nuevo sofá cama. Pero decide no sumergirse en esas corrientes. Decide nadar en cambio en la superficie, bajo la luz del sol. El vendedor les ha dado carta blanca para probar cualquier sofá cama que quieran, así que Ryan y Avery saltan de una a otra, intercambiado reseñas de una a cinco estrellas. A veces los colchones son demasiado delgados; a veces Ryan y Avery pueden sentir las barras debajo, como si estuvieran en una trampa para osos a punto de activarse en vez de un lugar para soñar. Esos obtienen una estrella.

Caitlin desea que pudieran verse a sí mismos así, ver la facilidad con la que comparten su espacio, la ligereza con la que se mueven. No son sus hijos, y han pasado por mucho que les ha requerido crecer más rápido que a muchos de sus compañeros. Pero en este momento puede verlos claramente como niños. Niños jugando. Niños sabiendo que la tarea no les pide ninguna responsabilidad de su parte. Hay algo sublime en verlos haciendo tonterías. Parada allí, esperando a que decidan qué sofá merece cinco estrellas, les desea nada menos que un futuro de tonterías interminables.

Quizás comparten el mismo deseo, porque pasan mucho más tiempo en el imperio de los sofás que cualquier otro cliente esa tarde. Lo reducen a tres sofás cama. Luego a dos. Jalan a Caitlin hacia cada uno, para que pueda ayudar a juzgar. Acostados allí, acurrucados, mirando hacia al techo, se sienten como en casa. El sofá cama en particular se vuelve irrelevante. Los tres saltando, riendo, fingiendo dormir, eso, más que cualquier otra cosa, son cinco estrellas.

Ryan todavía quiere que sea una cita. Se detienen para un almuerzo tardío, regresan a lo de Caitlin. Sus cosas están por todas partes, y sabe que necesita ordenarlas. Pero Avery no tiene que estar aquí para eso.

Ryan quiere que vayan a algún lugar, que hagan algo, que

compartan algo además de las nuevas logísticas de su antigua vida. Quiere que vayan a algún lugar donde nunca han estado juntos. Hacer algo nuevo. Descubrir cosas nuevas el uno sobre el otro. Porque construir un amor no es como construir una casa. Todavía agregas a los cimientos incluso mientras vives en las habitaciones.

Tiene una idea y verifica el clima en su teléfono. Parece que podría funcionar. Cuando Avery está en el baño, le cuenta a Caitlin sobre ello. Ella sonríe y le dice que siga adelante. No importa si deja sus pertenencias por todas partes en el salón. Pueden averiguar luego dónde poner todo.

Avery regresa a la habitación y sabe que algo está pasando. Todo lo que Ryan necesita decir es "vamos" y Avery lo sigue.

Aseguran la canoa en la parte trasera de la furgoneta de Ryan. Ryan ingresa el destino en su teléfono, pero no le dice a Avery a dónde van.

—Ahora sí es una cita —dice Ryan.

Avery niega con la cabeza y dice:

—Siempre ha sido una cita.

Cita, en inglés *date*. De la palabra en latín *dare*, que significa:
Dar.

Conceder.
Ofrecer.

Cuando todo sale bien, esto es lo que Ryan y Avery hacen.

Dan. Conceden. Ofrecen.

Lo hacen cuando se presentan para las partes difíciles. Lo hacen cuando se alejan hacia el destino. Lo hacen cuando giran en los desvíos.

Lo hacen cuando se besan.

Lo hacen cuando cantan junto con la radio, como están haciendo ahora.

Lo hacen cuando comparten sus pensamientos, sus vidas, sus cuerpos, sus esperanzas.

Dan.

Conceden.

Ofrecen.

Y reciben.

Les lleva dos horas llegar al parque, luego veinte minutos más para llegar al lago. En el mapa es un parche azul en una extensión verde, separado de todas las calles y ciudades del mundo. En algún momento, fue reservado como tierra nacional, y cien años después, Ryan hizo su primer viaje aquí, no como conductor sino como pasajero, cuando Caitlin los llevó en una larga caminata. Siempre ha tenido la intención de regresar. Es casi de noche, y el parque cierra al anochecer. Avery no nota el letrero que dice esto, y Ryan ha elegido ignorarlo. El lago permanece hermoso e indiferente a la hora del día. Su superficie está quieta, reflectiva.

–Tenemos el lugar para nosotros solos –observa Ryan. Lo cual es exactamente lo que había esperado.

–Solo nosotros y los osos –dice Avery. Lo dice como una broma, pero sin duda está observando el bosque en busca de osos.

Llevan la canoa al agua. Se suben.

Ryan le pasa un remo a Avery, quien lo recibe con confianza.

Empujan para apartarse de la orilla.

Avery no tiene idea de dónde está. Y lo sabe exactamente:

Está con Ryan.

Los únicos sonidos son el viento y el agua. Podrían estar en cual-quier lugar en el tiempo. Porque siempre han existido los sonidos del viento y el agua, y siempre existirán los sonidos del viento y el agua. La parte personal, la parte íntima, proviene del hecho de que en este momento son ellos quienes escuchan este susurro particular, esta partitura particular. Son ellos quienes viven en el espacio entre la marea y la brisa.

Hace frío en el agua, es estimulante. Navegan, atravesándola.

El sol les muestra cuál es el oeste. No importa hacia dónde remen, su sendero brillante señala su camino. Comparte algo de calor cuanto más cerca está del horizonte. Llena el aire con una luz dorada, que aterriza en el bosque que rodea el lago. Avery y Ryan dejan de remar. Saben que solo tendrán esta luz por muy poco tiempo. Lo inhalan, y la miel se expande por sus pulmones. La satisfacción es respirar; respirar es satisfacción. Se tocan las rodillas. Se toman de las manos. Se miran a los ojos, y también al mundo que se transforma a su alrededor.

El mundo otorga. El mundo da. El mundo ofrece. Porque está con Avery, Ryan lo acepta. Y porque Avery está con Ryan, él lo acepta.

El sol les dice adiós, y deja atrás una satisfacción rosada y naranja, seguida de una profundidad azulada.

Ryan levanta la mano y toca la mejilla de Avery. Avery extiende la mano, acerca a Ryan. La embarcación se mece de un lado a otro. Pero en el fondo, está estable.

Avery besa a Ryan. Ryan besa a Avery. Después de los primeros besos, todo se difumina.

Las estrellas salen a ver. Primero una, luego cuatro, luego siete, luego miles. Ryan y Avery no se dan cuenta... hasta que lo hacen. Sienten la inmensidad pacífica de las estrellas, el lago, el viento. Se maravillan juntos de lo que están viendo.

Habrá más citas. Tantas más citas, hasta que sean días, hasta que simplemente sea vida. Citas y días tan infinitos como las estrellas. Recuerdos más borrosos. Desvíos y destinos debatidos. El mundo siendo cruel, el mundo siendo generoso. Una marea que siempre avanza no es realmente una marea. Siempre hay necesidad de un rumbo. Siempre hay necesidad de estabilidad.

Navegar juntos en un bote hasta el corazón de la noche. Navegar bajo las estrellas e intentar reconocer sus patrones. Compartir lo que ves con la persona que más deseas que te vea. Mirar fijo la inmensidad pacífica y comprender qué tan hermosa, pequeña y notable es tu propia existencia. Querer compartir, y compartir, y compartir.

Dar.
Ofrecer.
Conceder.
Recibir.
Llegar.

AGRADECIMIENTOS

Ryan y Avery aparecieron por primera vez en mi novela *Dos Chicos Besándose*, que está narrada por un coro de hombres gay. Este libro no está narrado por ese coro, pero ha estado conmigo durante toda la década que he estado trabajando en la historia, maravillándome.

Gracias, como siempre, a mis padres.

Gracias al resto de mi familia, especialmente a Adam, Paige, Matthew y Hailey.

Gracias a Noah Lee, quien me preguntó en una lectura en Londres si iba a seguir escribiendo sobre Ryan y Avery. No fue hasta que respondí que sí que me di cuenta de que lo haría. Este libro es el resultado.

Gracias a Avery, quien me dijo en otra lectura que el personaje era la razón por la que él había elegido ese nombre para sí mismo. Gracias a todos los Averys y todos los Ryans que he conocido a lo largo de los años.

Gracias a mis amigos. Muchos de los capítulos de este libro comenzaron como historias de San Valentín que compartí con ellos. Si alguna vez recibiste una de ellas, y especialmente si me enviaste ánimo a cambio, no solo tienes mi gratitud, sino también mi agradecimiento sincero. Un agradecimiento especial a Billy, Nick, Andrew, Zack, Nico, Mike y Gabriel, que han estado en la habitación en varios momentos mientras escribía este libro. (Por ejemplo, en este momento Gabriel está en la cocina tomando café, sin saber que estoy escribiendo esto).

Hablando de café, gracias a todos en City of Saints.

Gracias a todos mis amigos autores, con un agradecimiento

especial a Stephanie, Nina y David por las reuniones periódicas por Zoom mientras escribía esto. Además, a Tiernan, Ben, Brian, Ned y Ben por otras conversaciones valiosas en esa época.

Gracias a todos en Random House Children's Books, incluidos pero de ninguna manera limitados a Marisa DiNovis, Mary McCue, Melanie Nolan, Barbara Marcus y Adrienne Waintraub. Un agradecimiento especial a Barbara Perris por su corrección de estilo y a Artie Bennett, quien ha guiado mis libros hacia rumbos gramaticalmente correctos durante dos décadas. (Sé que corregirá esta afirmación si no es precisa).

Gracias a todos con quienes trabajo en Scholastic.

Gracias a Bill Clegg y a todos en The Clegg Agency.

Gracias a Nancy Hinkel, por regresar siempre desde San Francisco, una y otra vez.

Y gracias a los lectores hace dos décadas. Todos ustedes están en algún lugar en este libro.

¡QUEREMOS SABER QUÉ TE PARECIÓ LA NOVELA!

Nos puedes escribir a vrya@vreditoras.com

Encuéntranos en

tiktok.com/vreditorasmexico

facebook.com/VRYA México

twitter.com/vreditorasya

instagram.com/vryamexico

COMPARTE
tu experiencia con
este libro con el hashtag
#RyanyAvery